Knaur

Über die Autorin:

Judith Kuckart, geboren 1959, lebt als Schriftstellerin und Theaterregisseurin in Berlin und Baden-Baden. 1997/98 war sie Stipendiatin an der Villa Massimo in Rom. Sie veröffentlichte unter anderem die Romane *Wahl der Waffen* (1990), *Die schöne Frau* (1994), und die Theaterstücke *Last Minute*, *Fräulein Dagny* (1995 an den Freien Kammerspielen Magdeburg uraufgeführt) und *Melancholie 1 oder die zwei Schwestern* (1996 am Berliner Ensemble uraufgeführt).

Judith Kuckart

Der Bibliothekar

Roman

Knaur

Besuchen Sie uns im Internet:
www.droemer-knaur.de

Vollständige Taschenbuchausgabe August 2000
Droemersche Verlagsanstalt Th. Knaur Nachf., München

Umschlaggestaltung: Agentur Zero, München
Umschlagmotiv: ZO février II, Paris, aus:
Bettina Rheims/Serge Bramly, Chambre Close,
Gina Kehayoff Verlag München.

Satz: Fuldaer Verlagsagentur, Fulda
Druck und Bindung: Clausen & Bosse, Leck
Printed in Germany
ISBN 3-426-61699-8

3 4 5 2 1

Jede Bewegung zielt auf Ruhe, denn am Ende jeder Bewegung muß es etwas geben, das bleibend ist.

Aristoteles

Hans-Ullrich Kolbe klappte das Buch zu, nahm seinen hellen Mantel über den Arm und schob einen Stadtplan in die Jackettasche. Es war Sonnabend, spät und Ende April. Er zog die Vorhänge in seiner Mansarde zu. Auf dem Küchentisch unter der Leselampe lagen zwei Riegel Kinderschokolade gekreuzt übereinander, und das leere Weinglas trug am Rand die milchige Spur seiner Lippen. Daneben lag das Buch.

Ein gewisser Alain Bernardin hatte vor dreißig Jahren im 8. Arrondissement von Paris das CRAZY HORSE gegründet. Zwei Wächter im Polizeikostüm sicherten den Eingang des Nachtclubs und die bürgerliche Atmosphäre. Alain Bernardin war magisch angezogen von schönen Frauen, und nur eine nackte Frau, wie gezeichnet im komplizierten Spiel des Lichts, war für ihn schön. Hob sich der Vorhang, so stand im 1. Kapitel, zeigten Frauen mit großer Lust am Zeigen ihre perfekten Körper. Tänzerinnen verschoben die Grenze zur Nacktheit so delikat, daß die Gesichter der Zuschauer sich glücklich öffneten, nicht schmal wurden vor Gier. Man sah, was man nicht sah. Die Szenen der Show wechselten alle fünf Jahre, die eine so überraschend und raffiniert ausgearbeitet wie die folgende. Alain Bernardin war ein

Zauberer. Er befreite die männlichen und die weiblichen Phantasien gleichermaßen. Das hatte Hans-Ullrich Kolbe gelesen. Manche Seite hatte er dreimal gelesen.
Mehrmals war er mit der Hand über den glänzenden Einband gefahren, wie eine Frau über Seidendessous streicht, und dabei die Adern und feinen Runzeln auf ihrer Hand sieht. Paris 47 23 32 32 hatte er gewählt. Die S-Bahn war zweihundert Meter von ihm entfernt vorbeigerattert. Eine Frauenstimme hatte auf Englisch Konditionen genannt. 450 Francs Eintritt, eine halbe Flasche Champagner pro Person, zwei Shows am Abend, eine um 20.30 Uhr, die zweite um 23 Uhr, samstags drei.
Heute also drei. Hans-Ullrich hatte tatsächlich auf die Uhr geschaut an seinem offenen Fenster in Friedenau. Mit einem Flugzeug könnte er es zur Late Show um 0.50 Uhr noch schaffen. Er hatte aufgelegt.
Vom Lesen ganz verrückt vergaß er, was er sehr wohl wußte. Berlin war nicht Paris. Trotzdem. Er hatte seine Armbanduhr angelegt.
Den Mantel über den Arm verließ er das Haus. Er war Bibliothekar.

»Herr, zeige mir Deine Wege und lehre mich Deine Steige«, erinnerte er auf der U-Bahn-Station Dahlem Dorf einen Psalm. Er tippte Nummer 25, ja, Psalm 25. Er legte den Mantel über die Schultern und warf den rosa Handzettel in den Papierkorb. »LA FEMME, für den anspruchsvollen Gast.« Das weibliche Personal in dem Club war ihm vertraut gewesen wie Studentinnen oder Kolleginnen, auch in der Verkleidung als Eisbecher. Eine Rote hatte die Arme zu Tina Turner gehoben und angetanzt gegen die Müdigkeit. Der Scheinwerfer hatte die rasierten Achseln nach Schweiß abgesucht. Hans-Ullrich hatte mit dem Rücken zur nackten Tänzerin noch einen Kaffee getrunken, war in seinen frischgeputzten Schuhen immer wieder vom Chromstreben des Barhockers gerutscht und auch deshalb schon bald gegangen.

Die U-Bahn fuhr ein. Er saß allein im Waggon und lutschte ein Pfefferminzbonbon. Er stieg um, setzte sich neben eine junge Mutter. Dem Kind auf ihrem Knie brannten vor Müdigkeit die Ohren rot. Geduldig gab er ihm mehrmals die Rassel zurück und setzte das Gesicht auf, mit dem er die jüngste seiner Töchter, Edna, angelächelt hätte. Kurfürstendamm stieg er aus. Neben dem Kino Astor ließ er sich in die Dorrett Bar locken. Der Türsteher hatte ihn, als Hans-Ullrich zögerte, mit »Herr Doktor« gelockt. Hans-Ullrich maß jedes Körperteil, maß Bein um Bein an den Sätzen vom schönen Bein. Von einer winzigen Beule an der Rückseite der Oberschenkel hatte in seinem Buch »Das Crazy Horse« nichts gestanden, aber? Aber so ein Buch log doch nicht. Es erfand um einen Kern Wahrheit herum, manchmal mit geliehener Pracht. Aber es betrog seinen Leser nicht. Da wechselte die Nummer.

Zwei Träger brachten einen goldenen Käfig auf die Bühne. Ein Mann neben Hans-Ullrich zeigte auf das Mädchen hinter den Stäben, sagte, die ist ja heiß wie eine leergeschossene MP, und wandte sich wieder seinem Glas zu. Hans-Ullrich setzte die Brille ab und sah sich das Mädchen genau an. Er setzte die Brille wieder auf. Das Gesicht war eine Beleidigung für den Körper.

Er seufzte.
Und mit dem Seufzen wurde er mutig. War doch egal, ob das Buch in Wahrheit die Wahrheit erzählte. Hauptsache, es erzählte ihn, den lesenden Hans-Ullrich. Tat es das, mußte etwas dran sein an der Kunst. Genauer, mußte etwas vom Leben dran sein an der Kunst. Heute nacht noch würde er sich das Lesen vom Leib reißen und nackt ins Leben laufen. Heute nacht noch würde er den berauschenden Wirklichkeitsgehalt des Buchs von 38 Prozent wirklich genießen. Aus den Buchseiten von »Das Crazy Horse« trat er hervor, betört von dem einen Gedanken. Im Namen der Literatur, schwor er. Und war zu jeder Schweinerei bereit.
Warum? Darum, antwortete er sich. Und leise fügte er hinzu, es sei schon spät in seinem Leben.

Wie ein Spürhund nahm er die Fährte auf. Er bestieg den Bus und sah im Kegel einer Straßenlampe bald eine Frau, die seinen Blick hielt, bald eine andere, die eine ölverschmierte Fahrradkette am Handgelenk trug. Er stieg um in die U-Bahn, dachte schneller, schneller so, starrte auf ein Gipsbein, aus dem der Schenkel eines Mädchens, siebzehn, wuchs, und hatte absonderliche Phantasien in unwirklichem Weiß, beim Ausstieg näherte er sein Gesicht dem Handgelenk einer Frau, die hielt sich an der Stange bei der Tür fest, er sah ihr Armband, die Perlen türkis, das gab ihm Kräfte, türkis zu träumen, bevor er in ein Taxi umstieg, das Taxi einem Mann, einer Frau und deren Hund vor der Nase wegschnappte, den Hund mit einem flüchtigen Blick beim Anfahren für eine Mädchenpuppe auf allen Vieren hielt,

sich jedoch im Halbdunkel auf dem Taxirücksitz wieder sammelte, bevor er den Fahrer mit einem Geldschein ans Kinn tippte, was er noch nie getan hatte, und sich dabei wünschte, der sei eine Frau, eine Frau mit seinem Geldschein und zu einigem bereit, ja, er fragte die einschlägigen Adressen ab, wie er gehört hatte, daß man es tut, und ließ fahren, ließ Schöneberg, Wilmersdorf, ließ »Shadow-Bar«, »Zwielicht«, »Pigalle für Alle«, ließ alles hinter sich. Geduckt in den Rücksitz kämmte er sich vor jedem neuen Anlauf. Schließlich, gegen 0.30 Uhr, strich er mit einer letzten Quittung über 27,– DM Fahrpreis in der linken Hosentasche nah dem Bahnhof Zoo an den späten Wohnungssuchenden vorbei, die im Blau der Karbidlampen die Sonntagszeitung verlangten.
Er landete im ersten Stock unter der Erde in einer Live-Show.

»Sie kommen gerade richtig«, die Frau an der Kasse tat, als ob sie ihn kenne.
»Sie tanzt gerade.«
»Wer?«
»Jelena«, sagte die Frau.
Hans-Ullrich sah den Mann neben sich an der Kasse den Hosenknopf drehen und dachte, daß früher auch dies als Währung gegolten hatte. Als er noch klein war und der da auch.
»Wie ist es denn da drin«, hörte er sich leise fragen.
»Wie im Theater«, hörte er den fremden Mann sagen. »Nur wirklich und geiler.«

Jelena fuhr mit der Hand zwischen die Brüste, den Bauchnabel abwärts, und Hans-Ullrich hatte –
Sie tanzte, und er war sich sicher, sie schaute nur ihn an. Zwölf Männer saßen zu Füßen einer engen Bühne. Sie tanzte und schälte ihn heraus aus dem Dunkel, in dem er mit den anderen Kunden saß. Hans-Ullrich schloß die Augen. So erinnerte er sich an sich. Das war noch er. Neben ihm atmete jemand schwer. Nimm den Hund aus dem Gesicht, dachte Hans-Ullrich noch. Dann sah er ihr in die Augen und hatte –
Eine Erleuchtung hier, im Halbdunkel der Live-Show. Nicht mehr essen und nicht mehr trinken würde er können, ohne diese Frau. Die Tränen würden ihm kommen, vor allem im Schlaf, ohne diese Frau. Beinahe wäre er aufgestanden und hätte sie laut angesprochen: »Fräulein, kommen Sie doch bitte mal in mein Büro.«
Jelena reckte sich ein letztes Mal und stand angespannt, festgeschraubt in ihrer Schönheit, in jener Pirouette, die er von Pin-ups kannte. Keine Frau, ein Akt. Sie ließ die Arme fallen. Sie trug über der linken Hand einen schwarzen Lederhandschuh.
Sie tanzte nicht mehr.
Hans-Ullrich griff nach seinem Mantel. Die Welt wich zurück. Knapp wie ein Junge verbeugte sie sich am Ende der Platte. Sie wandte den Kopf in seine Richtung, und er schnappte nach der Verlängerung ihres Blicks. Im Fortgehen kam sie näher? Eine optische Täuschung, dachte er noch. Dann fiel das Denken aus. Ihre und seine Augen fügten sich ineinander. Jelenas Mund lag im Schatten, ihre Augen an dessen Saum. Ein Wunder, dachte Hans-Ullrich, und hob die Nase. Mitten in der

Wüste kam eine schwarz verschleierte Frau auf ihn zu. Sie schlug die Augen auf. Die waren blau, so unsagbar blau. Hagel, dachte er. Er konnte die Augen der Frau hören.

»Denn Deine Hand war Tag und Nacht schwer auf mir, daß mein Saft vertrocknete wie es im Sommer dürre wird«, betete Hans-Ullrich, als Jelena in der hinteren Bühnengasse verschwand. Er wußte nicht mehr, ob er noch dort und wo er überhaupt saß. Ob Holz oder Polster oder Wasser unter ihm war. Ob er ein Mann war oder plötzlich eine kranke Möwe, oder ein Kind oder nur dessen Hand, die nach dem klebrigen Gefieder der Möwe griff, ganz gleich, ob an kranken Möwen der Tod klebt. Er wußte nicht mehr, ob er was war, ob Mann, ob Tier, Finger oder Flügel. Er wußte nicht mehr, ob er war, was er gewesen war. Mit zwei Lidschlägen hatte die Frau einen Vorhang heruntergerissen. Und da war es nicht mehr Kunst, was er sah, sondern eine Frau, die ihm geschah. Still saß er da, den Zeigefinger am Mund, und horchte, da war ein unheimliches Geräusch.
Ein sehr junges Mädchen betrat in diesem Moment die Bühne. Es interessierte ihn nicht. Er war neuer, als jedes Mädchen neu sein konnte. Geschreckt setzte sich Hans-Ullrich noch einmal in den Sessel, sah aber nicht hin. Tief in seinen Sitz gedrückt, ja gedrückt, versprach er Jelena ewige Treue. Da mußte er über sich lachen. Denn wenn man süchtig ist, fällt es nicht schwer, treu zu sein.
Doch wovon und wonach war er süchtig?
Er hatte nicht einmal an ihr gerochen.

Im ersten Stock des roten Hauses in Friedenau schlugen zwei Fensterflügel gegeneinander. Davon wurde er wach. Wie er heimgekommen war? Mit dem Taxi gleich vom Bahnhof Zoo aus. Nicht einmal, wohin er seine Kleider geworfen hatte, wußte er. Sie lagen in der Diele, auch Socken und Unterhose. Die S-Bahn fuhr bei Westwind auf Hörnähe. Heute war Westwind. Das hatte etwas Tröstliches. Daran erkannte er seine Wirklichkeit wieder. Der Wind trug das zärtliche Rattern zum geöffneten Fenster herein.
Er stellte sich vor, er wäre über ihr. Ganz nah. Stellte sich vor, er käme in ihr Gesicht und veränderte es.
Alles war möglich. Jede Frage.
Jelena, warum hast du denn den Handschuh an? Jelena lächelte, ein Wolf, der im Bett der Großmutter lächelt, und sie gab keine Antwort. Hans schloß die Augen. Der Handschuh gehörte dazu, als Teil eines Kostüms, der Show, der Nummer? Ein Handschuh eben, Leder und Nieten. Darin steckte Jelena. Und sie ließ den Handschuh vor aller Augen gewähren. Der preßte die Brüste zueinander, daß diese Furche entstand, die Hans als Kind schon erregt hatte, der, ein Handschuh nur, durfte über die Ebene des Bauchs fahren, jede sanfte Wölbung

nehmen, sich ins Dickicht unterhalb des Nabels schlagen, einen kleinen Vulkan besteigen, umkreisen, sich von seiner ungeduldigen Glut anstecken lassen, um dann da zu verschwinden, wo es am schönsten sein sollte. Er durfte dabei nach Leder riechen.
»Ich auch«, murmelte Hans-Ullrich.
Der Handschuh hatte nach ihr gegriffen. Und jeder, der ihr zusah, wurde zum Handschuh. Was war das nur mit ihr?
»Sie kann zaubern«, flüsterte Hans dem Kopfende seines Sessels zu. Unter dem Bademantel war er nackt. Er legte den Kopf zurück auf den hellgeschabten Fleck seines Sessels und die linke Hand auf das Buch, das er gestern abend gelesen hatte. Draußen wurde es Morgen. Die Vögel sangen ziemlich laut, fand er. Sie sangen so, wie ihm zumute war. In seiner Erregung begann er ebenfalls sehr leise und sehr hoch zu singen, wie eine alte Platte.

Stunden später schlug Hans-Ullrich dem Frühstücksei den Kopf ab. Es war 20 nach drei, nachmittags. Er hatte die Stunden in seinem Sessel geschlafen. Das war noch nie geschehen. Vor dem Dielenspiegel stellte er sich dann auf das Zeug, das er gestern nacht hatte fallen lassen. Flanellhemd, beige-braune Hosen, helle Socken ohne Muster, Schuhe mit leisen Sohlen. Alles wie immer. Alles alte Haut. Als er aufschaute und er seine Augen im Spiegel traf, fand er, sein Gesicht sei schmaler als gestern noch. Gefährlicher. Ein gewisser Schatten lag darauf. Der Schatten einer Ahnung, sagte er ohne Angst vor dem eigenen Kitsch und zog sich an. Er versuchte vor dem Spiegel eine Drehung. Seine Schuhe machten kein Geräusch. Doch die Schultern waren noch nicht fest. So zog er ein Jackett über das beige-braune Flanellhemd. Er sah sich wieder in die Augen, und mit der Linken strich er durch das Haar. Mit der scheuen Geste wurde es noch dichter und weniger grau. Einen kurzen Moment hielt er die Türklinke in der Hand. Seine Vermieterin Frieda Ohm und ihr einziger Sohn spielten bei geöffnetem Fenster »Mensch ärgere dich nicht«. Würfel flogen, als hätten sie bereits Streit. Einige Häuser weiter sangen fromme Nachbarn zur Gitarre. Die Botschaft setzte froh über Hecken und Zäune hinweg. Hans-Ullrich flog die Treppe hinunter, bis seine Handfläche auf dem Geländer brannte.

Er nahm den Einhundertsiebenundachtziger und war mit dem Fahrer allein im Bus. Als er am Innsbrucker Platz umstieg, stand eine Frau mit Eimern voller Blumen an der Haltestelle. Hans-Ullrich kaufte zwei Sträuße Gerbera und ließ sie zu einem zusammenbinden. Eine Krähe flog über die dicht befahrene Kreuzung und krächzte bei jedem Flügelschlag. Eine zweite kam und begleitete sie. Erst da wurde die Krähe ruhiger.

Regen kam auf.

Am Bahnhof Zoo blieb er an einer Imbißbude stehen. Die vordere Hälfte seines Körpers brachte er unter dem Klappdach in Sicherheit. Sein Rücken wurde langsam naß vom Regen. Er bestellte eine Currywurst mit Darm und Schrippe. Die Blumen klemmte er wie eine Zeitung unter den Arm.

Als er die Schrippe ins Ketchup tunkte, an ihr roch und

sie dann erst aß, überkam ihn ein Heißhunger, den keine Currywurstbude, keine Currywurstfabrik der Welt würde stillen können. Es mußte am Ketchup liegen. Hans-Ullrich schnüffelte. Manchmal mischten sie etwas bei, das süchtig machte.

Die zwei Männer neben ihm sah er erst jetzt. Sie hatten schwarze Hüte auf. Männer mit Hut sind an Currywurstbuden selten. Hans-Ullrich sah ihnen hinterher. Sie gingen leicht gebückt unter dem Nieselregen auf den Eingang in seinem Rücken zu. Über der Tür flackerte rhythmisch das Wort S-H-O-W. Hans-Ullrich wischte sich mit einem weißen Taschentuch den Mund, wechselte den Blumenstrauß in die Rechte, hielt ihn mit dem Kopf nach unten, sah den Draht, der den Blüten in die Kehle stach, sah den Zeitungsverkäufer in seiner Rotunde zwischen den Sonntagszeitungen in mehreren Sprachen, zögerte noch vor dem Zögern und ging an den Überschriften entlang und gegen den Strich der Schrift auf den Eingang zu, dachte, das Mädchen ist arm, aber sauber, ihre Phantasie ist das Gegenteil, betrat auf seinen leisen Sohlen die Show, und erst als er das Ende der Treppe sah, durch Nebel und Watte hindurch, nahm er sich vor, ein Normalfall zu sein, ein Normalfall, während eine Welle roh vom Bauch über Herz und Gesicht schlug, alles unkenntlich machte, wüst und leer, bis der Blumenstrauß in seiner Hand ihn zurückholte.

So konnte er doch da nicht rein.

Blumensträuße galten hier nicht. Jelena würde ihn auslachen. Was wäre schlimmer.

Da stand er, am Kopf der Treppe. An dieser Stelle fiel die Küste steil ab ins Meer.

So leicht war es also zu sterben?
Er hält ihr das Foto hin. 172 Zentimeter, 58 000 Gramm schwer, Kopfumfang 55 Zentimeter, Geschlecht weiblich, geboren, nackt, tot. Es ist früh am Morgen, als Sophie Schleußner die Dienststelle betreten hat. Gern ist sie nicht gekommen, bleibt fünf Tage, und da sie sowieso schon einmal hier ist –

»War er das?«
»Ja«, sagt Kommissar Abenstein. Er zeigt auf das nächste Foto. »Ihre Schamhaare sind wegrasiert.«
Das Zimmer ist fast vollständig auf dem Bild. Nur die Ecke hinten rechts bleibt im Dunkeln.
Den Mann erkennt sie auch von hinten, der Rücken weiß, Kreide und Kalk. Die Muskulatur hängt tannenbaumförmig über der Hüfte durch. Der Mann kniet auf dem Bettvorleger. Im Bett liegt eine Frau, nackt. Lider und Mund scheinen einen Spalt geöffnet zu sein, die Brustwarzen wölben sich mit einem winzigen schwarzen Loch in den Spitzen. So sieht man dann aus? Sie sucht im Foto den Schutz der vierten, der dunklen Ecke.
Sie schlägt die Augen nieder und schaut auf ihren kurzen karierten Rock, der sich auffächert. Sie rutscht auf

dem Holzstuhl weiter vor, und die schwarze Strumpfhose verhakt sich in der gesplissenen Sitzfläche.
»Ach«, und sie schaut mit dem gleichen Blick das Foto an, wie sie gerade noch ihren Rock angeschaut hat. Etwas wird sichtbar, doch nicht die Geschichte, die sie hören will.

Der Mann vor dem Bett trägt eine Frauenunterhose. Eine schmale Spitze umzackt den Beinausschnitt. Über dem Bett sind zwei Bogenfenster, die Vorhänge vorgezogen. Sicher hat das Gesicht des Mannes die Farbe der Vorhänge, aber blasser. Das muß sie sich denken, denn das Foto ist schwarzweiß.
»Ein gutes Foto«, sagt sie, als könnte sie einen Alptraum auf seine technischen Qualitäten überprüfen.
Auf der Sitzfläche eines Stuhls liegen ein kleiner Pullover und eine kleine Jacke übereinander. Sophie fällt das Wort für die altmodische Kombination nicht ein. Rechts an die Wand gerückt steht ein Schminktisch mit Pappbecher und Kassettenrecorder darauf.
»Was ist das da auf dem Nachttisch?«
»Rasierzeug«, sagt Kommissar Abenstein. Neben dem Rasierzeug liegt ein Terrier aus Plüsch auf dem Rücken, die Beine breit und steif in die Luft gestemmt.
»Häßlich«, sagte sie, weil es ihr peinlich ist. Die Frau ist tot, der Mann nicht. Die Frau ist nackt, der Mann nicht. Den Mann kennt sie. Die Frau nicht. Eigentlich ist der Mann nackter.
Sophie will weg.
»Warum sind Sie eigentlich gekommen?« fragt Abenstein.

»Ich habe am Freitag ein Vortanzen, und dann hat auch mein Freund Karl gesagt, fahr hin.«
»Sie sind Tänzerin?«
»Sozusagen.«
»Warum sind Sie dann zu mir gekommen?«
Kommissar Abenstein ist ein schmaler, ein trauriger Mann, sie schaut ihn an.
»Sie meinen, jetzt erst?«
»Ich meine, jetzt noch«, sagt er.

Ein gutes Polizeifoto. Sophie nickt und geht mit dem Gesicht ganz nah heran, sitzt plötzlich mitten drin. Das kommt davon. Sie sitzt im Bild mit dabei, tut nichts und schaut. Das Bild wird nicht einmal breiter.
»Kein Zeichen von Kampf?« Sophie wendet sich Abenstein zu und schiebt einen Kaugummi unauffällig in die andere Gesichtshälfte. Das entspannt die Züge.
»Damals war ich vierzehn oder so«, sagt sie.
»Damals war die Tür halb offen, als wir ankamen«, sagt er. »Draußen hing ein Schild. ›Bitte nicht Stören.‹ Mein Assistent ging als erster hinein, rührte nichts an. Die Tote nicht. Den Mann auch nicht. Hätten wir ihn angestoßen, er wäre wie ein Sack zur Seite gefallen, glaube ich. Dann kam der Fotograf, er arbeitete rasch und sagte ›gespenstisch‹. Sonst sagte keiner was. Wir nicht. Der Mann nicht. Wieviel Zeit verging! Ich begann Staub auf den nackten Schultern des Mannes zu sehen. Er kniete noch immer. Einmal, als der Fotograf den Film wechseln mußte, legte er die Kamera beiseite und ging auf das Bett zu. Er legte Ihrem Vater die Hand auf die Schulter.«

Soweit ihr Arm reicht, schiebt sie die Fotos auf Abensteins Schreibtisch von sich.

»Ihr Vater war versteinert.«

Sie legt die Ellenbogen auf den Tisch, und er will die Fotos in den Ordner zurücklegen, zögert aber. Denn sie lächelt so. Sie liest die Tagebuchnummer KK1/ C/ Datum 30.9.1982/, dann das Aktenzeichen der Staatsanwaltschaft 70-UJs, Mordfall Schnee.

»Wir haben ihn nach drei Monaten Untersuchungshaft mit einigem Unbehagen laufen lassen.« Er lächelt auch.

»Niemand hat ihn je wütend gesehen«, sagt sie.

»Das glaube ich gern.«

»Ich verstehe also nicht ...«

»Haben Sie ein Glück, daß Sie nichts davon verstehen«, und Abenstein dreht den Kopf, denn es klopft an der Bürotür. Er steht auf, und Sophie, so aufgefordert, ebenfalls. Als sie ihre Berliner Telephonnummer auf den Schreibtisch legt, sieht sie, das Foto liegt noch oben auf dem Aktenordner. Sie nimmt es weg. Schließlich sitzt sie in dem Bild mit dabei, seitdem sie es zu nah angeschaut hat. Hat nichts getan und tut nichts dazu, aber sitzt mit drin. Sie schiebt das Foto in den Rockbund.

»Kleiner Pullover, kleine Jacke in gleicher Farbe, jetzt fällt es mir ein. Twinset!« sagt Sophie laut, als Abenstein sich zu ihr umdreht.

»Dann hat sich der Besuch für Sie ja gelohnt.« Er schiebt sie zur Tür.

Damals war sie vierzehn. Jetzt ist sie sechundzwanzig, sieht aber aus wie siebzehn. Als die Mauer fiel vor eini-

gen Jahren, ging sie gleich in den Westen, dann in den Süden, weit fort.
»Wer erzählt mir die Geschichte meines Vaters?«
Sie schaut Abenstein an, und der schaut aus dem Fenster. Im Hof kein Vogel, der aus der Leere rettet.

»Marotzke«, sagte Frau Marotzke an der Kasse. Nein, nur am Wochenende arbeite Jelena, und manchmal auch am Donnerstag, aber immer erst ab 18 Uhr. Frau Marotzke nickte, während sie nein sagte. Jelena arbeite nur, wenn es sich lohne. Es war Montag, 17 Uhr. Hans versteckte seine Aktentasche hinter seinem Rücken. Vor Enttäuschung bekam er keine Luft.

Er war der Sohn eines protestantischen Pfarrers aus Rerik, hatte Literatur und einundzwanzig Semester Religionswissenschaften studiert. Hans war geschieden, hatte drei Töchter. Eine davon verheimlichte er, denn Sophie lebte bei der Mutter in Ostberlin. Er war ein Sammler, er sammelte Kakteen, Bücher und »Bücher, die es nicht mehr gibt«. Sammler seien die leidenschaftlichsten Menschen der Welt, hatte Balzac einmal gesagt. Hans-Ullrich klemmte die Tasche unter den Arm, rieb sich die Hände und stellte die Füße näher zueinander, während er Frau Marotzke anstarrte. Er war dreiundfünfzig Jahre alt.

Jelena würde über alles lachen, was für ihn galt. Zum Beispiel über sein Spezialgebiet »Bücher, die es nicht mehr gibt«. Unregelmäßig hielt er an Freitagen in der Ecke des Lesesaals Vorträge zu diesem Thema. Eine

Handvoll älterer Frauen hörte ihm dabei mit hängenden Schultern zu. Eine Handvoll Staub, dachte er, wenn er sich ihrem dünnen Applaus beugte und für einen kommenden Freitag die Fortsetzung versprach. Kalt gingen sie nach seinem Vortrag schlafen. Er stellte es sich vor, kalt. Ein für sein Alter auffällig junger Mann, sagten die jüngeren Frauen in der Bibliothek hinter seinem Rükken. Er gefiel den Frauen. Nur hatte er es in letzter Zeit vergessen. Die Trennung, die Scheidung, sein Auszug, die Kinder. Er gefiel. Ein stiller, aber verführbarer Streuner.

»Sie haben eine schöne Stimme«, sagte Frau Marotzke, da. Unter ihrer weißen Bluse schnitt ein schwarzer BH ins Rückenfleisch. Hans sah sie langsam an. Sie war eine, die sich mit dem Glanz ihrer früheren Jahre trösten konnte, und da kannte er sich aus.

»Schöne Stimme«, wiederholte zaghaft Frau Marotzke, und ihre Augen flackerten. Hans legte beide Hände auf die Kassentheke. Der Schaukasten neben der Kasse, mit Mädchenfotos im Aushang, roch nach Glasspiritus.

Seine erste Frau war Ärztin gewesen. Hatte er abends der Ärztin die Füße massiert und fest in den Steg zwischen Ferse und Wade gegriffen, so daß die Sehne fast sprang, war sie sofort erregt gewesen. Das hatte er sich für weitere Abenteuer gemerkt, und sie hatte ein weiteres Kind von ihm verlangt. Sofort. Das Sofa hatte leise geweint und das Radio Miles Davis gespielt. »Fahrstuhl zum Schaffott«. Hans-Ullrich, hinter geschlossenen Lidern, hatte sich Jeanne Moreau vorgestellt.

Er nahm die Hände von der Kassentheke. Frau Marotzke verzog den Mund, als er die Show verließ. Noch auf der Straße hatte er in der Nase den Geruch von Spiritus. Der Bibliothekar liest nicht mehr, sagte er laut, und nur ein alter Hund drehte sich nach ihm um.

Gleich nach der Arbeit schlich er wieder um den Laden, am Dienstag, am Mittwoch. Verzweifelt, denn er hatte keine Zeit mehr für diese Zeit ohne Jelena.
Am Donnerstag stand er vor dem Schaukasten, in dem die Bilder der Mädchen ausgestellt waren, die heute auftraten. Die Mädchen wechselten täglich, das Schild »Heute« nie. Da stellte Frau Marotzke sich neben ihn. Donnerstag, noch so ein Tag, der einfach »Heute« hieß.
»Soll ich Ihnen Feuer geben?«
»Ich rauche nicht, warum?« fragte Hans-Ullrich.
»Na, für Ihre Kerze«, Frau Marotzke lachte, den Kopf im Nacken, und zeigte auf seine Hände. Die waren gefaltet.
»Haben Sie denn nichts anderes vor?« Frau Marotzke berührte seine Schulter und ging an ihre Kasse zurück. Nichts anderes, murmelte Hans, und wieder blieb ihm die Luft weg. Donnerstags war immer Sophies Donnerstag gewesen. Er zog den Kopf zwischen die Schultern. »Sophie gewesen«, hatte er eben gedacht.
Er fuhr nach Hause.
In der U-Bahn hörte er sein Telephon in Friedenau bereits klingeln, sah Sophie, vierzehn, mager, klein und mit Mütze drüben in der Post Pankow in einer Zelle von einem Bein auf das andere treten. Sicher hatte sie die Stiefel ihrer Mutter an.
Papa?
Ja?

Es ist Donnerstag.
Wie bitte?
Donnerstag!
Hans öffnete die Augen. Mit leerem Blick sahen zwei Frauen durch ihn hindurch. Ihre Köpfe wackelten im Rhythmus der Fahrt.
Papa!
Hans wurde rot, und keiner achtete darauf. Sophie war das Kind, das er mit Sophies schöner Mutter hatte. Seit Sophie Geburt war er fast jeden Donnerstag über die Grenze gegangen. Diese Donnerstage im Osten waren die regelmäßigen Abenteuer in seinem Leben gewesen. Sophie war seine Lieblingstochter, und die wöchentliche Reise in die Hauptstadt der DDR eine, so gab er verlegen zu, literarische Erfahrung. Die Sache mit Sophie war für ihn das Buch, das es noch nicht gab.
Papa?
Ja.
Es ist Donnerstag. Wie stellst du dir das vor, so hörte er Sophie erbärmlich reden, als stünde sie nicht in der Post Pankow, sondern in einer unbeheizten Halle mitten in Sibirien. Wie stellst du dir das vor, einfach nicht zu kommen an unserem Donnerstag? Ich wähle seit einer Stunde deine Nummer, es ist die erste freie Leitung nach Westberlin und ...
Er duckte sich in den U-Bahn-Sitz. Zum ersten Mal war ihm die Mauer willkommen. Er konnte sich dahinter verstecken. Krumm saß er da und machte dem Moment rasch ein Ende. Er ließ Sophies Geld schneller durchfallen da drüben, ließ die Pausen länger werden. Da paßte Abschied hinein. Stimmen wie die von Mickymäusen

drängten sich dazwischen, und dann, dann riß er die Leitung einfach ab und sagte, die ist schuld. Die Mauer. Er öffnete die Augen. Gleichgültig schauten ihn die zwei Frauen an. Innsbrucker Platz stieg er aus, ging zu Fuß weiter.

Dieser Donnerstag war der längste Donnerstag seines Lebens. Oft klingelte sein Telefon, oft. Er ging nicht hin. Was er tat? Ohne Jelena, keinen Schritt.

Hans-Ullrich saß im Pressecafé. Es waren siebenundzwanzig Schritte von hier bis zur Show, der vierundzwanzigste ging mit rechts um die Ecke. In kleinen Schlucken trank er sein zweites Glas Wein.
»Heute ist Freitag«, sagte der Begleiter einer sehr jungen Frau am Nachbartisch. Weil sie wußte, was das heißen mochte, wurde sie verlegen. Sie stellte die Vase mit den Maiglöckchen beiseite. »Damit ich dich besser sehen kann«, sagte sie.
Lange hatte Hans am Morgen überlegt, was er anziehen könnte. Er wußte nicht was, weil er nicht mehr wußte, wer er war. Also hatte er sich für etwas Beige-Braunes entschieden. Da war die Auswahl groß.
Am Nachbartisch küßten sie sich. »Halt den Mund«, sagte die Frau, als sich ihre Münder trennten.
Wie ein Heimwerker hatte Hans seine Jelena aus der Luft gesägt und war, in Tagen gerechnet, schneller gewesen als Gott bei der Erschaffung der Welt. Jelena war eine Sensation geworden unter seinen Händen. Du bist schön, meine Liebste, du bist schön, hatte er geflüstert und war in ihrem Anblick ertrunken. »Oh ewiges Feuer, oh Ursprung der Liebe«, sang sein Herz. Die Bachkantate 34 kannte er noch von Pfingsten. Manch-

mal wurde sie auch als 34 a für Trauungen benutzt. In der U-Bahn Richtung Bibliothek hatte er Montag, Dienstag, Mittwoch am Morgen und am frühen Abend die Augen geschlossen und sich erst heute auf Jelena gelegt. Erst einmal von hinten, auf ihren Rücken. Hatte ihren Kopf gehalten, fest, ihre Arme fester, hatte gesehen, wie schön sie sein kann, wenn einer Macht über sie gewinnt. Sie hatte ihn nicht berührt. Dafür fehlte seiner Phantasie das Vokabular. So war er ungehindert bis zum Äußersten gegangen. Als er in der U-Bahn, auf Höhe der Station Heidelberger Platz und noch zwei Stationen von der Freien Universität entfernt, als er ein wenig in Eile in sie drang und sie einen Schmerzensschrei ausstieß, da wußte Hans, sie war noch Jungfrau. Für ihn war sie es noch.

»Ja, schaut nur«, sagte er laut.

Das junge Paar würdigte ihn keines Blicks. Er stand langsamer auf als nötig und ging auf die Tür neben der Kuchentheke zu. Drei Mohrenköpfe mit aufgemalten Gesichtern blickten ihm entgegen. Sonst niemand. Noch war es ihm nicht anzusehen. Er ging auf die letzte und vielleicht einzige Veränderung in seinem Leben zu, er, der Bibliothekar, er wußte mehr über das Lieben, als man ihm ansah. Jelena würde es wittern. Die Tasten treffen, sagte er sich in der Sprache des Pianisten, die Tasten treffen kann jeder. Aber daß es Musik wird? Er sah Jelena die Nase in seine Richtung heben.

»Ja, ich komme.« Fast hätte er gejubelt. Statt dessen trat er die Tür. Er würde sich die Freiheit nehmen, sie zu lieben, wie er die Woche über sich die Freiheit genommen hatte, an sie zu denken. Das war ein fester Satz. Der

Satz straffte ihm die Schultern. Die Tür schwang zurück.

»Vorsicht Stufe«, sagte das Fräulein hinter der Kuchentheke.

Heute hatte sie ein Spray benutzt, bevor sie auf die Bühne ging. Die war leicht erhöht. Heute waren mehr Männer in der Show. Sie zählte vierzehn. Die saßen zu ihren Füßen. Gefiel es ihnen, klatschten sie am Ende der Musik eifrig. Dankbar, dachte Jelena manchmal. Das gefiel ihr. Sie lächelte zufrieden in die Kamera. Sie war achtundzwanzig. Argusaugen an der Kasse überwachten die Mädchen per Videokamera, um zu wissen, warum bei manchen so viele Kunden hinausliefen.

Doch nicht bei ihr.

Hans-Ullrich bog in die Joachimsthaler Straße ein. Inzwischen kannte er manchen, der sich hier herumtrieb. Jetzt war er auch so einer, besser angezogen, aber in den Taschen schon Dreck. Er blieb stehen. Die Passanten gingen eilig an ihm vorbei. Alles Menschen. Alle einsam. Ein junger Mann mit geöltem Haar und dunklem Anzug fegte Glassplitter im Foyer der Live-Show auf.

Sie war die Nummer vier auf der Tafel in der Garderobe. Ihr Licht leuchtete auf, rief sie in die Solokabine. Sie mußte nie lange in der Garderobe warten, und zum Stricken, wie die anderen, kam sie gar nicht erst. Sie versteckte ihre Tasche mit dem Geld unter der Eckbank. Heute hatte sie noch einmal ein Spray benutzt, bevor sie sich im Dunkeln hinter dem Gitter aufstellte. Ein Mann mit Brille fand den Schlitz für das Geld nicht, ein Mann mit feuchten Händen, nahm sie an. Wenn sie überhaupt etwas annahm außer Geld. Der Mann schämte sich vor einer abwesenden Familie. Geben Sie her, sagte sie und warf fünf Mark für ihn ein. Wie lange habe ich Zeit, fragte er schüchtern. Sie lachte, sagte, Drei-Minuten-Takt, und fing an zu tanzen. Da hatte der Scheinwerfer die Kabine bereits rot aufgerissen.

Hans-Ullrich war über den Besen des Putzmanns gesprungen und sich sofort albern vorgekommen. Seine Großmutter, die hätte diese Situation zu nehmen gewußt. Drei Tage, bevor sie starb, hatte sie im Garten einen Baum gefällt. Das ganze Dorf hatte zugeschaut. Die Mutter vom Pfarrer mit der Axt! Sie hatte täglich mehrere Auslandsreisen unternommen, mit dem Finger auf dem Globus. In den letzten Jahren hatte sie dabei eine Perücke getragen. Mit brennendem Gesicht hatte sie Hans mitgeteilt, was alles der Alltag freiwillig nicht hergab. Er war klein gewesen.
Hans-Ullrich hatte sich im Foyer noch einmal zur Straße umgedreht und die Fenster oberhalb der erleuchteten Geschäfte wahrgenommen. Da wohnen ja welche, dachte er und ging blind einen Schritt vor, stolperte über die erste Stufe und war schneller danach gelaufen. Die Großmutter? Die mußte draußen bleiben.

Jelena tanzte, sie redete beim Tanzen. Na, die meisten hatten wirklich Familie und nicht so große Ansprüche. Wenn sie redete, fiel es ihnen leichter zu onanieren. Der jetzt hier stand mit Brille und hängenden Armen, griff weder nach ihr noch nach sich selbst. Das war nicht normal. Und was nicht normal war, war gefährlich. Deshalb fragte sie bald. »Sie waren schon mal hier?«

»Vielen Dank«, sagte Hans-Ullrich, »vielen Dank, daß Sie mich erkannt haben.«
Jelena baute einen raschen Blick auf ihre Armbanduhr in den Tanz ein. Sie fragte, ob er nicht mit ihr ins Séparée wolle.
Was das sei, fragte er. Sie sagte, ein Sofa, und eine halbe Stunde Zeit. Er murmelte etwas. Er sagte, so geht das nicht.

Jelena blieb geduldig. Das lohnte sich fast immer. Für die Solokabine gab es 10 % Gewinnbeteiligung. Extraleistungen im Séparée handelte sie mit dem Kunden selbst aus.
»Zug um Zug eben«, sagte sie und hielt sich an seiner Gürtelschnalle fest. So kamen sie sich näher. Da ging das Rotlicht aus. Kurz erinnerte Hans sich im Dunkeln an jene Glasvitrinen im Kaufhauseingang, unter denen eine Kapelle von Stoffaffen hockte. »Was soll ich tun?« fragte er leise. Sie nahm ein weiteres Fünfmarkstück aus seiner Hand und warf es für ihn ein.
Er griff nach ihr durch die Stäbe, öffnete die Hälften des Kimonos, berührte ihre Brust, deren Spitzen, drapierte den Stoff so, daß sie frei lag, und hielt inne.
»Das ist eigentlich nicht üblich«, sagte sie. »Gehen wir ins Séparée. Fünfzig Mark, und dann ist es gemütlicher. Den Rest machen wir beide miteinander aus.« Sie lehnte sich im Stehen leicht zurück, schlug die Beine über-

einander, zögernd, abwehrend fast. Dagegen ihre Augen, ihre Brust, beide, tatsächlich beide schauten ihn an. Einladend, fand er.
Ob er eines Tages vor ihr stehen würde, um sie mit wenigen Schnitten zu entkleiden? Die kühnsten Träume, er lächelte, sind die Produkte der ängstlichen Menschen.
»Warum lächeln Sie so?«
»So«, sagte er, »tue ich das?«
Er ging nicht mit ihr ins Séparée und gab ihr trotzdem die fünfzig Mark. Als er das Geld herüberreichte, sah er seine Armbanduhr. Es gefiel ihm, sein Arm mit der Uhr so kalt, so unverbindlich nah ihrer Haut. Daran würde er morgen und all die anderen Tage denken, bei jedem Blick auf die Zeiger, bei jeder Frage seiner Kollegen nach der Zeit.
Wieder ging das Licht aus. Diesmal fand er den Schlitz allein.
»Sie sind mir ein verrücktes Pferd«, sagte sie, und sie dachte, beim nächstenmal bringt er Parfum mit.

Jelena war, das wußte sie, in der Garderobe so unbeliebt, wie sie bei der Kundschaft gefragt war. Sie war das Mädchen, das das meiste Geld mit nach Hause nahm. Selten weniger als 800 Mark nach einem Wochenende. Ihr Haar war rot oder blond, ihre Augen grün oder blau, je nachdem, ihr Körper perfekt. Den Vergleich mit dem besten Pferd im Stall hatte sie sich untersagt. Eine Kollegin hatte neulich lange mit einer Rasierklinge gespielt, bevor sie sich die Haare von den Beinen geschabt hatte. Das sollte Jelena eine Warnung sein. Eines Tages würde sie so lange den Kurfürstendamm hinauf und hinunter laufen, bis sie einen anständigen Job hätte. Das nahm sie sich vor.

Sie legte ein Handtuch um den Hals, wie Boxer zwischen den Runden es tun, und tippte auf ihre Uhr.

»Ich muß«, sagte sie.

»Danke für alles«, sagte Hans-Ullrich.

»Hat es Ihnen gefallen?«

Er nickte.

»Dann kommen Sie morgen wieder.«

Er nickte. Sie ging.

Dreh dich um, befahl er sehr leise.

Aus dem Regal in der Diele hatte er einen Stapel Bücher gezogen und sie zu zwei gleich hohen Türmen auf dem Fußboden gestapelt, war in die Knie gegangen und hatte die Hände aufgelegt. Sieben, acht, neun, schon begann er zu schwitzen, seine Fußspitzen zitterten, dann die Arme. Bei elf brach er ab. Seine Hände klebten vor Anstrengung feucht auf dem Gesicht von Thomas Mann. Er schlug auf den Einband und meinte die Schulter, die Schulter von Thomas Mann.
Laut sagte er ihm: Der Bibliothekar liest nicht mehr. So wird er morgen fünfzehn Liegestütze auf seinen Büchern schaffen und dabei auch seine Brille abnehmen. Du wirst schon sehen, wie der Bibliothekar trainiert für Jelena. Das würdest du an meiner Stelle auch tun. Denk nur mal an ...
Da fiel ihm bei Thomas Mann nichts ein, bei dem, nichts. Aber bei Heimito von Doderer. Morgen würde er den nach oben legen.
Hans-Ullrich stand auf und ging ins Bad. Sie könnten ein Paar werden. Ein normales Paar. Mit Kind.
Besser ohne Kind, beschloß Hans-Ullrich und trocknete sich den Schweiß ab. Kinder hatte er genug. Lioba noch von früher, als er mit der Ärztin verheiratet gewesen

war, dann Sophie in Pankow und eine zweijährige Edna, die auch bei ihrer Mutter lebte. Jelena mußte so alt wie Lioba sein, und doppelt so alt wie Sophie. Hans-Ullrich öffnete seinen Kleiderschrank, betrachtete seine Krawatten und schnitt sich die Fingernägel dabei. Kleine weiße Sicheln aus Horn fielen ihm vor die Füße, und er ließ sie liegen. Er nahm seine schönste Krawatte heraus, eine rote. Der Freitag gestern war gut gelaufen. Er hatte sie berührt. Heute war Sonnabend. Hans holte Luft.
Wollen Sie mit mir Essen gehen? Er probierte den Satz in verschiedenen Betonungen und kontrollierte den Ausdruck seines Gesichts im Spiegel dabei. Sah er heute dikker aus, ältlich, unbeholfener? Sein Gesicht, ein Fleischklops?
Wollen Sie mit mir Essen gehen? Wollen Sie? Klang sollte es haben, nicht Bedeutung, Musik sollte es sein, eine Verführung.
Sie war eigentlich zierlich, das Kreuz über der Taille nach innen gewölbt. Sein Haus hätte er in diese Mulde bauen mögen. Der Hintern war klein im Vergleich zur Brust, ein delikates Mißverhältnis. Er mochte Frauen, deren Oberkörper zu schmal schien für die Größe der Brust. Sie sahen aus, als hätten Mädchen sich für ihn beeilt, Frau zu werden. Sorgfältig band er die Krawatte, war unzufrieden mit dem kürzeren Ende und knotete sie neu. Jelena hatte erdbeerblondes Haar. Er hatte sie nicht geküßt. Das war da nicht üblich. Außerdem, er roch aus dem Mund nach Büchern.

Die letzten drei Schritte vor dem Eingang blieb er stehen. Ein älterer Herr streifte seine Schulter, überholte und zog mit fahrigen Fingern die Tageszeitung aus dem nächsten Papierkorb. Hans-Ullrich sah sich plötzlich mit den Augen dieses Mannes und wechselte das Gewicht mehrmals von einem Bein auf das andere. Da sah Hans, links, sich mit Ullrichs Auge, rechts. Ich bin wie du, sagte Hans zu Ullrich. Schau mich nicht so an. Ich bin wie immer. Nein, sagte Ullrich zu Hans, du bist ein Elend. Hans sagte, dann müssen wir aber jetzt zusammenhalten. So ging Ullrich ängstlich und auf Hans' Verantwortung mit hinein. Beide starrten sie Jelena oben auf der Bühne mit ihren tausend Augen an.

Sie hatte die Nummer gewechselt und nachtblauen Samt über den Bühnenboden geworfen, um sich auszustellen, Kostbarkeit auf dunklem Tuch. Sie bewegte sich langsam, langsamer als andere Frauen, dachte Hans-Ullrich und versuchte, nicht an die anderen Männer neben sich zu denken. Die wollten immer das gleiche. Und? Das Immergleiche soll das Schönste sein? Das Schönste? Gerne hatte er sich an seinem Lesetag in der Mitte des Bettes mit einer Frau getroffen. Daß es Nachmittag war, war das Schönste daran gewesen, und daß er danach lesen konnte.

Hans-Ullrich Kolbe schloß die Augen. Das leistete sich hier nicht jeder. So würde Jelena ihn vielleicht erkennen, unter den zitternden Augendeckeln. Jelena tanzte, blond wie sie war, zu arabischer Musik. Einen Handschuh trug sie, links. Ihre Haut stieß unwirklich weiß an das schwarze Leder von Handschuh, Stiefel und Gürtel. Der Gürtel versprach, noch gebraucht zu werden.

»Laß mich dein Gürtel sein.«

»Ruhe«, sagte der Mann neben ihm.

Sie nahm den Gürtel ab. Sie zog ihn zwischen den Beinen durch, er teilte sie so sanft, daß er das Gegenteil denken mußte. Sie blickte ihn, nur ihn, mit geöffnetem Mund an. Er verwechselte, sie, sich, Auge, Mund, verblindete, erdurstete, zerstarb. Irgendwie hündisch, dachte er noch, und, nimm den Hund aus dem Gesicht. Sie bog den Oberkörper zurück, was die Illusion ergab, sie öffne sich noch mehr. Ein Geheimnis ohne Belang. Er schaute in sie hinein.
Man schaut den Menschen nur vor den Kopf, hörte er seine Großmutter sagen. Da drehte er den Kopf weg, den Körper nach, ging seinem Kopf hinterher, heraus aus der Show, bevor die Musik zu Ende war.
Draußen die Luft traf ihn so frisch ins Gesicht, daß er nach wenigen Schritten stehenbleiben mußte. Er putzte sich die Nase und mit demselben Tuch die Brille. Dann drehte er sich um, dachte, da ist der Weg, den ich gegangen bin, und zählte noch einmal bis zehn. Die Autos fuhren schärfer um die Ecken, weil Sonnabend war. Der letzte Zug nach Hannover hielt auf Gleis drei am Bahnhof Zoo. Touristen leckten Eis, waren laut und unzufrieden. Sie sagten »bei uns«, als sei dies nicht ihr Land. Er wartete, lehnte sich mit der Rechten gegen einen Betonpfosten der Passage. Die Sonne schien ihm ins Gesicht und tat gut.

Mit dem 19er Bus fuhr er den Kudamm hinauf Richtung Halensee. Im Hotel Kastanienhof wollte er draußen sitzen und mit Kaffee sich Mut antrinken.
»Wollen Sie?«
Im Herbst war er oft in dem altmodischen Garten des Hotels Kastanienhof gewesen. Die Sonne hatte sich mit

letzter Kraft wie ein Spinnweb über sein Gesicht gezogen, daran dachte er jetzt, als er am Halensee ausstieg.
»Hören Sie zu, Sie Kakteenzüchter«, sagte jemand dicht hinter ihm, und Hans spürte eine Hand an seinem Ellenbogen.
»Woher wissen Sie das?«
»Was ich nicht alles weiß, Professor.« Die Hand legte sich auf Hans' Schulter und schlug mehrmals zu. »Gewebeprobe. Sie hatten dort Schuppen, Professor«, sagte ein magerer Mann, als Hans den Kopf drehte, um in einem jungen und faltigen Gesicht nach den Zügen eines ehemaligen Studenten zu suchen. Er fand die von mehreren. Semester für Semester hatte er den Studenten Kurse angeboten: »Korrektes Zitieren in wissenschaftlichen Arbeiten«. So hatte er auch zwei oder drei Studentinnen näher kennengelernt.
»Wiedersehen, Herr Professor, grüßen Sie mir Elvira.« Der magere Mann betrat den Garten, die Terrasse und verschwand im Nebeneingang des Hotels. An eine Elvira konnte Hans-Ullrich sich nicht erinnern.
Er lehnte sich an den Zaun des Kastanienhofs. HOTEL UND RESTAURANT GESCHLOSSEN. Im Garten lagen Laub und Baumgebein. Dazwischen wuchs, was wollte. Eine Taube beobachtete ihn, ohne mit der Wimper zu zucken. Was die sah?
Er hielt den Atem an, hielt mit verschränkten Fingern bei sich inne. Im Kastanienhof öffnete ein Anstreicher das Küchenfenster. Musik spielte, die Hans gut kannte. Sophies Musik. »Just the two of us«. Still stand Hans, so still, wie der Moment in ihm stand. So still wie entscheidend.

Dann ging er zu Fuß den langen Weg vom Halensee über den Kudamm Richtung Zoo zurück und trank keinen Kaffee. Acht Busse überholten ihn, und die Straße kam ihm so trocken vor, daß er dachte, sie sei durstig.

Einmal Jelena, bitte, sagte er an der Kasse. Er versuchte, nicht gerührt zu sein, denn weniger gerührt ist weniger betrogen.

»Wie war er eigentlich?« hat auch Karl sie gefragt.
Karl ist der Mann der neunziger Jahre für Sophie, denn mit Karl fing das neue Leben an. Hätte sie Karl früher kennengelernt, sie wäre vielleicht noch gewachsen?
»Wie er eigentlich war?« fragt sie laut am Fahrkartenautomaten der S-Bahn-Station Savignyplatz. Oft redet sie mit sich, und wenn sie ein Gegenüber braucht, nimmt sie den nächsten Telefonhörer zur Hand, egal, ob am anderen Ende der Leitung einer ist. Zeiten hat sie hinter sich, da waren Telephonhörer ihre besten Freunde.
Wie er eigentlich war? Sie sucht Geld für ein Viererticket in der Tasche. Sie will zum Alexanderplatz, wie früher. Immer mehr Dinge, die sie jetzt will, heißen »wie früher«. Sie sucht das Geld und hat das Foto unter den Fingern, das sie eben von Abensteins Schreibtisch genommen hat. Die Finger lesen über das Papier, blind. Mit der Bewegung erinnern sich die Finger, dann Sophie.
Schwedeneisbecher mit Apfelmus im »Eiscafe Anett« in Grünau, gegenüber dem Nachtclub »Riviera«, der Plastiklöffel ist lang, der See ist lang, und weil eine Frau in Blau am Eiscafézaun vorbeigeht, hört er Sophie, sieben, nicht zu. Papa? Wir gehen schwimmen im Müggelsee?

Am nächsten Donnerstag, sein weißer Rücken im kalten Seewasser, und Sophie ruft »Kalkeimer, Kalkeimer«. Oder, am Bahnhof Friedrichstraße, die Grenze, Donnerstag und dunkel, jemand sagt »Tränenpalast«, und Sophie, neun, sieht die Straßen im Westen, wo er wohnt, naßgeweint. Oder, Postamt Pankow, von dort gibt sie, dreizehn, telephonisch in Westberlin die Bestellung auf: Zwei Kassetten Boy George, Joe Jackson und Emy Lou Harris. Oder einmal, er zieht ein Deckblatt aus der Manteltasche. »Geschichte der Wärmflasche«. Widme ich dir, Sophie, sagt er. Oder einmal, er macht einen Hüpfer, während hinter ihm Sophies schöne Mama mit spitzen Absätzen im Dunkeln steckenbleibt.
Mein Vater. Sophie steckt das Wechselgeld aus dem Automaten ein. Mein Vater, der war ein Sammler und sah ziemlich gut aus. Er hat mir die Hitparade West mitgebracht, hat viel riskiert an der Grenze, damit ich »Just the two of us« auch hören konnte. Er hatte Eigenschaften für den Normalfall, ja, er war der Normalfall an sich, und so gefiel er den Frauen. Und, er hatte Eigenschaften auf Eis. Das Tauwetter kam in jenem Frühjahr, als ich vierzehn wurde. Als »Just the two of us« Platz 1 der Hitparade war.
Die Bahn Richtung Alexanderplatz fährt ein, und Sophie ist aufgeregt, als besteige sie ein Raumschiff.

Einmal Jelena, bitte, hatte Hans-Ullrich Kolbe an der Kasse gesagt. Mit der Handkante polierte er die obere Zahnreihe. Das hatte er noch nie getan.
Ein zweiter Mann wartete bereits neben ihm, Franzose im blaukarierten Hemd. Sie musterten sich. Trotz der Wärme der ersten Sommertage trug der andere eine geblähte Windjacke und einen weißen Schal. Seine Socken waren kinderhellblau, die Schuhe aus Wildleder. Dem Franzosen fiel beim Geldwechseln der Ausweis, rot, aus der Tasche. Colmar 1935. Hans gab seinem ersten Reflex nicht nach. So bückte sich der Franzose, mühsamer, als Hans, Rerik 1929, es getan hätte. Das Haar des Franzosen war grau, grau war das Haar, ja grau. Daran änderte auch die Baseballmütze nichts, im Gegenteil. Sie machte es schlimmer. Der Franzose hatte ebenfalls Jelena für sich reserviert. Was wollte sie mit so einem alten Kerl? Hans hob die Hand, als könne er etwas verhindern, er verlängerte die Geste, verlegen, und fuhr sich über das Haar. In seinem Kopf kreiste ihr Becken. Er mußte warten.

Sie lächelte, wie man über ein mißglücktes Paßfoto lächelt, wenn es aus dem Automaten fällt.

»Sie waren heute nachmittag schon einmal hier? Oder letzte Woche?«

Hans sah sich in der Solokabine um. Warum sie das nötig habe? Ihm mißglückte eine Handbewegung, die so verdorben wie diese ganze Umgebung sein sollte. Sogleich kam er sich vor, als hätte er geschrien zwischen zu dünnen Wänden. »Nicht jeder hat Eltern mit einem Milchgeschäft«, sagte Jelena. Er sah sie an. Sein Blick stieß an ihre Augen, eine stumme Wand. Ich, einsam, dachte er, und Schwein und altes Stück. Altes einsames Stück Schwein.

»Sie sind ja Linkshänder«, sagte Jelena, als er abrupt durch die Stäbe nach ihr griff. Seine Brille beschlug.

»Sie sehen ja nichts mehr.« Sie nahm ihm das Gestell ab, das fast noch neue. Er dachte an seine zweite Ehefrau. Mit der hatte er es ausgesucht.

»Sie heißen doch nicht Jelena?«

»Und Sie?«

»Nicht, Sie heißen doch nicht so?« Er sah sie an. War sie denn der Zufall, der die unabsehbaren Folgen bringt? Sie war schneller mit ihm fertig, als ihm recht war. Denn sie war geschickt. Wieder nahm sie das Handtuch über die Schulter und drehte sich ab. An der Wand war kein Waschbecken. In den Romanen war in solchen Etablissements immer ein Waschbecken und genau dort gewesen.

»Ich muß gehn«, sie zeigte mit dem Kopf durch die Wand, die ohne Waschbecken, hob die Rechte und rieb unsichtbares Geld zwischen Daumen und Zeigefinger. »Deshalb.«

Ein kleines dreieckiges Gesicht hatte sie, das Kinder

mögen, weil sie denken, es kommt eine, die ist wie sie und lächelt des Nachts die Angst fort. Zwischen den Vorderzähnen gab es eine Lücke. Ihr Lächeln war der Zaun. Sie war zu schön für ihn. Hans-Ullrich schloß sein Jackett über dem Hosenschlitz. Sie hatte ihn nicht angesehen dabei. Jetzt tat sie es. Jetzt traf ihr Blick seine Gedanken. Sie gab ihm ein Papiertuch.
»Zum Abschminken«, sagte sie, ohne zu lächeln. Ohne Zaun sozusagen.
In der Bibliothek lagen an diesem Sonnabend Stempelkissen und Stempel beieinander in Hans-Ullrichs Schreibtischschublade. Er hielt das Papiertuch in der Hand und zählte im Kopf ab; Stempelkissen, Stempel, Teebeutel, Ceylon und Malve, Adreßbuch 79 und 80, 81, Pfefferminzschokolade, Stoppuhr, Plasteschaf von Sophie als Talisman, der alte Wimpel von »Traktor Rerik«, und irgendwo dazwischen mußte doch das Ding sein, das er nie brauchte.
»Sie können hier nicht stehenbleiben«, sagte Jelena.
Er steckte das Papiertuch ein und beulte mit der Faust die Hosentasche aus. Mußte es doch da noch sein, obwohl er es bisher nie gebraucht hatte. Das Ding. Seine American-Express-Karte. Daran dachte Hans jetzt. Aber laut sagte er etwas anderes.
»Ihr Blick ist meinen Gedanken begegnet.« Das war der falsche Satz. Er hatte einen anderen vorbereitet.
»Wollen Sie?«
»Jetzt? Essen gehen, jetzt? Hier erlebste Sachen«, sagte sie, kniff ihr Haar, bis es struppig war, und ging.
Ohne sich umzudrehen.

Er trat auf die Straße. Vor der Currywurstbude drängte sich eine Schulklasse. Hans-Ullrich warf das Papiertuch in den Abfallkorb auf Pappteller und Essensreste.
»Na, hat es Sie auch erwischt?« fragte eine Stimme dicht an seinem Ohr. Hans wurde geschubst von einem großen Jungen mit Pickeln. Der Junge entschuldigte sich in badischem Dialekt, und zwei seiner Klassenkameradinnen kicherten. »Ist es die Polin?« fragte da die gleiche Stimme wieder, und der Besitzer der Currywurstbude schleppte in diesem Augenblick zwei Bierkästen an Hans vorbei, verzog schmerzlich das Gesicht, bevor er Hans grüßte. Hans grüßte zurück.
»Ist es die Polin?«
»Welche Polin?« fragte Hans, bevor er sich umdrehte. Er hatte die Stimme erkannt. Auch der trieb sich hier herum, warum auch nicht, waren doch Bahnhof Zoo und Halensee sich ähnlich, unwirtliches Gelände, das Verlorene anzog.
»Die macht alle verrückt, Professor«, sagte der junge Mann mit dem faltigen Gesicht.
»Welche Polin, Herr«, fragte Hans so ernst, daß der andere lachen mußte.
»Na, diese Rotblonde, mit diesen Hüften, diesen Beinen, diesem, diesem ...«
»Wer?« fragte Hans streng.
»Na, die mit dem, und dem, und dem absolut, absolut senkrechten Lächeln.« Die Stimme in seinem Nacken ging schamlos ins Detail. Ein unterdrücktes Lachen lag als leiser Trommelwirbel unter jedem Wort.
»Hat sie wieder so oder so oder so? So kenne ich sie nämlich, die ...«

Hans-Ullrich sparte die Obszönitäten beim Hinhören einfach aus. Wie rot ihr Haar war, hatte er selbst gesehen. Er hatte das Haar berührt, das schmeckte zwischen seinen Fingern nach Erdbeere. Hans wollte die Straße überqueren und stolperte.

»Ich glaube, die ist nicht frigide, manche sind es ja heimlich. Die nicht. Die nicht, aber wer weiß, vielleicht bekommen Sie sie ja nicht so, wie ich sie bekomme.« Die Stimme des Mannes senkte sich und machte so das Ende des Satzes noch gemeiner.

»Die ist nämlich aus Dralles Stall, ist fast dreißig, tja, auch bald am Ende ihrer Karriere, die Alte aus Dortmund, und Dralle kennen Sie nicht? Natürlich nicht, ist ja auch kein Dichter.«

Hans-Ullrich, eine Salzsäule, wie sie in der Bibel herumsteht, starrte auf den Zebrastreifen unter seinen Füßen. Zwischen den hellen Streifen da, war das Asphalt? War das Wasser, so tief wie dunkel?

»Dralle hat die Bar in Dortmund direkt unter dem Möbelgeschäft seines Bruders, Westenhellweg. Damals hieß sie noch Liz. Jetzt nennt sie sich Jelena und sagt, sie sei Tänzerin.«

Hans glaubte, die Stimme hake bei ihm unter. Er stürzte los und stolperte über den Zebrastreifen. Er machte kleine Sprünge. Die weißen Balken standen wie Hürden heraus. Er machte kleine Sprünge immer bei weiß. Er fürchtete jeden weiteren Satz. Jemand wie er hatte keine Sätze dagegen. Also blieb er einfach stehen, hob den Arm, streckte ihn durch, parallel zur Straße. Er nahm Schwung für eine halbe Drehung. Der Schwung reichte nicht aus, um zur Ohrfeige zu werden, und seine ausgestreckte Hand schlug den Mann, schlug ihn nur gegen die Schulter.

»Wir sehen uns«, sagte Hans. »Sagen Sie mal, wo wohnen Sie eigentlich?« Eine Haarsträhne fiel ihm verwegen ins Gesicht. Schade eigentlich, daß Jelena ihn so nicht sah.

»Soll das eine Drohung sein?« Der junge Mann öffnete den Mund, und seinem Lachen fehlten drei Zähne.

»Ja«, sagte Hans.

Er stand und wuchs.

Sophie steigt am Alexanderplatz aus und erkennt weniges wieder. Früher war sie oft mit ihrem Vater hier, auf dem Fernsehturm und in der Milchbar, immer am Fensterplatz. Immer donnerstags. »Unser Tisch«, hieß der Tisch. Das Eis hatte den Plastikgeschmack des Bechers. An Eis ohne diesen Geschmack hatte sie sich im Westen nicht gewöhnt. Eher gewöhnte sie sich an Eis ohne Kälte.

Im S-Bahnbogen kauft sie eine Tüte Zwetschgen aus Czernowitz. Nun ist Czernowitz eine Stadt wie andere auch, in Tagen mit dem Bus zu erreichen, und auch dort sind reife Zwetschgen blau. Sophie ißt im Gehen und spuckt die Steine in die Tüte zurück, sie kleben zwischen dem Obst. Im Ramsch neben einer Baustelle entdeckt sie ein Buch, auf dem ihr Name falsch geschrieben ist. »Sofies Welt«.

Sie greift zum Buch daneben, denn der Umschlag ist bunter. »Tattoo«. Tattoo, liest sie im Klappentext, wählt man als Zeichen für eine Niederlage oder einen Sieg, als Zeichen der Freude oder der Trauer. Ein Tattoo steht am Anfang eines neuen Lebensabschnitts, wenn ein Mädchen zur Frau oder wenn das normale Leben zum Abenteuer wird. Ein Tattoo ist eine Initiation. Sophie legt das Buch zurück, denn es ist ihr zu dick, wie alle Bücher, und zu teuer. Und überhaupt, nie hat sie gern gelesen, zum Kummer ihres Vaters. Warum hast du dich nicht verändert, Sophie? Noch drei Zwetschgen sind in der Tüte, und sie verschiebt die Antwort, schaut lieber über den Alexanderplatz. Der ist noch immer ein Stück Moskau in Berlin. Irgendwie Heimat, die sie nicht mehr leiden kann. Die Frauen tragen unten schlechte Schuhe und oben das falsche Aroma im Haar. Und warum hast du dich nicht verändert, Sophie? Warum ist dein Tänzerinnenhaar noch immer so dünn und zwiebelig geknotet, sind deine Schenkel noch immer so ausgedreht, als hätten sie dich unter die Heizung geschoben und dir die Hüften gebrochen? Warum bist du nicht mehr gewachsen, seitdem du vierzehn bist? Findest dich damit ab, daß du nur 1,58 groß, wenn auch staatlich anerkannt bist? Und, warum hast du irgendwann nicht mehr »Warum« gesagt? Wann war das überhaupt? Sophie wirft einen Blick auf die Normaluhr in der Mitte des Platzes. Die zeigt die Zeit an, und auch, daß alles weitergeht, was auch normal ist.

Ach, dieser Vater von drüben. Der kam ihr einmal vor wie ein sicherer überschaubarer Weg, den sie nachts, tags, traums von einem Donnerstag zum nächsten würde gehen können. Dann setzte das Tauwetter ein und machte den Weg zum Fluß. Zu dem Fluß, der er immer gewesen war? Es riß ihn fort. Aber eigentlich war er immer ein guter Vater gewesen, bis er vergaß, daß er einer war. Liebe macht asozial? Liebe macht alte Liebe vergessen? Also, warum sie dann gekommen ist? Morgen hat sie ihr Vortanzen am Theater des Westens, und

wenn es klappt, hat sie in drei Monaten so viel Geld verdient wie sonst in einem Jahr. Sie schaut auf die Normaluhr. Morgen hat sie ein Vortanzen, also ist sie sowieso schon einmal hier. Also kann sie auch wegen dieses »Fall Vater« nachfragen, wo sie sowieso und überhaupt …
Erst als sie unter der Dusche in der Pension Florian steht, bemerkt sie, wie müde sie ist.

Sonntag 18 Uhr. Hans-Ullrich Kolbe war pünktlich, er war treu. Bevor er am Morgen die Augen aufgeschlagen hatte, hatte er lange in die Stille seiner Wohnung hineingehorcht. Ob die Stille wie früher war? Früher? Früher hatte er aufgehört, wenn er sich schämte. Ob er jetzt nicht mehr aufhörte? Ob er sich nicht mehr schämte?
Er schlug die Bettdecke zurück und starrte auf das straffe Spannlaken. Heute würde er Jelena fragen. Besser jetzt als später, denn in kürzester Zeit würde er ein normaler Kunde sein. Dann war nichts mehr möglich. Heute würde er Jelena fragen. Wenn sie mit ihm Essen ginge, dann würde sie auch weitergehen. Sie war anders, als Frauen sind. Frauen zogen meistens unliebsame lächerliche Folgen nach sich. Nicht so Jelena. Rasch hatte er sein Vermögen zusammengerechnet, das Festgeld, die Erbschaft von Tante Else, ihr Haus in Osnabrück und dessen Mieteinnahmen. Fünf Monate oder sechs mochte das reichen. Bis September? Entweder sie geht dann, oder es geschieht ein Wunder, und sie bleibt.
Die Hände in den Taschen fragte er Frau Marotzke, wieviel das koste, eine Reservierung Jelenas für die ganze Abendschicht. Frau Marotzke schüttelte den Kopf. Sie hatte auch rotes Haar, sah er.

Er schlug eine Pauschale vor, nannte die Summe zweimal.
Sie lachte und faßte seinen Arm.
»Sie Narr«, sagte sie. Er hätte ihr das Wort gar nicht zugetraut.
»Falsch. Ich Kolbe«, sagte er, nahm die Hände aus den Taschen, schloß sie zu Fäusten um seinen Witz und ließ den närrischen Kolbe sich verbeugen. Hatte er doch keinen Pfennig Geld dabei!
»Umsonst ist der Tod, der Rest ist vergeblich«, murmelte er. Sein Portemonnaie lag zu Hause auf dem Kühlschrank mit 30,– DM darin. Seine Treue und Pünktlichkeit machten vor Jelena keinen Wert, wenn er nicht zahlte, um sie zu beweisen. Das war neu. Sein Bibliothekarsleben lang war er dafür bezahlt worden, pünktlich zu sein und treu.
»Warum sind Sie denn so bleich?«
»Warten Sie hier«, sagte Hans-Ullrich streng zu Frau Marotzke. Sie nickte. Sie war gutmütig. Das machte ihn weniger lächerlich.

Bevor er seine Kreditkarte suchte, öffnete Hans das Fenster seines Büros weit. Trockene Luft, seine Kakteen auf Untertellern, eine schmierige Kaffeemaschine, ein Schreibtisch, lang und endgültig, wie ein Sarg. So kam es ihm jedenfalls vor. Er überraschte das Büro an einem Sonntag. Einem Kaktus griff er um den wurstförmigen Fortsatz aus frischem helleren Grün. Er stach ihn nicht, denn er hatte ihn gezähmt. Hans-Ullrich schaute auf den Hof, dann auf das Fenster gegenüber. Dort fristeten eine junge Bibliothekarin und eine noch jüngere Hospitantin ihre Wochentage bis freitags um drei, und beide ließen sie täglich ihr blondes, fast zitronenfarbenes Haar auf fleckige Buchseiten fallen. Junge Frauen und alte Bücher, Zitrone und Staub, das fand er pikant. Und wenn es dunkel war und die Kolleginnen von gegenüber längst aus dem Haus waren, saß Hans beim Fenster eine schöne Zeit in der Finsternis und ließ ihr Haar in zwei Bahnen am Thermopanrahmen vorbei über die Hauswand fließen. Die Spitzen berührten das Unkraut zwischen den weißen Parkstreifen im Hof. Daß Menschen über alles nachdenken, über Kindheit und Konto, Liebe und die Geschichten im Kino, über Essen, Reisen, Treue und manchmal über den Tod, aber daß sie nie daran dachten, wie doch der Blick aus einem Bürofenster, acht Stunden mal fünf Tage die Woche, das Leben nach kurzer Zeit wie einen Essensrest auf einem angeschlagenen Teller aussehen läßt? Hans-Ullrich bearbeitete mit dem Brieföffner einen ungeöffneten Umschlag. Er kam sich dabei nicht ungefährlich vor, und er probte die lässige Befragung Jelenas.

»Kennen Sie Arno Schmidt?« Hans-Ullrich lächelte und schnitt.

»Kennen Sie Arno Schmidt?«

»Könnte sein«, könnte sie sagen und nachdenklich den Namen Schmidt wiederholend.

Da gab Hans-Ullrich seinen Kakteen einen Schluck Wasser, sagte Prost und schob die dickste in den Sonnenfleck auf der Fensterbank. Der Fleck wohnte im Stein seit Jahren schon. Auch nachts. Morgen würde die Sonne bis zu dieser Stelle wandern und seine häßliche Prinzessin bescheinen.

Er warf den Brieföffner auf den Schreibtisch.

»Kommen Sie mit«, sagte er energisch. »Ich zeige Ihnen mal was.« Und Jelena folgte ihm in den Flur. Sie folgte, wenigstens solange sie nicht wirklich da war. Er stellte sich vor, ihre Schritte hinter sich zu hören auf dem Linoleum, zwischen den verschlossenen Türen mit Augen aus grauen Rauhglasscheiben. Was sollte er Jelena hier nur zeigen, ohne sie zu langweilen?

Er ging an den leeren Kleiderhaken auf dem Flur vorbei, weiter über gelbes abgetretenes Linoleum. Er nahm die Treppe, nicht den Fahrstuhl, betrat den menschenleeren Lesesaal und trödelte am Schlagwortkatalog entlang. Die Rollos über der Ausleihe waren heruntergelassen. Es knackte in den Rollschränken, und ihm war, als seufzten die vergessenen Bücher aus der zweiten Reihe.

Was für einen Mann wünschte sich so eine Frau wie Jelena. Hans ließ die Notbeleuchtung brennen, streifte mit der Linken die Karteikästen, als wolle er deren Griffe köpfen, und schaltete eine Leselampe ein. Einen Mann, wie er im Buch steht, in Büchern, die früher aus den Schürzentaschen von Hausmädchen wuchsen? Hans schaltete die grüne Leselampe aus an, an aus. Mit links spielte er am Lesegerät.

»Tja, wie wir uns kennenlernten?« Er fragte laut in den Lesesaal hinein. Hans wollte Jelena in sein Leben schmuggeln, solange hier keiner war. Kennengelernt, wie im Roman, kam Jelena ihm zuvor. Ihre Lederjacke knisterte, als sie bei ihm einhakte. Hans ließ an der Wand die Schatten einiger seiner Kollegen auftauchen. Freunde hatte er keine. Wie im Roman, hörte er seine Stimme. In Lichtwechsel der Leselampe ließ er Jelena und sich spielen:

Szene eins. Jelena und er lächelten wie Hunde, die gerade noch gerannt sind. Zwei. Das war so, sie lächelten noch immer. Szene drei, vier, fünf. Sie hat mich gebeten, ein Foto zu machen von ihr. Da wußte ich, sie reist allein. Und da auch ich allein reiste, bat ich den nächsten Passanten in diesem Rosengarten, ein Foto von uns beiden zu machen. Ich markierte den Abstand mit einem Fußkreuz im Kies und stellte mich neben sie. Ja, ich habe eingehakt, ließ er Jelena sagen. Noch mal. Oh ja, ich habe gleich ganz fest bei ihm eingehakt, sagte Jelena fröhlicher, und Hans sprach in ihren Satz hinein. Szene acht. Da beschloß der Zufall ohne mich, mein Leben eines pensionierten Menschen zu ändern. Denn der Zufall langweilte sich schon seit Jahren mit mir. Von der Kirchturmuhr schlug es an diesem ersten Abend sehr laut. Wir nickten uns zu, siebenmal mit jedem Schlag. Pause. Hans schloß rasch seinen Epilog an; sie lief mit meiner Visitenkarte in der Gesäßtasche davon. Verblüfft starrte ich auf das Profil ihrer roten Turnschuhsohlen. Ja, ich setzte mich auf eine der schweren weißen Bänke, die gegenüber dem Brunnen, Der-Brunnen-weißt-du-noch, in einem Buchsbaumalkoven standen. Ja, du setztest dich, sagte Jelena. Ich lehnte mich zurück, sagte Hans. Zweige stachen in den Nacken. Gern hätte ich ein Eis gegessen, doch gab es hier keinen Strand, und niemand stapfte mit einer Kühltasche vorbei. Die Vögel sangen lauter. Sie nahmen sich den Abend.

Hans-Ullrich hielt seine Armbanduhr unter die Leselampe. 22.10 Uhr. Die Bahn fuhr sonntags alle 20 Minuten von der Universität Richtung Zoo. Er mußte noch seine Kreditkarte holen.

Auf dem Weg zur U-Bahn würde er üben: Auf-Jelena-zu-gehen. Er sah sich laufen. Er war süchtig nach der nächsten Berührung, der nächsten, der nächsten. Jelena aber stieß ihn zurück, auf alle Viere.

Los! Mach Männchen!

»Ich habe noch nie eine Hure kennengelernt«, flüsterte Hans-Ullrich, noch immer über das Mikrofiche-Gerät gebeugt. Es zeigte die neueste Ausgabe von Thomas Mann.

»... und zweitens«, ließ er durchblicken, »bin ich nicht arm.«
Es war 0.30 Uhr in jener Sonntagnacht. Es war Mai in Schöneberg und Charlottenburg und Pankow. Friedenau schlief. Hans-Ullrich stand vor Jelena und wußte nicht, wie zu ihr mit seiner Lust. Fast hätte er seine Kreditkarte gezeigt, Passierschein an der Grenze, um auf die andere Seite des Gitters zu kommen. Dort stand Jelena, allein, aber zu müde, um es zu bemerken. Sie hörte gar nicht richtig hin.
»... und außerdem.« Er harrte aus in einem Nebel aus Hoffnung, Pfefferminze und Tabac. Die Hoffnung drohte als erste zu verfliegen.
Er war der letzte Kunde für heute. Jelena zog ihren schwarzen Kimono über und knotete den Gürtel sehr langsam vor dem Bauch. Sie sah seine Schuhe an, seine Hände, seinen Mund, sein Haar. Sie ging.
»Dreh dich um«, sagte er leise.
Sie blickte über die Schulter.
»Ich bin in einer Viertelstunde hier raus«, sagte sie.
»Ich warte«, sagte er.

Natürlich hielt er nicht ihre Hand, als sie auf der Straße nebeneinanderher liefen und kein freies Taxi fanden.

»Was haben Sie vorher gemacht?«

»Das ist nicht üblich«, sagte sie, »was ich hier mache. Ich gehe nie mit Kunden weg.«

Er glaubte ihr nicht und fragte:

»Warum dann mit mir?«

»Weil Sie so harmlos aussehen.« Sie war gewohnt zu lügen.

Ein Taxi bespritzte ihre hellen Strümpfe, als es scharf neben ihnen bremste.

»El Borriquito, Kantstraße, bitte«, rief Hans-Ullrich zu laut. Sie ließen auf dem Rücksitz Platz zwischen sich, als solle noch ein Dritter zusteigen, der jedem von ihnen näherstand. Sie zog sich die Lippen nach mit einem dünnen Stift, füllte die Kontur ihres Mundes aus. Dann tropfte sie Parfum hinter die Ohren, in den Ausschnitt, in die Kniekehle. Als sie den Kamm herausholte, sagte der Fahrer, das erlaube er nicht einmal seiner Frau.

»Was?«

»... sich kämmen – im Wagen ...!« Vor Empörung ließ er einige Worte aus. Da trafen sich seine und Jelenas Augen im Innenspiegel. Mühsam riß er sich von ihrem Lächeln los.

Sie kämmte sich.

An jenem Abend im Mai, der Himmel war blau über der Nacht, hätte Hans, Seite an Seite mit ihr, lieber woanders gesessen. In einem einfachen Restaurant in Paris oder gegenüber Roma Termini, drinnen karierte Papiertischdecken und Flipper und vor der Tür der verlassene Schatten eines Hauses, den kein Haus mehr spendet. Irgendwo, wo eine große Stadt des Nachts Provinz ist. Hier, im Borriquito, saßen sie zu dicht an anderen Paaren. Die meisten sahen aus, als seien sie nach der Liebe noch einmal aus dem Bett gestiegen, um Paella zu essen. Aus Flaschenhälsen wuchsen Rosen, und immer andere dunkeläugige Verkäufer neigten sich hartnäckig gegen jedes Nein über die Tischkante. Sie waren kleiner als die Sträuße, die sie trugen, und zu lächeln fiel ihnen leichter als weiterzugehen. »Junge Leute«, sagte der Kellner zu allen Gästen und faßte die Männer an die Schulter. Jelena aß den Reis der Paella mit einem Löffel. Sie trug auch beim Essen Handschuh, aber zwei. Das fiel weniger auf. Es waren halbe Handschuhe. Früher hatten Straßenbahnschaffnerinnen im Winter mit solchen Handschuhen, gestrickten, kassiert. Über den ledernen Rücken von Jelenas Handschuhen zog sich ein Reißverschluß. Während sie schweigend und mit Löffel auch kleinere Fische aß, suchte Hans nach einem längeren Gesprächsfaden.

»Peep-Show«, sagte er, »ist einmal ein englisches Jahrmarktsvergnügen gewesen, ein Guckkasten für Schaulustige, der mit Pennies gefüttert werden mußte, damit er eine Reihe von Bildern und Szenen zeigte, aber alles ganz rasch. War das Geld aufgebraucht, fiel die Klappe, das Bild verschwand.«

Jelena sagte nichts dazu.

Sie bewegte den Mund nur, um zu essen. Extraleistungen waren noch nicht ausgehandelt.

»Warum sind Sie mitgekommen?«

Sie schaute ihn einen Blick lang an. Dann aß sie weiter.

»Ich kann Ihnen sagen, warum«, sagte Hans. Er redete, er lächelte bei jedem Satz und auch zwischen den Sätzen, und er lächelte beim Schweigen noch, als habe er sein Gesicht vergessen. Doch die Worte, die er auftrieb, taten plötzlich so, als würden sie ihn nicht kennen. Allmählich hörte er den Lärm der Nebentische nur noch wie das Klappern von Tellern aus den geöffneten Fenstern eines Nachbarhauses. Hans wechselte das Thema, denn Jelena schien nicht zu interessieren, warum sie mitgekommen war.
Er wohne, seit er in Scheidung lebe, in einer Mansarde, sagte er, neben dem Trockenboden von Frieda Ohm, seiner österreichischen Vermieterin. Und ja, sie verstanden sich gut. Von seiner Mansarde aus sehe er das Leben aus der Vogelperspektive, und er habe so erkannt, daß das Vorwärtskommen eines Menschen abhängig sei von der Verlagerung seines Körpergewichts Richtung Ziel.
Jelena gähnte und zeigte eine rosa Zunge.
»Ich kann Menschen nicht leiden, die immer lächeln beim Sprechen«, sagte sie. »Sie sehen wie Hasen aus, genauso harmlos und blöd.«
Hans kontrollierte sich jetzt bei jedem Satz.
Am Ende des Essens blieben zwei Fragen offen.
»Finden Sie mich wirklich harmlos?«
Jelena lehnte sich, so weit es ging, auf ihrem Stuhl zurück. Ihr Gesicht verschwand aus dem Licht in den Schatten.
»Nein«, sagte sie, feindselig, aber lockend.
»Wollen Sie wissen, was ich wirklich bin?« Hans griff fest um den Hals seines Glases.

»Heute nicht mehr«, und sie legte ihren müden kleinen Kopf in der Handmulde ab.
»Wie sehen wir uns wieder?« Er zog seine Kreditkarte aus der Brieftasche.
»Donnerstag«, und sie schaute in seine Brieftasche dabei. Donnerstag, wiederholte Hans so, als hätte ihn jemand geschlagen, damit er das Wort »Donnerstag« preisgäbe. Donnerstag, Donnerstag, beim dritten Mal hatte er das Gefühl, seine Sophie da hinter der Mauer in Pankow endgültig verleugnet zu haben und wirklich nicht mehr zu kennen. Darüber wollte er jetzt nicht nachdenken. Hans schob einen letzten Geldschein für den Kellner unter die Kreditkarte. Er sagte, gut: Donnerstag.
Sie wollte aufbrechen. Da hielt er ihre Hände. Ließ nicht los, und mit einem Zucken im Gesicht, als löse sich eine Maske, fragte er. »Warum der Handschuh?« Er küßte ihre Fingerspitzen über dem schwarzen weichen Leder. Aufreizend langsam griff sie mit rechts an den Bügel des linken Reißverschlusses, zog Zahn um Zahn auf, das Leder öffnete sich, warf kleine Falten, es öffnete sich einen Spalt und weitete sich zum Dreieck. Ein senkrechtes Lächeln. Statt der zwei Hände sah Hans zwei Frauen. Die eine zog die andere aus. Jetzt klaffte das Leder weit. Jetzt ist sie ganz offen, dachte er und atmete schwerer, als es ihm recht war. Ein Skorpion saß auf Jelenas linkem Handrücken.
»Au«, sagte Hans und verzog das Gesicht. »Tut das nicht weh?« Plastisch wuchs der Skorpion aus Jelenas Haut und wieder in sie hinein. In dieser Sekunde, als er den Skorpion das erstemal sah, wußte er, daß es etwas gab, was er sich nicht vorstellen konnte. Wußte er, daß es das

mit Jelena auch für ihn geben könnte. Wußte er, diesen leeren reglosen Augenblick lang, es gab die Möglichkeit eines ganz anderen Lebens. Auch für ihn, den dreiundfünfzigjährigen Bibliothekar Hans-Ullrich Kolbe? Es war eine Ahnung und zugleich wirklicher als alles, was er sonst erlebt hatte. Er dachte an seine Tochter Sophie. Die hatte auch diese Anfälle von Glück im Gesicht, wenn er unbemerkt ihre Zimmertür öffnete und sie, die Lider nur einen Spalt geöffnet, eine gewisse Musik hörte.

Der Lärm von den Nachbartischen holte Hans zurück.

»Tut das nicht, nein, nicht?« Er sah Jelena an.

»Nicht sehr«, sagte sie. »Wie Sex mit dem ersten Freund.«

Eine Weile standen sie noch vor dem Restaurant. Sie hatte ihm eine Hand auf die Brust gelegt. Das kam ihm sehr intim vor, nach allem, was geschehen war. Er schluckte.

»Es war ein schöner Abend«, sagte sie. Und während sie vielleicht anständige Dinge von ihm dachte, stellte er sich vor, er zwänge sie, in einem Fahrstuhl es zweimal zu tun, ihre Haare in seiner Hand, seiner fast lotrecht nach unten gestreckten harten fordernden Hand. Er spürte schon ihre Zunge und dachte an ihren Blick. Im Rhythmus ihres Kopfes, der sich die wenigen Zentimeter auf ihn zu und von ihm weg bewegte, geriet sein Leben aus der Bahn. Dann meinte er sich schreien zu hören. Irgendwie alt, dachte er, ein Krächzen, ein Krach. Ein eingerosteter Mensch. Er sah sie und sich aus dem Fahrstuhl stolpern, Jelena mit rosigem Hals, und er gefährlicher und unrasierter als zehn Minuten zuvor.

Sie stieg in ein Taxi.
Über dem gelben Leuchtschild »Taxi« flackerte ein anderes rot auf. Die altmodischen Buchstaben zogen sich weit voneinander zurück, und jeder für sich blieb ein graphisches Rätsel. Spät erst erkannte Hans-Ullrich das Wort »Pension«.
Da war sie schon weg. Ohne zu winken.
Hans-Ullrich Kolbe stand mit den Fersen auf dem Bordstein, die Schuhspitzen in der Gosse. Lange stand er noch so und betrachtete das Bild von sich; an dieser Stelle fiel die Küste steil ab ins Meer.
Zwei türkische Jungen schossen eine Coladose gegen seine Füße.

Sophies Haare sind noch naß vom Duschen, als sie an der Rezeption nach dem neuen Berliner Telefonbuch fragt. I-Q. Sie setzt sich auf das Bett. In der Obstschale liegt die Bürste, aber die Haare tropfen noch zu sehr. Sie schlägt »K« auf.

Kolbe, Uwe, Wilhelm-Pieck-Straße. Der Name kommt ihr bekannt vor, aber ihr Finger rutscht Spalten weiter nach links. Kolbe, Hans, Drontheimer Str. 32 A, Kolbe, Hans-Dieter, Johannisthaler Chaussee 12, Kolbe, Hans J., Am Pfuhl 17, Kolbe, Hans-Jürgen, Allee der Kosmonauten 177. Der nächste Kolbe heißt schon Harry Kolbe. Er wohnt also nicht mehr in Berlin? Um so besser, dann muß sie ihm nicht begegnen, muß nicht sagen, Hallo, ich bin es. Erinnerst du dich nicht? Ich bin ja nicht mal mehr gewachsen, und meine Mutter hat längst aufgehört, mutlos das Metermaß zusammenzurollen und zu sagen, »Sophie, das ist der Schock«.

Sie war die schönste Frau von Berlin, Hauptstadt der DDR, du erinnerst dich? Und du, den wir später »den Schock« nannten, warst eine ihrer zahllosen Affären und trotzdem die Ausnahme. Denn du reistest aus Westberlin mit dem Tagesvisum an, erst wegen ihr, dann nur noch wegen mir, am Anfang dreimal die Woche, später nur noch einmal, donnerstags. Ab Frühjahr 1982 gar nicht mehr. Irgend etwas Weißglühendes muß zwischen dir und meiner Mutter gewesen sein, und als es erlosch, stieg ich aus der Asche, im März 1968. Die Entbindungsstation der Charité lag mit Blick auf die Mauer. Meine schöne Mama heiratete im gleichen Jahr den Mann noch einmal, der zuvor schon ihr Ehemann gewesen war. Vor der Affäre mit dir, dem Schock Hans-Ullrich Kolbe. Sie schickte mich weg, im Herbst 82, auf das Ballettinternat in Dresden, ins »Tal der Unwissenden«. Trotzdem hatten sie und ich es weiter gut miteinander, trotz der vielen Männer, die in der Kavalierstraße 8 in Pankow Kuhlen in unser weißes Sofa saßen. Auch sonntags, wenn ich zu Besuch kam. »Von wem ist denn die Kleine«, fragte der eine oder andere. Meine Mutter stieß dann die Luft durch die Nase, ohne zu lächeln. »Es waren drei Ostseefische«, sagte sie, »aber ich weiß nicht mehr, welcher.«

Du, der Schock, kamst nie mehr. Du bliebst auch so. Mama starb. Nach vier Jahren Ballettausbildung wurde ich ein staatlich anerkannter letzter Schwan von Schwerin. »Entenkopf« habe ich zu mir im Spiegel immer gesagt. Der Entenkopf mit dem traurigen muschelfarbigen Zopf auf dem Rücken weigerte sich eines Tages vor dem ganzen Ensemble, blöde Tendus auf öde Klavierbegleitung zu zählen. Ich flog raus, ein halbes Jahr später fiel die Mauer und ich Karl an der Autobahnraststätte in die Arme. Karl ist Maler, lebt in Nizza. Zu Karl fahre ich nach diesem Vortanzen zurück. Den Job will ich eigentlich nicht, will nur prüfen, ob man mich noch nimmt. Auch wegen Karl will ich das prüfen. Karl habe ich als

Anhalterin zwischen Celle und Herford kennengelernt, obwohl Irina vorn im Auto saß und absichtlich mit ihrem russischen Akzent redete. Ich, hinten, habe irgendwann die Hand in Karls Nacken gelegt. Irina ist bei Wunsdorf aus-, ich bin die Nacht mit ihm im Hotel ab- und eine Woche später ins Flugzeug nach Nizza eingestiegen. Nichts hat seitdem in meinem Leben geklappt. Außer Karl.

Sophie greift hinter sich auf die Bettdecke. Die nassen Haare haben einen Fleck gemacht. Sie streckt die Beine durch, übt schon für morgen, Plié im Sitzen, dreht die Füße aus, denkt, perfekt, perfekt. Gelernt ist gelernt, da klingelt das Telephon.
»Abenstein hier.«
»Ach gut. Wissen Sie«, sagt Sophie, »im Telephonbuch steht er nicht drin?«
»Was haben Sie denn erwartet?«
Sophie liest das Schild an der Türklinke »Bitte nicht stören«, in vier Sprachen. Deutsch, Englisch, Französisch, Russisch.
»Bringen Sie das Foto zurück«, sagt Abenstein. »Das ist ja strafbar, was Sie da machen.«
»Jaja«, sagt Sophie.
»Wo wohnen Sie eigentlich?« fragt Abenstein. »Wenn Sie bis morgen nicht kommen, hole ich mir das Foto zur Not.«
»Pension Florian«, sagt Sophie.
»Das ist aber unangenehm«, sagt Abenstein.
Sophie nimmt das Foto aus der Tasche. Zurückgeben? Aber doch nicht jetzt. Das Zimmer ist fast vollständig

auf dem Bild. Nur die Ecke hinten rechts bleibt im Dunkel, und weil es dort ins Dunkel geht ...
Sophie nickt und geht mit dem Gesicht ganz nah an das Foto heran, sitzt mitten drin, Gefangene ihrer eigenen Aufmerksamkeit.
»Schwierig, alles«, sagt sie zu Abenstein. »Jetzt sitze ich nämlich mit drin. Wirklich ein gutes Polizeifoto. Und was ich noch fragen wollte, wo ich sowieso schon mal hier bin. Wo eigentlich ...«
»Mädchen, ist das alles unangenehm«, und Abenstein legt einfach auf.

Es war später Vormittag, als Hans-Ullrich in die Bibliothek kam. Das Gebäude lag in der Sonne, im Schatten sein Zimmer zum Hof. Schritte klangen vom Korridor, und Bücher, Zeitschriften und Staub rochen wie immer, rochen wie er. Auch nicht die geringste Unregelmäßigkeit deutete an diesem Montag die Veränderung seines Lebens an. Lange stand Hans-Ullrich vor dem Pfad im Linoleum, der wie jeden Morgen von der Tür zum Schreibtisch führte, und er betrachtete den leeren Klappstuhl für Besucher. Da würde sie nie sitzen.
Da würde Jelena nie sitzen, einen Handschuh abstreifen und die schlaffe Larve durch die Hand ziehen, als hätte sie gerade eben einen Gedanken. Ich kann mich nur wundern, daß ich Sie so gar nicht liebe, hörte er sie sagen.
Brauchst du auch nicht, meine Schöne, sagte er. Hauptsache, du bist da. Da, er tippte an seine Stirn, nimm Platz. Er sah, sie lachte, den Mund hemmungslos weit geöffnet. Ihre Zähne, eine Herde Schafe in einer blaßrosa Höhle. Lach nur, meine Schöne, lach nur. Er nahm sich die Freiheit, sie zu denken, bis sie Fleisch und Blut wurde in seinem Kopf. Das Rezept hatte er aus der Bibel. So waren Gott und die Welt entstanden. Und

wahrlich, keiner kann sich dagegen wehren, daß er ein Leben in Hirn, Herz oder Hose eines anderen führen muß.

Früher im Dorf Rerik war er um neun schlafen gegangen. Braver Junge, der las noch im Bett. Wer ahnte, was ihn so früh unter die Bettdecke trieb. Neben dem Bett brannte eine grüne Nachttischlampe. Die wußte über alles Bescheid. Was tust du? fragte seine Mutter hinter der Tür. Ich lese, sagte er.

Den Körper ließ er in der Matratze zurück. Sein Geist griff sich mit den langen Fangarmen der Phantasie die Rothaarige zwei Bänke vor ihm in der Klasse, dann die Blonde aus dem Zeitungsladen zwischen den Dünen, dann die Kellnerin aus dem Kulturhaus und schließlich die neue Lehrerin für Mathematik. Hatte er seine Opfer fest in der Hand, griff Hans-Ullrichs erregter Geist nach Hans-Ullrichs Körper. Den Fundus der abrufbaren Phantasien baute er jeden Abend weiter aus. Später hielten die Frauen die Phantasien, die er endlich praktizieren konnte, für Erfahrung und staunten. Vielleicht würde sogar Jelena staunen?

Was tust du da, hatte seine Mutter jeden Abend gefragt. Lesen?

Ja, hatte er mürrisch gesagt.

So war er an seinen Beruf geraten.

Rot im Gesicht beugte sich Hans über seinen Lieblingskaktus auf der Fensterbank. Da hatte er ihn gestern, am Sonntag, hingestellt. Er beugte sich tiefer, Bibliothekare waren gefährdete Wesen. Tiefer, die unfreiwillige Abstinenz zog Laster nach sich. Sie tranken viel Kaffee, aber dünn, sie quälten ihre Mütter, weil sie die richtige Frau

nicht fanden, sie suchten in Büchern die Seiten mit den versauten Stellen und machten Eselsohren hinein. Hans-Ullrich beugte sich immer tiefer über den Kaktus, so daß er fast in seine geöffneten Augen stach. Bevor er Jelena kannte, hätte er ihm das sogar erlaubt. Bibliothekare waren Träumer mit trockener Haut und von aussterbender Art. Sie horteten in Zellen mit Fernheizung nicht eßbare Vorräte, Holz mit Leim und Erdöl versetzt. Sie aßen in der Kantine und sonntags bei der Mutter.
Hans' Auge starrte, ohne mit der Wimper zu zucken, noch immer in den Blumentopf. Bibliothekare waren gefährdet und gefährlich zugleich, waren trockene Wesen. War er auch trocken gewesen? Nicht immer, nicht ganz. Eigentlich war er kühn. Er kam nur zu selten dazu. Aber Frauen sahen es ihm an. Er konnte ein kühner Eroberer sein.
Es klopfte.
Bevor er sich umdrehte, sah er noch, am Fenster gegenüber stand seine Kollegin, die Blonde, und winkte, die Brüste auf die Unterarme gedrückt und einen Schleier von Haar vor den Augen.
»Was ist los, Professor?«
Hans schluckte. Seine Bekanntschaft von Halensee stand in der Tür, um schlecht über Polinnen zu sprechen? Im Zimmer roch es nach alten Äpfeln, als der die Tür hinter sich schloß.
»Ich verstehe Sie nicht, Professor.«
»Das verlangt auch keiner«, sagte Hans.
»Aber ich halte mich an die Regeln«, sagte der magere junge Mann.
»Wo wohnen Sie eigentlich, junger Mann?« fragte Hans.

»In einem Pissoir, Professor. Dernier domicil connu, un pissoir. Kann jedem passieren. Trotzdem halte ich mich noch immer an die Regeln.«
»Welche Regeln?«
»Die Regeln der Einfachheit, die Sie uns beigebracht haben.«
»Welche?«
»Na, die der Duisburger Systematik, Ihr Abkürzungsregelwerk für Bibliotheken.«
»Die kennen Sie?«
»Ich glaube schon, Herr Kolbe. M für Medizin, K für Religion. G für Soziologie. Nehmen wir an, ein Buch über Prostitution wäre einzuordnen. Wohin damit?«
Hans-Ullrichs Stirn sah aus wie die Ostsee bei Sturm.
»Gcr 3«, sagte der junge Mann, zog Tabak aus der Tasche und drehte sich eine Zigarette.
»Bitte, hier wird nicht geraucht«, sagte Hans-Ullrich Kolbe.
»Gcr 3«, der junge Mann feuchtete das Papier an, »denn es handelt sich um Frauen, wobei zu klären bleibt, ob es ein Ratgeber ist für Frauen, die sich schlagen lassen, dann fallen sie unter Ratgeber Gcr 7, oder ob es solche sind, die sich nicht schlagen lassen. Dann fallen sie unter Entwicklung und Psychologie Hbn 1. Was ist eigentlich los, Kolbe?«
Hans erschrak, wie schnell das ging, von »Professor« zu »Herr Kolbe« zu »Kolbe«.
»Sie würden sie wo einordnen?«
»Wen?«
»Sie.«
»K wie Kunst«, sagte Hans-Ullrich. »Oder M wie Medi-

zin, wenn Sie als krankhafte Erscheinung mit darin vorkämen.«

Da ging die Tür auf.

»Worum geht es?« fragte ein Hospitant mit Brille.

»Um eine Frau«, sagte der junge Mann.

»Um welche?« Der Hospitant schob die Brille auf der Nase höher. Beide Männer schauten Hans an.

Es stimmte. Seit er Jelena kannte, blieben die Kolleginnen länger in seinem Büro, länger, als er es aushalten konnte. Seine Sehnsucht machte ihn erotisch. Er öffnete Fenster und Tür, es zog, und die Damen blieben mit wehenden Haaren sitzen, besonders wenn die Haare grau waren. Beim Abschied stießen sie wie zufällig an ihn, und er erschrak über den Abgrund zwischen seinem und dem anderen Körper. Nur eine kleine Studentin mit hochgesteckten roten Haaren war am letzten Freitagnachmittag rascher, als ihm lieb war, gegangen, eine Erstausgabe Celan unter den dünnen Ellenbogen geklemmt. Ihre nackte Haut stieß so delikat an den alten Bucheinband. Eine einzelne Strähne, tapfer und zerbrechlich, stand im Nacken ab, als sie die Tür hinter sich schloß. Durch die Glasscheibe seines Büros hatte er im Scherenschnitt gesehen, sie löste draußen ihr Haar. Für wen eigentlich?

Unter seinem Schreibtisch war es plötzlich so kalt. Ach, was wußten die beiden da überhaupt. Von einem Doppelleben, wo das Leben sich verdoppelt, die Wirklichkeit sich beschleunigt und einen zweiundachtzig Kilo schweren Körper auflöste in seine vielen Schatten. Diese trieben sich nicht jeden Abend am Bahnhof Zoo herum, wie Süchtige. Jedes Haus dort wußte, er kam, jede Schaufensterpuppe erkannte ihn. Stieg er am Bahnhof

Zoo aus der Erde, änderten die Mauern unmerklich ihren Winkel zu ihm, Uhrzeiger stolperten und liefen schneller danach, die Straße legte sich lang zu seinen Füßen. Er lief durch die Luft, durch die Jelena gegangen, trat auf das Pflaster, wo sie gelaufen sein mochte. Er schaute den Taxen nach, in denen sie sitzen konnte. Mit wem sie wohl gerade sprach, mit einer Frau, mit einem Mann, mit einem jungen Mann?

»Raus«, sagte Hans. Da war er längst allein. In seinem Zimmer roch es nach Zigarettenrauch.

Drei Tage später, Donnerstag, aß Hans-Ullrich Kolbe an der Bude vor der Show eine Currywurst und beobachtete den Eingang. Vielleicht, so sagte er sich, waren sie doch ernsthaft für diesen Donnerstag verabredet.

Ihre Schicht hatte längst begonnen, als Hans die dritte Wurst bestellte. Jelena war nicht gekommen. Sie hatte ihn vergessen?

Er starrte die Ketchup-Flasche an, dachte an Sophie, starrte wieder die Ketchup-Flasche an, bis Sophie dahinter verschwand. Jelena hatte ihn und er hatte Sophie vergessen. So war das. Er sah auf die Uhr, es war sieben Minuten vor acht. Und viel zu spät, um noch über die Grenze nach Pankow zu fahren. Er ging los, um gleich an der nächsten Ecke vor einem Waschsalon stehenzubleiben. Ein Mann saß allein auf einer roten Plastikbank und starrte in das Bullauge der Maschine, hinter dem es schäumte. Hans starrte auf den Mann, der starrte, und wie um sich zu vergewissern, daß er nicht so allein sei wie jener dort, dachte er daran, daß er seit 25 Jahren Mitglied der Sozialdemokratischen Partei war. Ende der fünfziger Jahre hatte er, frisch in Berlin, Appelle gegen

die Wiederaufrüstung unterschrieben und kurz darauf die Beitrittserklärung zur SPD. Eine dunkelhaarige Journalistin fiel ihm ein, die scharf und öffentlich konkret für ihn mitgedacht hatte. Sie hatte ihm gefallen. Zwanzig Jahre später hatte er zwei- oder dreimal in der letzten Reihe bei den Grünen gesessen, mit deren Ideen und den jungen Frauen geflirtet. Er hatte das Rauchen aufgegeben. Es war der Herbst einer Trennung und der Winter einer unbeheizten Wohnung gewesen. Er, eine Franse im Zeitgeschehen, das Zeitgeschehen eine Franse an ihm. Auch beim Nachrüstungsbeschluß war er, wenn auch skeptisch, seiner Partei treu geblieben. Bleiben an sich fühlte sich wohlig an. Die Bezirksversammlungen im Hinterzimmer der Gaststätte »Zum Amtsgericht« waren seine langweilige Geborgenheit geworden. Hans starrte noch immer den einzelnen Mann im Waschsalon an. Hinter Hans' Rücken rissen die Scheinwerfer der Autos Lichtbänder über die nun dunkle Straße. Da stand der Mann auf und beugte sich besorgt zum Bullauge der Waschmaschine.
Er hatte nur eine Unterhose an.
An diesem Abend, als es zu spät war, um noch irgend etwas mit Sinn anzufangen, ging Hans ins Kino und sah sich zwei Filme nacheinander an.
Freitag, Sonnabend und Sonntag kam er spät, sehr spät zur Show, um als letzter Kunde seine Sonderstellung zu behaupten. Sie sagte, sie gehe nicht mit ihm aus. Nein heute, und nein, auch morgen nicht.

Die Tage vergingen, und wie langsam faßte Hans-Ullrich einen Entschluß. Sie mußte aus dem Verkehr.

Die Pension hieß Florian. Sie lag in einer Seitenstraße des Kudamms. Er bog in den Vorgarten ein, der Rhododendron blühte lila und weiß. Zwischen den Büschen hockte gekrümmt ein Hund, quälte sich beim Geschäft und sah Hans-Ullrich mit glasigen Augen an. Die Hand schon auf der Klingel, überflog er noch einmal die Preisliste: Doppelzimmer mit und ohne Frühstück, Tages- und Monatspreis. Dann klingelte er. Zwei Hunde, den Stimmen nach nicht gerade furchterregend, schlugen an. So lernte er Timo und Thekla als erste kennen.
Der Besitzer zeigte ihm im ersten Stock ein großes helles Zimmer mit zwei Fenstern, das eine bis zum Boden mit winzigem Austritt. In den Hinterhof sickerte schwach, aber golden die Frühlingssonne. Das Zimmer hatte Zauber, aber kein Bad und WC. Die lägen hinter dem Saal, sagte der Besitzer.
»Was für ein Saal«, Hans-Ullrich fürchtete sich vor Blasmusik.
»Ich zeige«, sagte der Besitzer, ging einen Schritt zurück und trat einer alten Frau auf die Pantoffeln.
»Der, der vor Ihnen hier drin war«, schloß die ihren Satz ganz selbstverständlich an, »der vor Ihnen war, der war so gaga, der kam selbst in der Psychiatrie nicht zurecht.«

»Mutter!« Der Mann schob sie an den Schultern Richtung Treppenhaus.
»Ach, an manchen Tagen, da ...«, sagte er.
»Na klar«, sagte Hans-Ullrich.
Er war erleichtert. Der Saal war ein Ballettsaal. Stangen in Hüfthöhe an drei Wänden, Fenster zur Straße, ein Klavier, blau, Spiegel, Ringe, Seile, ein Trapez von der Decke, schräges Licht, in dem der Staub tanzte, und Hans hatte ein unerwartetes Glücksgefühl. Ihm war, als bekäme er eine Kulisse für seine Geschichte mit Jelena geschenkt. Er trat näher an eine Reihe Bilder der dreißiger und vierziger Jahre heran. Die Zeit schmeichelte den Fotos. Hans setzte seine Brille ab. Kathleen Manthey, gold und braun, in Federn, Leder und Samt. Seine Hände, die Hans in die Taschen steckte, waren sehr warm.
»Meine Mutter war früher Artistin. Und dort ist das Bad«, sagte der nervöse Mann. Am Ende des Saals war eine kleine Tür.
Mit zwei Fingern fuhr Hans über die Ballettstange. Daß die Dinge Tränen haben, daß sie manchmal einen Sprung haben vom unhörbaren Lachen, wollte er hier gern glauben.
»Kann ich das Zimmer noch einmal sehen«, fragte er rasch.
»Überlegen Sie es sich.« Der Mann ließ ihn allein.
Das Doppelbett war fast schwarz. Als hätte eine Frau langes nasses Haar auf der Umrandung ausgeschlagen, zog eine dunkelrote Maserung ihre feinen Striemen durch das Holz. Auf dem schwarz glänzenden Nachttisch legte Hans-Ullrich seine Brille mit angezogenen Bügeln ab. Er setzte sich auf das Bett. An den Bettvorle-

ger, rosa Zottelhaar, würde er sich erst gewöhnen müssen. Die Tapete war aus Stoff. Sehr französisch, wie diese Rosen sich zu fünft zusammentaten. Wie sollte er sie herkriegen? Hans zögerte. Dann sagte er, Kunststück eben. Komm her! befahl er in die Luft.
Da krallte Jelena ihre roten Fußnägel in den Bettvorleger, der Lack biß sich mit dem Rosa. Hans kniete nieder und nahm ihren kleinen Zeh in den Mund. Sie fragte mürrisch nach ihren Turnschuhen, er wies auf die hohe Glastür und führte sie, eifersüchtig auf Turnschuhe, in den Nieselregen hinaus. Los raus, such deine Turnschuhe auf diesem schmalen Ding, das man französischen Balkon nennt. Ihr Kleid, es wurde naß, gab die Kontur, gab den Körper preis, weswegen Jelena, die Stirn am Fensterglas, eine Summe nannte. Ihre Brustspitze trieb dunkel durch den dünnen Stoff. Denn sie fror. Er bestellte ein Menü auf das Zimmer, registrierte den neugierigen Blick des Kellners, der aussah wie ein jüngerer Bruder des Besitzers. Hans gab ihm ein Trinkgeld, drehte sich um, der Kellner gab sein Trinkgeld weiter an Jelena, wieder drehte Hans sich um die eigene Achse, ihm schwindelte. Jelena? Wie kommt das dritte Kopfkissen ins Bett? Hör mal Hans, hier erlebste Sachen! Sie weinte doch nicht etwa?
Etwas, sagte sie.
Vorsichtig legte er sich zu ihr, zeigte auf die hellen, zarten Gardinen. Wie Nebel, sagte er. Wie Braut, sagte sie.
Ist es nicht gemütlich?
Noch nicht. Sie senkte die Wimpern, schwarz und fettig. Was hatte sie gesagt? Lackleutnant? Ihr Kopf fiel ihm in den Schoß dabei, und er dachte, ein Apfel. Er hörte sei-

ne Augen, sie schlugen zu-auf-zu-auf, immer bei »auf« sah er die Zimmerdecke, wenig Stuck und zwei Schmutzfäden gekreuzt in der Ecke über dem Schminktisch. Sie hatte den Mund voll, er drängte, mach weiter, da ...

»Und«, sagte der nervöse Mann. Er ließ einen dicken Schlüsselbund am Handgelenk baumeln. Rasch stand Hans vom Bett auf.

»Ist Ihnen nicht gut?«

»Danke«, sagte Hans, »wir nehmen das Zimmer. Ich und meine Frau.« Er drehte sich noch einmal um. Nie war er mit ihr ins Séparée gegangen, als hätte er geahnt, daß er eines Tages sie ganz für sich würde reservieren können. Hier war es soweit. Hier wartete vor der Tür kein nächster Kunde. Gern hätte Hans »Zuhause« gesagt, aber das ging zu weit. »Kulisse« war ein vernünftiges Wort für diesen rosa Ort. Der Besitzer verschloß das Zimmer.

Sie gingen die Treppe hinunter. Parterre, so erklärte der Mann, wohnten seine Studenten aus Afrika. Sie bezahlten immer für ein Semester im voraus. In der Küche, wo Hans sich in das Anmeldeformular eintrug, saßen die Schwarzen zu dritt am Tisch und unterstrichen mit Lineal in medizinischen Lehrbüchern. Zwischen ihren nackten Füßen drückten die Dackel Timo und Thekla sich aneinander.

Am ersten Abend brachte Hans-Ullrich seinen Kassettenrekorder und am zweiten Abend die Frau, sie kannten sich drei Wochen. Gegen vier Uhr in der Früh beobachtete die Mutter des Besitzers, Kathleen Manthey, wie die junge Frau auf der Hälfte der Treppe wankte, dann schneller ging. Und als es leise von oben rief »Melde dich«, schlug die Haustür zu. Die junge Frau verschwand in der Tiefe der Straße. Sie trug eine weiße Bluse. Draußen, das Leuchtschild »Florian« brannte seit Stunden nicht mehr.

Daß es so kommen konnte. Jelena lief die Straße hinunter. Bei jedem Schritt das Gefühl, sie war nicht mehr die alte. Bei jedem Schritt das komische Gefühl im Schritt. Man ist nicht mehr die alte, weil man älter wird. Und wenn sie so weitermachte? Dann lebte sie ohne Glück? Sie lief den Kudamm hinunter und fand kein freies Taxi. Der Nachtbus überholte sie, aber der kam für sie nicht in Frage. Die alte Jelena war glücklicher gewesen? Die alte Jelena, noch eingerollt in der kleinen Jelena von früher? Früher hatte sie Liz geheißen. Ach, nutzloses Zeug, diese Erinnerung. Sie zählte nur auf, wieviel Zeit vergangen war, seit damals, als die Zeiten bessere waren. Sie war nicht mehr die alte, denn sie erinnerte sich. Daran war auch dieser Hans schuld. Was ihr alles so einfiel, wenn er beide Hände auf ihr Gesicht legte, als wolle er ihre Züge ganz zu sich nehmen, ganz zu den Linien in seiner Hand nehmen. Wenn er mit seinen Lippen ihren noch immer geschlossenen Mund umschloß, ihre Brust in den Händen hielt, die Spitzen zwischen seinen fordernden Fingern, bis sie sich hart sträubte, unter seinem härteren Griff. Dann tat sich seit gestern ihr eigener Guckkasten auf. Englischen Stils, murmelte sie. Ihre persönliche Art Peep-Show für intime Bilder, in einer knapp bemessenen

Zeit. Nutzloses Zeug, diese Erinnerung, sagte Jelena zur kleinen Liz. Doch schon krochen beide auf dem Dachboden der Kindheit herum. Nutzloses Zeug, murmelte Jelena noch einmal der kleinen Liz zu, die alles anfaßte und zu viel davon in den Mund nahm.

Alles Pollacken, sagten die Nachbarn, als Großmutter und Großvater in Dortmund-Hörde katholisch heirateten. Mit jeweils einer Sommerpause kamen die Kinder zur Welt. Irmi war das jüngste, hatte rotes Haar und sah sehr polnisch aus. Irmi hatte diesen Blick von unten, den Männer für die chemische Verbindung aus Gerissenheit und Hingabe halten. Ihre Verehrer fuhren Motorrad. Sie machte die Beine auf dem Rücksitz breit. Die Verehrer spielten Schlagzeug und nahmen Irmi in den Keller mit dazu. Und beinahe wäre aus Liz nichts geworden. »Erst sechzehn im nächsten Monat«, hatte die Großmutter gerufen und die schwangere Irmi durchgeprügelt. Windelweich. Dann hob sie die Hände zum katholischen Himmel, um sich Kraft von dort zu holen, und schlug noch mal zu. Erinnerte sich die, die einmal Liz und dann eine Jelena werden sollte, an die Schläge? Sicher hatte das Fruchtwasser ordentlich Wellen geschlagen.
Liz wuchs früh aus den Windeln heraus und in die Abenteuer der Straße hinein. »Winterberg« hieß die Straße. Die Lehrer rümpften bei der Einschulung die Nase. Eine schlechte Adresse in Dortmund-Hörde. Liz wuchs im finstersten Süden der Stadt auf. Guck mal, da sitzt die kleine Niepiklo, wird auch mal so ein Feger wie die alte, sagte ein Nachbar. Wer ist eigentlich der Vater? Irmis Kind namens Liz saß auf einer bemoosten Treppe.

Im Keller war ein zweites Kind in der Produktion. Liz schob sich den abgerissenen Kopf einer Gänseblume ins Nasenloch. Als sie einsfünfzig groß war, fuhren die Autos so langsam, und überhaupt schauten alle Männer, auch die, die sie kannte, so langsam hinter ihr her. Sie fing an, Männer zu wittern, lief deshalb aufgeregt und barfuß über den Asphalt und lag am Ende des Sommers 1967 im Gebüsch beim Schrebergarten. Unter ihr lagen kleine wurmstichige Äpfel. Auf dem Höhepunkt des Spiels ging regelmäßig ein Fenster auf, und die Großmutter rief scharf: Zwei Ernte, eine HB, vier Flaschen Export, 100 Gramm Butterkäse, aber dünn geschnitten, und anschreiben.
Auf das Gesicht über Liz hatte sich in der Schrecksekunde eine Fliege gesetzt. Liz, dreizehn, stand auf.
Daß du mir ein braves Mädchen bleibst, hatte der Mann zu Liz gesagt und die Fliege in der Faust geschüttelt, bis sie taub oder tot war. Mit dem Springseil in der Hand war Liz längst auf andere Ideen gekommen. Drei Fingernägel mit Trauerrand in die Luft gestochen, schwor sie und lachte dabei.
Was sie versprach, war das Gegenteil von dem, was sie gerade getan hatte. Brav sein konnte Spaß machen, sobald es verboten war, brav zu sein. Liz stand mit durchgedrückten Knien. Als sie ihre Beine so sicher unter sich spürte, wußte sie, sie war stark genug, um nicht unglücklich zu werden.
Und glücklich? Dafür war sie zu stark?

Jelena stand noch immer auf dem Kudamm, gegen einen Schaukasten für Bücher gelehnt. Die Männer schauten sie aus den Augenwinkeln an und gingen langsamer. Sie stellte sich an die Bushaltestelle.

Da, wo Liz herkommt, war man nach dem Abendessen gleich müde und nach dem Baden nie sauber. Die Männer tranken, und der Himmel hing tief bis auf die Wäsche im Garten hinab an manchen Tagen. Rote Flecken explodierten im Dunkeln über dem Hochofen und zogen sich rasch wieder zusammen, als täte ihnen etwas weh. Thomasbirne, sagten die Frauen und holten die Wäsche rein. Sie wohnten ganze Tage in ihren Morgenmänteln, und die Männer wohnten in ihren Frauen und rochen sie nicht mehr. Die Kinder liefen mit Nasenbluten zur Tür hinein und hinaus, bis sie auch Männer und Frauen waren. Sie zogen in ein gleiches Haus, gleich daneben, mit Zimmern klein wie Fischdosen. Zwischen Ehebett und Kleiderschrank schlängelten sie sich im Seitwärtsschritt zur Liebe.
Das war die Liebe?
Von Oktober bis April lag in der Ritze zwischen den Betten eine zur Wurst gerollte Wolldecke auf Besuch. Gegen Luftzug von unten. Die Frauen gewöhnten sich an das frühe Sterben ihrer Männer und schauten sich zu deren Lebzeiten nach dem nächsten um. Als seien sie nicht auf Arbeit an die Kohle geraten, sondern dort gewachsen, so sahen die Männer aus, alle. Die Männer gehörten in die Stollen, ihre Frauen und Kinder zogen sie mit an den Rand der Grube.
Liz war nicht nur ein Feger, sondern auch die kleine Niepiklo. Wegen ihm, dem Onkel Niepiklo, Stürmer halblinks mit der Nummer 10, wegen ihm hatte sie die

Achtung der Straße. Ihre anderen Onkel waren geliehen auf Zeit und meistens böse. Aber der Alfred war auch an Weihnachten da, an jedem Weihnachten, ein Zeichen, er gehörte dazu.

Warum war er eigentlich nicht ihr Vater? Er war doch auch das Inferno für alle Verteidiger, und das dürfte schwieriger gewesen sein, als ihr Vater zu werden. 1956 und 57 hatte er die deutsche Meisterschaft mit Borussia Dortmund gewonnen. Deshalb war sie, Liz, das einzige Mädchen am Winterberg, das mit Nachnamen wie ein Junge gerufen wurde. Sie war die Fortsetzung einer großen Stunde. Niepiklos Nichte eben. Und wann war aus Liz Jelena geworden?

»Das Kind frißt mir zuviel Petersilie«, hatte die Großmutter mit böser Ahnung gesagt. »Sellerie, Petersilie und Lakritz macht spitz.«

Selten bogen Autos in den Winterberg ein. Texas, Texas riefen die Kinder in dem einen Jahr und liefen hinterher. Im nächsten Jahr riefen sie etwas anderes aus dem Fernsehprogramm und liefen schneller. Ein Rudel kleinerer Kinder wuchs nach. Wer nicht mehr mitlief, ging mit einer Freundin, die häßlich sein mußte, über die Wiese, die den Winterberg trennte von der Siedlung der englischen Soldaten. Wer dort nach Einbruch der Dunkelheit herging, hatte bald ein Messer zwischen den Beinen.

Liz lachte ungläubig. Sie saß mit ihrer dünnen Freundin, genannt Brillenbarbie, am Ausgang der Wiese auf einer rot-weißen Schranke. Sie schaukelte mit bloßen Beinen und aß Petersilie. »Besatzer«, sagte Brillenbarbie, »ihre Frauen nähen den ganzen Tag einen Besatz

aus Spitze an die Tischdecken. Die schicken sie dann nach England.«
»Quatsch«, sage Liz, »nähen können sie auch in England, dafür sind die nicht hier. Die passen auf uns auf.«
»Warum?«
»Weiß ich doch nicht, vielleicht sind wir noch nicht groß genug«, sagte Liz. Hinter ihrem Rücken liefen Ratten durch Brennesseln und wildgekipptem Müll. Ein Junge in Lederjacke ging vorbei, und Brillenbarbie setzte rasch die Brille ab. »Sie schlafen in Betten ohne Bezüge.« Sie kniff die Augen zusammen. »Morgens sind ihre Fußsohlen und Bäuche blutrot«, sagte sie.
Freitag. Die Haare rochen nach Fisch, der Hüftschwung war neu, die Beine glatt und winterweiß, ihre Fingernägel lackiert, und die Brennesseln, selbst noch junges Gemüse, staunten. Da lief ja eine in ihrem hellen Grün daher, wie eine Puppe in Geschenkpapier! Freitag, und Liz ging in einem kurzen Papierkleid durch die Brennnesseln. Sollte ja keine wagen, sie zu stechen. Ihr Kleid war ein Geschenk von Onkel Alfred. Bis zur Schranke trat sie eine Bierdose vor sich her. Sie war entspannt, als sie ankam. Am Sonntag, nach der Westernserie Bonanza, sagte sie der Freundin, sie hätten doch Bettbezüge, die Engländer. Beide saßen sie auf einer Mülltonne neben dem Haus. Liz' Mund war anders, war schon Jelenas Mund. Keiner hatte es bemerkt, braves Mädchen.
Jelena stieg neben dem Music-Café doch in ein Taxi. Sie dachte an Hans. So ein Ärger. Sie dachte an Liebe. Daß es so kommen konnte. Liebe, murmelte sie, während sie die Tür fester als nötig zuschlug, was soll denn das sein? Was Alkoholfreies?

»Wohin?« fragte der Fahrer. Sie fuhr sich mit der Hand durch das Gesicht. Er war jung und sah ziemlich gut aus. Er war jünger als sie.
»Student?« fragte sie.
»Wohin jetzt?«
»Von mir aus zu Ihnen.«
Daß es so kommen konnte. Seit gestern schlief sie mit diesem Hans-Ullrich Kolbe auf einem Bett. Und das stand nicht einmal im Kempinski.

»Aber doch nicht jetzt.«
Die Frühe war noch dunkel, jene Zeit zwischen Nacht und Tag, in der Jelena sich vor Einbrechern und Gespenstern fürchtete und Hans vor dem Tod.
Es war die letzte Woche im Mai. Wenn Hans in diesem Pensionszimmer einschlief, glaubte er beim Aufwachen, hier zu wohnen. Rief Jelena ihn in Friedenau an, kam er mit einem der ersten Nachtbusse her und wartete an der Ecke. Sie kam mit dem Taxi, und gemeinsam gingen sie ins Haus. Sie blieben ein oder zwei Stunden, manchmal länger.
»Aber, aber«, sagte Hans.
»Aber ich gehe doch immer spätestens jetzt«, sagte Jelena.
»Sieh dir doch das Wetter an«, sagte er.
»Ich sehe nichts.«
»Soll ich dich begleiten?«
»Es ist doch kein Glatteis«, sagte sie.

Es war spät gewesen, als sie ankamen. Die Pension hatte schon in tiefem Schlaf gelegen, wie winters ein abgeschiedenes Dorf im Schnee. Vom Schriftzug Florian waren nur die Umrisse der Buchstaben sichtbar gewesen, hohl ohne Licht. Eine laue Luft und eine merkwürdige Stille umgaben sie, auch nicht das geringste Lebenszeichen eines anderen Menschen deutete an, daß sie nicht allein auf der Welt waren. Lange hatte Hans-Ullrich Jelena gegen die Holztür des Eingangs gepreßt, hatte nicht den Schlüssel herausgeholt, sondern hatte sie geküßt. Das war noch nie geschehen.

»Warum magst du ältere Männer?«

»Habe ich das gesagt?«

Und später, im Zimmer, ihre bloßen Beine auf der Tagesdecke: »Ältere Herren haben die liebevolle Behandlung am nötigsten«, sagte sie.

Er fuhr mit seinen Fingern in ihr Gesicht, fuhr mit der Nase hinterher. Damit ich dich besser sehen kann, flüsterte er. Sie biß ihn in die Nase. Gleichgültige Leidenschaft? Frigide Passion? Daß er es so nannte, hieß gar nichts für sie. Jelena war ein modernes Mädchen, moderner als Hans-Ullrichs Töchter vielleicht. Die waren nur jung.

Jelena, sagte er. Er holte Luft und merkte, er wurde langweilig. Hätte er sich besser wieder versteckt hinter seinen Büchern, die es nicht mehr gibt? Was konnte einem sicherer sein als das, was es nicht mehr gab? Freitags hätte er weiter als Star vor seiner kleinen weiblichen Fangemeinde auftreten können. Und hätte eine von ihnen doch noch ein Buch gefunden, das es nicht mehr gibt, sie hätte es vernichtet.

Das Nichts genichtet, für mich, dachte er.

»Denken macht schwach«, sagte Jelena. Hans stellte den Rekorder an, aber leise.

Hatte er laut gedacht?

Sie zog die Handschuhe aus. Sie hob den Rock und schob mit spitzen Fingern ein Stück Seide zwischen den Beinen weg. Der Skorpion auf der linken Hand half ihr dabei. Sie gab Hans einen Klaps auf den Hinterkopf.

»Los«, sagte sie, und er hatte seine Zunge schon zwischen ihre Lippen geschoben. Sie redete dabei, sie öffnete halb aufgerichtet, halb bekleidet, das Haar, sie stützte sich auf die Ellenbogen und sah ihm zu.

Er blickte zu ihr auf.

»Bleib«, sagte sie streng und stieß ihn mit der Skorpionhand zurück, als sei sein Kopf, Kopf eines Ertrinkenden, ungebeten noch einmal über Wasser aufgetaucht.

Hans fuhr mit der Zunge in sie hinein. Einen Moment dachte er dabei an den Vortrag, den er morgen, Freitag, in der Ecke der Bibliothek würde halten müssen. »Der Briefwechsel zwischen ...«, und Jelena zuckte ungeduldig mit dem Bein.

»Stand in der Zeitung«, sagte sie, eine Torsolänge mit dem Mund von seinem Mund entfernt. »Stand in der Zeitung, die Sache mit dem Baby, das sich an seinem Lätzchen erhängte. Hab ich dir doch gesagt, oder?«

Er nickte, das sah sie an seinem Scheitel.

»Und, auf der gleichen Seite gab es die Fortsetzung des Berichts über diesen Vater aus Ohio, der seine ganze Familie zerhackte, und den Hund auch, weil sie nicht täglich mit ihm Weihnachten feiern wollten. Könntest du das auch? Hans?«

»Nicht an Weihnachten.« Sein Gesicht war feucht.

»Und«, sagte sie, als erinnere sie sich erst jetzt an das

Wichtigste, »aus London meldet der Zoo den Tod des Rhinozeros Molly Dinen, vergangenen Montag gestorben. Eine finanzielle Katastrophe für den Laden, sagt der Geschäftsführer.«
Jelena begann sehr langsam zu lachen, schloß die Augen. Sie sah, ein Männchen schlich sich von hinten auf ein Weibchen. Während das Männchen sich blind seinem Rhythmus überließ, begann das Weibchen, den Kopf um 180 Grad gedreht, das Männchen zu fressen. Der Torso des Skorpionmännchens bewegte sich auch ohne Kopf weiter, heftiger, hektischer noch und endlich ungehemmt von der Kontrolle des Gehirns.
Hans, noch mit Nase und Zunge zwischen Jelenas Beinen, sah nicht, daß Jelenas Augen weiß gen Decke starrten. Ihre Pupillen waren zitternd am oberen Lidrand untergegangen. Geschlecht weiblich, geboren, nackt, einen Moment tot. Dann schrie sie. Wie eine Möwe, fand Hans. Da irrte er sich.

Als sie die Augen wieder öffnete, sah sie aus, als schaue sie ohne Lidschlag in die Sonne. Sie streifte ihren schmalen hellen Rock herunter. Der gefiel Hans so gut, daß er ihn gleich mit Champagner feiern mußte. Sie war müde. So lagen sie auf dem Rücken, der Rock, geknüllt wie eine benutzte Serviette, zu ihren Füßen. Beide hielten sie ein Champagnerglas auf dem Bauch. Ihr Bauch war nackt.
Noch war kein Vogel zu hören.
Über dem Waschbecken hing ein Schild. »Bitte nicht stören.« Deutsch, Englisch, Französisch und Russisch. Hans las es in den vier Sprachen vor. Sie lachte. Warum?

»Darum«, sagte sie.

»Frühstück im Bett kostet zwei Mark Aufpreis«, sagte er. Bei dieser Gelegenheit ließ Hans noch einmal durchblicken, daß er nicht arm sei. Sie griff flüchtig nach seinem Kopf. Er zuckte zurück, weil ihre Geste in die Luft schrieb, wie er jetzt aussehen mußte: ein dummer und einsamer alter Junge, der gegen sich selbst Fußball spielt und dem das Haar hart gekämmt am runden Schädel klebt. Da schüttete Hans seinen letzten Schluck Champagner auf ihre Hüfte. Sie zuckte mit der Bauchdecke, bis ein Rinnsal prickelnd in den Nabel floß. Dann zog sie sich im Liegen die Lippen nach.

»Für dich.« War es nur die schwarze Schminke um die Augen, die ihren Blick so kalt machte?

»Macht es Spaß?«

»Was?«

»Deine Arbeit?«

»Ja, sehr.« Sie sagte es ohne Herausforderung, das machte es um so schlimmer. Hans zuckte zusammen.

»Nur während der Grünen Woche und am Vatertag nicht«, sagte sie. »Da kommen nur Bauern und Schweine.« Sie legte sich auf die Seite und stützte den Kopf in die Hand. »Früher war ich beim Hörfunk Cutterin, da bin ich auf den Geschmack gekommen, beim Hörspiel.«

»So«, sagte Hans. Er sah einen lüsternen Redakteur im verschwitzten bunten Hemd vor sich. Alles verhinderte Zuhälter! Hans sah sich schon die Hand heben, in der Hand die Faust, die er sich nicht zugetraut hätte. Er schlug sie gegen die Tür des Redakteurs.

»Hörst du noch zu?« Jelena stieß ihn an.
»War es der Redakteur?« Hans stieß Jelena an. Er hatte eine Stimme, die sie nicht kannte und er auch nicht.
»Nein.« Sie hatte sich zurückgelegt. »Eigentlich eine langweilige Sache, das mit den Hörspielen. Doch eines Tages gab es eine lange Passage ohne Text.«
»Etwas Meditatives?« Hans wurde ruhiger.
»Nein, nur Atmen.«
»Etwas Gymnastisches?« Hans hielt den Atem an, und still.
»Zwei Minuten lang atmen«, sagte Jelena, »und die Schauspielerin weigerte sich, das zu machen. Sie sagte, sie hätte es am Kreislauf. Also bin ich eingesprungen, und gern.«
»Beim Atmen?« Hans griff sich an den Hals und merkte es nicht.
»Ja«, sagte Jelena frech, »wir sollten atmen wie beim Beischlaf, so mit kleinen Lauten erst, du weißt schon, aber nichts Gesprochenes, nichts Ordinäres, du weißt, dann zulegen, Stöhnen, aber sendefertig, bitte, und mit großem Finale gegen 1,49. Wir haben geatmet, ich sage dir, Otto und ich, alle haben gestaunt, Otto, eigentlich sehr blaß, hat nur auf die Digitalanzeige der Studiouhr gestarrt. 1,48, 1,49 … Zwei Minuten. Ich habe nur ihn angeschaut dabei, ihn gehört. Zwei Minuten sind keine Ewigkeit, oder? Ich paßte mich an, lief kurz vorne weg, ließ mich wieder einholen, nahm ihn auf und mit, wir waren bestens zusammen. Ich glaube, ich habe nie einen Menschen in zwei Minuten so gut kennengelernt wie ihn, und es hat Spaß gemacht, einen schrecklichen Spaß, aber ja, ich sage dir …«

»... und dann«, unterbrach Hans. Noch nie hatte sie so lange gesprochen.
»Dann bin ich nach Berlin gegangen.«
»Wegen Otto.« Hans litt.
»Der war in Berlin, richtig, aber wegen ihm, falsch«, sagte Jelena.
Er tastete nach Jelenas Bauch, nach dem Ansatz einer kleinen roten Seidenhose. Sie zog sie nie aus, nannte es eine alte Gewohnheit und verkehrte mit ihm an der Hose vorbei. Das hatte etwas, etwas Verbotenes, fand Hans. Aber jetzt schämte er sich. Er tastete nach seiner Brille auf dem Nachttisch, denn er kam sich plötzlich nackt vor wie ein Elefant ohne Rüssel.
»Otto, Otto«, sagte er. »Ohgottohgott, welch ein Name und was für ein Otto?«
»Otto Sander.«
»Ach.« Nicht einmal seine Brille wollte Hans jetzt mehr haben. Er schaute auf die Tür. Das Schlüsselloch schien ihm größer als üblich, nein, als erlaubt war. Plötzlich meinte er, er sei noch nie mit ihr ganz allein gewesen.
Als sie ging, legte er einen Hunderter mehr als sonst auf die weiße kleine Handtasche. Er legte es immer so, daß das Geld rasch verschwand. Sie sah ihn fragend an.
»Weil du mich so lange hast küssen lassen heute«, sagte er leise. »Bleib doch.«
»Aber doch nicht jetzt.«
Die Frühe war noch dunkel.

Er griff nach seinem Mantel. In derselben Nacht folgte er Jelena auf ihrem Weg nach Hause.

Er sah, sie wohnte in einem grün-weißen Apartmenthaus mit 36 Klingelschildern am Hintereingang. Ihr Nachbar hieß Frömmchen. Als das Taxi in Tempelhof, nah dem alten Zentralflughafen, gehalten hatte, hatte er seins in sicherem Abstand ebenfalls anhalten lassen.

»Im Schatten der Nacht«, murmelte er, als gäbe er Bericht aus einem anderen Leben. Er stieg aus mit gemischten, aber wohligen Gefühlen, hörte eine Musik im Kopf wie für ihn, wie für seinen schwarzen Film hier gemacht, steckte die Hände tief ihn die Taschen und ging langsam die gegenüberliegende Straßenseite entlang. Jelena stand noch vor der Durchfahrt zum Hof. Geradeaus ging es zur Tiefgarage, rechts zum Hauseingang. Sie suchte ihren Schlüssel? Ein Zeitungsbote kam ihr entgegen, sie grüßten sich, vertraulich, dachte Hans-Ullrich, und er drückte sich hinter einen Baum. Der Bote schob ihr eine Zeitung unter den Ellenbogen. Sie sagte etwas, Hans-Ullrich konnte es nicht verstehen. Er dachte, daß hier, wie an allen Berliner Bäumen, die Scheiße von Berliner Hunden läge. Allmählich verlor sich der angenehme Kitzel, in einem Krimi zu sein. Wegen der

Hundescheiße, wegen dieses munteren Zeitungsmenschen, wegen seiner eigenen greisenhaften Lächerlichkeit, die ein dünner Baum schlecht verbarg.
Jelena verschwand im Hause. Auf der vierten Etage riß kurz darauf ein Deckenlicht einen Raum weiß auf. Bevor Hans-Ullrich die Küche genau erkennen konnte, fiel das Rollo. Barsch, fand er und schlich noch eine Weile ums Haus, merkte sich die Einzelheiten. Im Blumenkübel neben dem Eingang lag eine brennende Zigarette. Hans-Ullrich führte sie zum Mund. Er wollte ihren Lippenstift schmecken. Da schlug der erste Vogel an.

Sie trafen sich nun regelmäßig, ein- oder zweimal die Woche. Er redete über sich. Sie nicht. Warte, sagte er oft. Sie wartete nie. Nie nahm sie ihre Armbanduhr ab. Nie war sie ganz nackt, ganz da. »Bleib doch«, bat er. Schon hatte sie die Füße im Strumpf, das Geld in der Tasche, die Augen jenseits der Tür, den Kopf woanders. Es war Juni. Bald würde es so heiß sein, daß sogar ein Kopfkissen im Bett störte. Doch dieser Sommer 1982 war so: Alles, was außerhalb des Pensionszimmers geschah, lag jenseits seiner Wahrnehmung, die besetzten Häuser in Kreuzberg und Schöneberg, oder auch der 3. Todestag von Arno Schmidt und Carlo Schmid.

»Bitte«, sagte Hans, wenn er allein im Zimmer zurückblieb und das Fenster öffnete. Bitte, sagte er in den dunklen Hof hinein, wenn sie gerade gegangen war. Bitte. Er hoffte.

»Du bist mir heute eine Trauerweide«, sagte Jelena. »Erzähl mir was, wir haben noch eine Viertelstunde.«

Es war Sonntag nacht. Nach drei Tagen Schicht war sie schlecht gelaunt, sah Flecken auf der Bettwäsche und schwarze Schamhaare im Waschbecken, die es nicht gab.

Er legte das Geld auf ihre Handtasche und sagte, ohne sich umzudrehen, »es war im Dreißigjährigen Krieg.«

»Oh Gott«, sagte Jelena, »Komm mir nicht mit Stalingrad.«

»Es war im Dreißigjährigen Krieg«, wiederholte Hans und wurde lauter und setzte sich auf die Ecke des Schminktischs. Sie zog sich langsam an. Sie war ein professionelles Kind und hielt die Zeit durch, für die sie bezahlt worden war.

»Einer meiner Vorfahren blieb auf dem Rückmarsch auf einem verlassenen Gehöft gleich neben einer Kirche hängen«, sagte Hans. »Er war schon alt und wußte nicht, ob er je wieder in seiner Heimat ankommen wird, und ob es dort noch wie auf der Erde oder schon wie in der Hölle aussieht. Die Kirche neben dem Gehöft war ohne Pfarrer, der Steinbruch am Waldrand stumm, die Schmiede kalt und die Dorfhäuser hinter offenen Türen leer. Nur Hunde, Katzen und ein sehr junges Mädchen wohnten zusammen im Schulhaus. Er bezog das Gehöft gegenüber dem Schulhaus.«

»Und?« Jelena musterte Hans, Hans, einer, der fünfmal seine Tasse heben mußte, um einmal zu trinken.

»Mein Vorfahre nahm sich das Mädchen als Magd und wartete.«

»Ich auch«, sagte Jelena. »Mach hin.«

Hans legte sich auf das Bett. »Dann hat mein Vorfahre, der auch Hans-Ullrich hieß, siebzigjährig mit der jungen Magd ein Kälblein gezeugt«, sagte er langsam.

»Ein Kalb mit der Magd? Willst du mir drohen?« Jelena lachte und sah auf die Uhr dabei. »Na, das kommt in

den besten Familien vor.« Schon hatte sie die Türklinke in der Hand.
»Was hat er getan, das Vieh? Sag es noch mal.« Doch sie sah nicht so aus, als wolle sie es wirklich hören.
»Ein Knäblein gezeugt, einen Knaben hat er gezeugt«, Hans-Ullrich Kolbe hatte zwei weiße scharfe Striche von den Nasenflügeln zum Mund vor Schreck.
»Natürlich einen Knaben«, und er schlug auf die Bettdecke, verlegen, verzweifelt. Jelena stand in der geöffneten Tür, gereizt, müde, kalt.
»Eigentlich finde ich dich unerträglich«, sagte Hans.
»Danke«, sagte Jelena. Sie schien nun zu sein wie viele, wie alle Frauen, die er gekannt hatte.
Zur nächsten Verabredung kam sie nicht mehr.

Kaum, daß sie nicht mehr auftauchte, schien sie die einzige Frau zu sein, die er je gekannt hatte.
Hans-Ullrich ging allein in die Pension, legte sich auf das Bett, ohne das Deckenlicht auszuschalten. Während er die Tapetenrosen in Bündeln zu fünft abzählte und nie eine fehlte, tauchten die letzten Wochen mit Jelena vor ihm auf. Glitzernd und grausam kurz. Er hätte weinen mögen für den Rest seines Lebens im voraus, denn Anfang und Ende ihrer Liaison schien nur ein Traum zu trennen, den er dazwischenschob. Stumm saß er auf der Bettkante und ging die Bewegungsfolgen der Liebe durch, soweit er sie erinnerte. Dann löschte er das Licht. Die Nacht war eine tiefe braune Grube, an deren Ränder er mit einer Schaufel entlanglief, um sie zuzuschippen. Der Morgen war der erste im Florian, an dem er Frühstück bestellte, für sich allein. Sie entzog sich, so war er auf Entzug.
Nächte später rief sie in Friedenau an. Er hangelte nach seinen Socken, noch während sie miteinander sprachen. Er sagte, Ja, Ja, und es klang wie Ia-Ia. Er stieß sich die Hüfte am Türpfosten auf dem Weg ins Bad. Es tut mir so leid, sagte er, und sie hatte schon aufgelegt. Zehn Minuten später sprang er aus dem Taxi und stellte sich

mit eingezogenem Bauch an der verabredeten Straßenecke auf, sah, die Leuchtschrift vom Florian erlosch, sah, die Spaziergänger auf dem Kudamm wurden weniger, aber jünger, sah, der Sommer öffnete den Männern Hemden und Jacken und schob den Frauen die Röcke höher. Er wartete eine Stunde und elf Minuten. Sie kam nicht.

Am Morgen darauf ging er in der Bibliothek zunächst zur Toilette.

»Die Sache mit dem Kalb tut mir leid«, sagte Hans dem ersten Spiegel von rechts, ohne darauf zu achten, er war nicht allein. Neben ihm stand ein Fremder, vielleicht ein Leser, aber mit Fliege. Der putzte sich die Zähne.

»Warum tragen Sie mittwochs eine Fliege?«

»Damit sich der Kopf vom Rest scharf trennt.« Der mit der Fliege fuhr mit dem linken Daumen am Hals entlang. In der Bewegung wurde der Daumen zum Messer.

»Sollten Sie auch tun, für Kopfmenschen ist Krawatte zu verbindlich«, sagte er mit steifem Unterkiefer, und ein wenig Schaum trat aus seinem linken Mundwinkel. Hans ging. Noch lange hatte er das Hecheln der Zahnbürste im Ohr und fand diesen Morgen unverschämt intim und aufdringlich. Auf dem Gang traf er die Kollegin Gerhardt.

»Da unten auf unserem Klo putzt sich einer die Zähne«, sagte Hans. Die Kollegin Gerhardt meinte, er sehe nicht gut aus, und fuhr mit ihrer kleinen verwelkten Hand über seine Krawatte. Seitdem Jelena die Finger von ihm ließ, glaubten alle Frauen, ihn anfassen zu müssen?

Er floh in sein Büro, ließ die Jalousie herunter, legte die Fäuste übereinander und den Kopf obenauf. Heute war

Mittwoch und Freitag zugleich. Seit er Jelena kannte, hatte er seine Freitagsvorträge auf Mittwoch gelegt. Auf seinem Schreibtisch lagen die Stichworte für das Thema des Abends. »Das Manuskript in der Pappschachtel«.
Jelena, was sie jetzt trieb? Am Nachmittag würde sie Mittagessen gehen. Hans hatte den Geruch von Knoblauch in der Nase, nichts brachte ihn auf so viele Gedanken wie ein Geruch, er sah ein billiges Restaurant, italienisch, hörte unverbindliche, aber eindeutige Satzfetzen in der Hitze des Pizzaofens so dahergesagt, und der Koch schlug ein Ei auf, während er sich mit Jelena verabreden wollte, mürrisch, gedankenlos fast, aber mit dem gewissen melancholischen Blick von Männern aus dem Süden. Der Mann hatte dunkle Ränder unter den Augen, noch von der letzten Nacht. Jelenas Augen waren vor lauter Erwartung ganz schräg, und während sie Minipizza aß, wurden sie noch schräger. Erst Freitag würde er sie sich wieder kaufen können. Er probierte den Satz schärfer: Die kauf ich mir. Leider konnte er nicht sofort zu ihr laufen. Mit einem Besuch bei ihr zu Hause wäre alles verdorben. Er kannte die Regeln. Leider.
Hans-Ullrich hob den Kopf und starrte auf die Jalousie. Das Schattengitter lag auf seinem Gesicht. Er hob den Kopf ein wenig höher und senkte ihn, wiederholte die minimale Bewegung. Licht und Schatten glitten tröstlich, weil so regelmäßig über sein Gesicht. Er, er hatte sie sich ausgesucht mit Kennerblick. Nie wird eine Frau einen Mann mit Kennerblick aussuchen können wie der Mann die Frau. Die Frau täuscht sich gern und liebt dann den Irrtum um so inniger. Aber Hans ließ sich

nicht täuschen. Er hatte die Hand durch das Gitter ihrer Solokabine gesteckt, gierig nach einer Bindung, nach einer Bestimmung, und war zwischen zwei Gitterstäben mit den Fingern auf ihrer nackten Haut am Ziel gewesen. Denn für jeden gab es nur eine, nur eine Liebe. Da war er sicher. Die anderen zuvor vertrösteten, die danach trösteten nur.

Sie war noch nie neben ihm eingeschlafen.

Warum nicht?

Das kannst du gar nicht bezahlen, hörte er sie sagen. Er fuhr herum. Der Klappstuhl für Besuch war leer.

Hans wischte mit der Hand durch das Gesicht. Das Spiel von Licht und Schatten blieb noch eine halbe Stunde. Dann zog er die Jalousie hoch, und am späten Nachmittag schaltete er die Schreibtischlampe an. Das Zimmer schien ihm wärmer so und weniger grau. Er hielt Gesicht und Hände in den Lichtkegel und richtete sich neben einer Tasse Tee auf einer gelben, 60 Watt starken Insel ein. Auf der Fensterbank lag das Manuskript für den Abend. Dann war es zehn vor sieben. Es klopfte.

»Ihre Gemeinde wartet«, sagte der Hospitant und schob die Brille hoch. »Es sind zwei Neue dabei, Herr Kolbe. Eine mit Perücke. Sie stellen ihre Klappstühle im Foyer bereits selbst auf.«

»Demütige alte Kröten«, murmelte Hans und schloß die Tür seines Büros ab, ließ das Manuskript liegen. Er nahm den Fahrstuhl. Dort roch es nach Erfrischungstuch.

Man sagt doch mäuschenstill, dachte er, als er sich ans Pult stellte. In diesem Fall paßte es. Alles Mäuse, grau oder leberwurstbraun, spitze Ohren, spitze Nasen, breite

weiße Bäuche und haarloses Bein. Dazu der süßliche Geruch. Wenige Schritte von ihm entfernt holte eine Studentin einen letzten Regenmantel und zwei Einkaufstüten an der Garderobe ab.
»Es gibt Bücher, die es nicht mehr gibt«, Hans schaute auf die Uhr. Eine Dame in der ersten Reihe bot ihrer Nachbarin ein Bonbon an, als spräche er seit einer Stunde schon.
»Lassen Sie mich deshalb zum Schluß kommen«, Hans zeigte auf die Bonbontüte und schaute wieder auf die Uhr. Er hatte sieben Sekunden gesprochen.
»Es gibt Freitage, die nicht Mittwoch werden wollen und die es deshalb nicht mehr gibt. Es gibt Menschen, Autos und gewisse Stunden, die es nicht mehr gibt. Gewöhnen wir uns daran! Es gibt Vorträge, die es nicht mehr gibt. Ich bedanke mich. Kommen Sie gut heim.« Er verneigte sich und sprang übermütig mit geschlossenen Füßen vom Podest.
»Was soll das heißen«, wisperte eine Dame, die von Anfang an dabei gewesen war. Sie war dick und fröhlich, hieß Hedwig und hatte sich Hans einmal als Kollegin vorgestellt. Sie leitete die Pfarrbibliothek Bonifatius, ehrenamtlich. Sie war ein wenig in Hans-Ullrich Kolbe verliebt. Aber nur ein wenig. Denn es gab einen anderen Mann in ihrem Leben. Sie glaubte nicht an Gott, aber an ihren Pastor Merz, das Oberhaupt der Gemeinde Bonifatius. Daß Fräulein Hedwig nur ein wenig in Hans verliebt und eigentlich platonisch fest vergeben war, hatte den Umgang mit ihr angenehm gemacht. Sie hatte Hans nie angerufen, anonym, oder um zu fragen, wie sie sich auf den kommenden Freitag vorbereiten solle.

»Was soll das heißen«, fragten jetzt mehrere Damen, kanonisch versetzt, und faßten drohend die Handtaschen beim Verschluß. Die Neue griff nach ihrem Schirm.
»Ich«, sagte Hans.
»Unverschämt«, sagte die aus der ersten Reihe mit vollem Mund.
Ihre Nachbarin hielt ihm die Bonbontüte hin.
»Wollen Sie mich bestechen«, fragte Hans und lachte. Er hoffte, die anderen lachten mit. Keine verzog das Gesicht.
»Ich«, sagte Hans.
»Verräter«, sagte eine auf sächsisch. Die anderen nickten.
»Ich wollte«, und Hans stellte die Füße dicht zueinander, so daß er irgendwie schuldig aussah.
»Nein, ich wollte mit Ihnen sprechen«, sagte da Fräulein Hedwig und lief auf kleinen breiten Füßen Richtung Fahrstuhl. Hans folgte. Ihre Gesundheitsschuhe knurrten, und auf dem Kleid, geblümt, verzogen Sonnenblumen bei jedem Schritt ihr Seidengesicht. Dann hakte Fräulein Hedwig sich bei ihm unter, denn Hans ging ihr nicht rasch genug. Natürlich kam ihnen ein Kollege entgegen. Der sagte mit Blick auf Fräulein Hedwig, Hans sei ja ein richtiger Don Juan, und Hans floh in den Fahrstuhl. Er drückte auf die Zahl Drei, und in dem Augenblick traf ein stumpfer Gegenstand außen auf die Tür. Dann ein zweiter und noch einer.
»Handtaschen!« sagte Fräulein Hedwig trocken und hob ihre eigene, ein lederner, faltiger Beutel, groß und matt und schwarz. »Ich hätte Sie bis auf das Futter verteidigt.« Sie lachten.

»Sie wollen nicht mehr Ihre Zeit mit uns kalten alten Weibern verbringen«, sagte Hedwig im ersten Stock. »Sie sind verliebt«, sagte sie im zweiten. Im dritten kam sie auf einen weißen Raben zu sprechen. Als sie ausstiegen, fragte Hans nach, und da waren es schon zwei Raben.

»Denn weiß zu sein als Rabe, das schafft man nur zu zweit.« Ihre Augen waren traurig, groß und glänzend wie bei einem Tier, als Hans seine Bürotür aufschloß. Er bot ihr den Klappstuhl an. Ihre Augen blieben traurig. Dann stippten sie jeder einen Beutel in ein Teeglas, aus dem es dampfte, er Malve, sie Ceylon. Es war ihr Abschied.

Am Tag darauf begann Hans-Ullrich Kolbe mit der Ausübung eines alten Lasters. Seit 14 Jahren, seitdem er Vater in Ostberlin geworden war, hatte er nicht mehr geraucht. Aber jetzt. Als er seine erste Zigarette anzündete, erinnerte er sich daran, daß er eines Nachts vor nicht langer Zeit eine noch brennende Zigarette aus einem Blumenkübel gefischt hatte. Lippenstift war an dem Filter gewesen, Jelenas Lippenstift.
Die U-Bahn fuhr ein, er zertrat seine Zigarette, bevor er in den letzten Wagen stieg.
Der Streit mit den Damen am Abend zuvor hatte einen zweiten mit seinem Chef und einen dritten mit der NGfL nach sich gezogen. Die Neue Gesellschaft für Literatur hatte Plakat und Einladungen für seine Vorträge bezahlt, sein Chef hatte die Räumlichkeiten zur Verfügung gestellt. Jetzt fanden sie ihn undankbar und unmöglich.
Hans setzte sich auf einen Klappsitz neben der Tür. Ein Mädchen hielt ihm auf der Höhe ihrer Hüften einen Strauß großköpfiger Gartenrosen ins Gesicht.
Sie sind nicht mehr der alte, hatte sein Chef gesagt. Hans hielt sein Gesicht näher an den Strauß und wußte nicht, wer der alte sein sollte. Er hielt sein Gesicht näher an das Mädchen. Kaufen Sie sich einen Hund, bevor Sie

mir ganz seltsam werden, hatte sein Chef gesagt. Denn die fachlichen Argumente waren ihm ausgegangen. Hans hatte durch stures Schweigen erzwungen, das Büro des Chefs bald verlassen zu können. Bei der NGfL hatte er nach fünf Minuten einfach aufgelegt, gesagt, er habe eine Besprechung.

Er schloß wieder die Augen. Das Fahrtempo der U-Bahn erinnerte ihn an etwas. Der Geschmack von Nikotin auf der Zunge auch. Beides erzählte von früher.

Er ertappte sich, daß er mit dem Kopf wackelte und summte. »Wo soll ich fliehen hin«, summte er, Bachkantate Nr. 5. Ihr Eingangssatz für Streicher, Chor, Oboe und noch irgendwas stimmte genau mit dem leicht eilenden Tempo der Bahn überein. Am Heidelberger Platz erinnerte er auch den zweiten Satz, ein Rezitativ. Das paßte in den kurzen Halt der Bahn, »der Sünden Wust hat mich nicht nur beflecket ...« Die Bahn fuhr rascher danach und hielt sich so an die Tempoangabe im dritten Satz, paßte sich seiner fließenden Melodik mühelos an. Geschaukelt von den Sechzehntelbewegungen der Viola überholte Hans' Zug gleich einem Papierboot auf hellstem Bach im dunklen Tunnel unter der Stadt einen benachbarten Zug. Hans sah die gelben Gesichter hinter den Scheiben, gelb wie die Mäntel der Wagen, Hans' Schädel bewegte sich, als habe er Kopfhörer auf den Ohren. »Ergieße dich reichlich, du ...«

Dann erschrak er. Was war das? Ungewohntes Nikotin? Die treibende drängende fromme und auch leichtfertige Musik Bachs? Der Sommer? Kindheit, Kirche, Vater? Ja, so hatte er es damals auch verstanden. Daß es die Zuversicht nur durch ein sündiges Leben gibt. Und den

Trost nur durch die Verzweiflung. Und daß wahre Vergebung nur der ordentliche Frevel verdient. Man mußte erst Schwein gewesen sein, drastisch, barock, ganz biblisch leben wie Zecher und Zöllner, um die Aufmerksamkeit Gottes auf sich zu ziehen. Die Aufmerksamkeit Gottes, der schönen Frauen, des Glücks. Niemand kam aufgrund seines tadellosen Lebenswandels in den Himmel, nicht mal in den Himmel auf Erden.

Die Augen noch immer geschlossen, fügte er dem siebten Satz der Bachkantate einen achten von Kolbe hinzu. Oh, glückliches Leiden. Am Wittenbergplatz stieg er aus und betrat ein Feinkostgeschäft, fünf Minuten nach Ladenschluß. »Offene Wunde. Ein halber Tropfen Blut.«

Er wählte lange aus.

»Sie wollen es sich gemütlich machen, heute abend?« Frau Marotzke an der Kasse setzte ihre Brille auf und las das Etikett der Champagnerflasche in seiner Hand. Früher hätte das Wort »gemütlich« hinsichtlich einer Solokabine und Gittern zwischen ihm und einer für Geld gehorsamen Frau Hans zum Lachen gereizt. Er las Frau Marotzkes Gedanken. Mann, Sie haben doch ein Zuhause, Sie müssen sich doch nicht hier herumtreiben?

»Schade eigentlich, daß sie nicht da ist«, sagte Frau Marotzke.

Hans-Ullrich sah sich die Fotos der anderen Showmädchen an, als seien sie eine Tabelle giftiger Pilze. Frau Marotzkes Blick ließ ihn nicht los. Und außerdem, dachte sie wohl hinter gerunzelter Stirn, außerdem geht er die Liebste auf Arbeit besuchen, damit alle wissen, sie gehört auch hier zu ihm.

»Sie ist mir weggelaufen«, klagte Hans-Ullrich laut.
Das habe nichts zu sagen, sagte Frau Marotzke da und legte ihm eine Hand auf den Arm, die ihm schwer wurde. Das sei das Abenteuer der Monogamie, daran müsse Jelena sich erst gewöhnen. Jelena sei stolz auf ihn, wußte Frau Marotzke. Sie beugte sich näher, so daß er ihren Atem, Puder, Haarspray und auch ein wenig heiße Milch roch. Jede Frau brauche ihren Rittmeister, flüsterte sie und schlug ihm auf die Schulter. Dann wechselte sie das Thema. Denn ein Bayer fragte, ob sie auch am Heiligen Abend geöffnet hätten.
Hans wippte auf den Fußballen. Flüchtig dachte er an ein Leben mit Frau Marotzke. Dick geworden, in den Armen seiner Köchin, angesichts eines südlichen Meeres sterben. Sie, noch dicker als er, würde ihn gut und getröstet mit der Beamtenrente eines Oberbibliothekarrats überleben, lustige Witwe aus Mariendorf. Vorsichtig putzte Hans sich die Nase. Im Schutz seines gebügelten Taschentuchs gestand er sich ein, er hatte Angst vor Jelena. Denn er war alt. Denn wenn man alt ist, ist die alltägliche Niederlage Demütigung.
»Früher war hier das Aschinger«, Frau Marotzke hatte sich ihm wieder zugewandt und türmte Fünfmarkstücke zum Wechseln auf. Hans stand herum, hölzerner als ein Baum, fand er, und hielt der Champagnerflasche den Hals warm.
»Aschinger?« Er sprach wie aus der Übung geraten.
»Ja, das kennen wir doch noch.« Da war es wieder. Wir Alten. Er nickte, ja, gelbe Erbsensuppe im Stehen, ja, und soviel Brot, wie man wollte, und auch die Tischdecken waren gelb.

»Können Sie mich nicht anrufen, wenn sie kommt?« fragte Hans scheu. Er schaute Frau Marotzke auf den Mund. Dann schob er einen Zettel mit seiner Telephonnummer, Vor- und Nachnamen in ihre kleine dicke Faust.

Da siehst du, was du bist, hörte er Jelena sagen, nur ein Zettel mit einer Telephonnummer darauf.

»Bitte«, bat Hans. Frau Marotzke zögerte, sagte dann, gut. Aber sie lasse nur zweimal klingeln und lege wieder auf. Sie wolle ja nichts gesagt haben. Hans küßte ihre Hand. Eine Haarsträhne fiel ihm in die Stirn. Ein junges Grau, wie es so fiel.

Das Telephon hatte zweimal geklingelt gegen 18.00 Uhr. Eine Viertelstunde später stürmte Hans-Ullrich Kolbe wieder mit Champagnerflasche durch die Glastür der Show. Er bestellte Jelena direkt in die Solokabine. Sie sah ihn an. Er sah sie sich an. Draußen war ein milder Sommerabend. Sie hielt die Hand vor den Mund.
»Was ist?«
»Ich habe einen Schluckauf«, sagte sie.
Er gab gleich nach. Um zu vertuschen, wie weich seine Knie waren, fiel er einfach nieder, fiel rücksichtslos schwer und sehr tief, ohne zuvor die Bügelfalten straffzuziehen. Seine Gelenke gaben in musikalischer Folge ein flehendes Knacken von sich. Zuletzt stieß die Flasche in seiner Linken sich hart den Hintern aus Glas am Boden, an diesem Sonnabend.
»Das heißt?« Jelena nahm die Hand vor den Mund.
»Obst«, sagte sie, zeigte auf die Flasche und verbesserte sich. »Schampus.«
Hans kniete vor ihr, sah, sie sah, dem kommt plötzlich das Kind hoch, das er einmal war. Der, sah er, läuft noch einmal durch die früheren Sekunden, und alles riecht nach Wiese oder Erde oder Kakao oder Lack. Dem steht ein Junifeld am Rand eines Bahngleises bis

zum Kinn. Den schnellen Zügen schaut er nach, den Mädchen auch, die noch schneller als Züge an ihm vorbei sind, die langen Beine in der Hand, im Kopf die nächstgrößere Stadt, den nächstgrößeren BH und ein ganz großes Glück. Und er? Alle sagen »der«, der steht im Juni allein, mit Selbstmördergedanken, aber erst einmal auf einem toten Gleis und übt sich im Sterben-Wollen. Doch für ihn und dies Gleis gilt es ähnlich. Eine Sperre aus Holz und dunkel wie Stahl, dahinter wächst Klatschmohn, und Hans mag nicht wissen, was ihre roten Köpfe einander zutratschen. Kein Fortkommen, und jeden Tag einen Löffel Kondensmilch zum Trost. Schwalben schießen eine Melodie aus gewagten Tonsprüngen in den Himmel, er versucht, die Löcher in der Luft als unsichtbare Noten zu lesen. Auch die Schwalben fliegen fort, ganz gleich, wie gut er sie in ihrem hohen Lied verstehen kann. Da sitzt der, maßlosschwalbenallein, wo das Holz auch im Herbst noch nach Kamille riecht. Pfingsten darauf hockt der im Garten, mit schwermütigem Sonntagsanzug und spannt seinen Schirm über die Rosen. Pfingstrosen, mit dicken erschöpften Köpfen. Sein Vater sagt, ein Schirm sei unmännlich. Sein Vater sagt, alle haben an Pfingsten eine Erleuchtung. Nur »dem« wird es finster. Sein Vater ist Pfarrer, seine Mutter eigentlich ...

Hans sah Jelena in die Augen. Sie verhärteten sich grüner. Sie kreuzte die Arme über der Brust. »Eigentlich«, sagte sie und wurde wieder von ihrem Schluckauf unterbrochen. Hans nutzte die Gelegenheit und faßte ihre Knie. »Mädchen«, sagte er. Das Licht der Solokabine ging aus, und er mußte ein weiteres Fünfmarkstück einwerfen.

An dem Morgen, an dem er fortgeht aus Rerik, mit zwei Koffern und einem schwarzblauen Topf, die Sonne scheint blaß, nimmt er den falschen Zug, nur um weg zu sein. »Der« wieder! Sollte das mit dem falschen Zug ein Angebot des Lebens sein? Aber, er fährt am gleichen Mittag noch zurück. Auf dem Bahnsteig in Rerik winkt keine Familie mehr, nur der Vetter bedient das Signal, ein Gleiswärter, zu dick für die Dienstjacke, Handgelenke, grob und rot wie die einer Waschfrau, und –

»Was vorbei ist, ist nicht endgültig vorbei«, sagte Hans da laut. »Man sieht sich immer zweimal im Leben.« Er stand auf.

»Das heißt?« Jelena hatte noch immer einen Schluckauf, und Hans kniete noch immer. Was war das für eine seltsame Melancholie? Was war verloren? Jelena zog mit einer Bewegung den Mantel aus, einen Kimono, schwarz und mit japanischen Zeichen rot auf dem Rücken.

»Steh auf und laß die Babykacke«, sagte sie. Die Hände hob sie an die Schläfen. »Weißt du, was ich alles im Kopf habe?« Sie freute sich, daß er wieder da war? Sie freute sich so, daß sie einen Schluckauf hatte. Plötzlich wußte sie, was sie an ihm mochte. Es waren nicht nur die grauen Schläfen, mit denen er rascheln konnte. Das konnten Makler und Manager auch. Aber mit Hans könnte sie ein anderes Leben beginnen. Ohne diese kleine Angst. Für einen Makler hatte sie ein Makel; die Show. Wie viele solcher Makler hatte sie nach einem geglückten Geschäftsabschluß hier schon bei Laune gehalten? Und wenn die sie wiedererkannten, privat, bei Tisch? Bei Hans war das anders. Der zitierte diesen Balzac. »Kurtisane, Mätresse, meine Frau«, und er lächelte sie zärtlich an. Für andere wäre sie ein Fehlkauf, eine Frau aus x-ter Hand. Für Hans war sie eine Eroberung. Die Handflächen nach außen, spreizte sie die Finger. Die Augen hielt sie geschlossen, nur um sie zu öffnen. Ihm aber war, als sei er zwischen den Beinen bis hinauf zum Nabel in eine wunderlich feste Wolke eingelullt. Als könne er auf dem Gipfel seiner Not es unter sich regnen lassen. Aber das tat man nicht.

»Laß es regnen.«

Er wurde rot.

Und jetzt, als sie in die Hocke ging, die Zähne an ihn legte, noch immer mit Schluckauf, glaubte er, es seien die einer Säge. Er lachte, sehr allein, noch immer rot, und schaute ihr nicht zu. Irgend etwas roch hier nach Kamille. Er verlor den Verstand und fast das Bewußtsein. Schwindel! Alles.

»Mädchen.« Seine Stimme war heiser und sie achtundzwanzig.

»Mädchen.« Sie ließ ihn einfach stehn.

»Gleich.« Sie tanzte wieder, die Füße gegen einen Widerstand vom Boden lösend, dann verzögerte sie, als steige sie durch eine wärmere Schicht Luft hindurch, die er nicht sah. Seine Lust geriet unter die Lupe der Zeit. Er hatte noch nie so ein Verlangen gehabt, vielleicht, weil er traurig war dabei.

Den Schluckauf baute sie jetzt mit einer kleinen Kopfbewegung in ihren Tanz ein. Ihr Gesicht glänzte. Er berührte zuerst ihr Gesicht, dann ihr Geschlecht, dann seins, dann hatte er beide Hände an ihren Ohren, als sollte sie ihn nicht atmen, nicht schreien hören.

»Schrei ruhig, schrei ruhig«, sagt sie. »Du bist hier eh lauter als dein guter Ruf.«
Er dachte an Arno Schmidt und betete ein Stoßgebet aus tiefer Not nicht fertig. Er betete noch einmal und hart gegen sich, wie damals in der Messe, als Beten half, wenigstens gegen das Lachen im stillsten Moment. Er sah ihren Scheitel, kippte ihr Gesicht in den Nacken. Ihr Kopf lag in seinen Händen. Sie sah ihn an, als flögen über ihr Vögel herbei, direkt vor seiner Nase. Als wollte sie sich einen Rat holen aus dem Vogelflug.
»Gibt es hier eine Kamera? Ich meine, falls mir etwas passiert. Oder dir?«
Sie gab keine Antwort. Sie hatte einen so kleinen Kopf zwischen seinen Händen. Ein Köpfchen, dachte er noch, dann schrie er. So schrie ein Esel.

Sie hatte etwas gesagt. Er hatte das Papiertuch genommen, das sie ihm hinhielt.
»Du kannst ja in der Zeit ein gutes Buch lesen«, hatte sie gesagt. Er hatte die Hand gehoben und – hätte sie ins Gesicht geschlagen, wenn nicht das Gitter dazwischen gewesen wäre.
»Ich bin traurig, verzeih mir«, murmelte er.
Sie hatte gelächelt wie nach einem Schlag, blaß bis in die Augen, betäubt. Wie das aussah. Er war reif, das war ihm klar. Ihm war das Gesicht eines zweites Mal, innerhalb von einundzwanzig Minuten für sieben mal fünf Mark, vor die Füße gefallen. Wenn er es nicht selbst tat, dann würde sie es befehlen: tritt.
Sie hatte immer noch Schluckauf und hielt die Hand vor den Mund. Blieb ihr Mund nach jedem Mal schmaler

zurück? Nur für ein paar Tage, hatte sie gesagt, nur zu ihrer Großmutter nach Hörde, hatte sie gesagt. Morgen schon. Sie hatte nun ihm die Hand auf den Mund gelegt und war gegangen. Der Druck ihrer Hand war geblieben. Nur ein paar Tage, nur ein paar Tage, und Hans hielt sich an den Stäben fest.

»So lange können Sie hier nicht bleiben.« Mit Eimer und Tuch hatte der junge Mann vom Personal in der Kabine begonnen aufzuwischen, immer mit dem Schrubber gegen Hans-Ullrichs Füße. Das war beleidigend, erniedrigend gewesen.

»Gehen Sie doch mal beiseite, junger Mann.«

Hans-Ullrich hatte mit dem Kopf geruckt, Angst. Jelena, wenn du gehst, ist es dunkel wie unter der Erde, Angst, Jelena, und Hörde, wo liegt das überhaupt. Er hätte sie anfallen mögen wie ein Hund, der Angst vor Menschen hat. Etwas lang Vergangenes und was eben noch gewesen war trafen zusammen. Zwei Ereignisse wollten ein Ergebnis. Niemand hatte ihn je wütend gesehen. Da trat er den Putzeimer gegen das Schienbein des jungen Mannes, der Eimer kippte aus, und in der Lache rangen zwei erwachsene Männer, oberflächlich gesehen, um einen albernen Schrubber. Daß es so kommen konnte, dachte Hans-Ullrich noch, rutschte, fing sich wieder, rutschte noch mal und fiel wieder auf beide Knie zugleich. Ein scheußliches Geräusch.

Draußen an der Kasse hatte er Frau Marotzke gefragt.

»Was sie wohl an mir findet?«

Und Frau Marotzke hatte ihn sich genau angesehen, auch die nassen Hosen.

»Was sie wohl an Ihnen findet?« hatte sie wiederholt und die Frechheit gehabt, mit den Schultern zu zucken.

Hans-Ullrich Kolbe lief an dem Nachbarzug auf Gleis 2 entlang und hoffte, sie am Fenster stehen zu sehen. In der 1. Klasse schaute er besonders genau hin. Er wollte ihr winken, mit einer einzigen gelassenen Geste es ihr zeigen: Was-du-kannst-kann-ich-auch. Keine Jelena. Doch ein blondes Kind mit Hut winkte ihm, er aber nicht zurück. Danach war der Arm, den er nicht gehoben hatte, zur Strafe aus Blei.

Der Zug fuhr ab. Hans-Ullrich Kolbe stieg in seinen Zug auf Gleis 3. Er hatte Jelena Schnee nicht gesehen, aber sie war dagewesen. Ihre Züge fuhren aus dem Bahnhof Zoo aus, seiner nach Süden, ihrer nach Westen. Auf einem Weg, der vom Weg abging, würden sie sich treffen? Denn daß sie fuhren, war eine Bewegung zwischen her und hin, zwischen weg und zurück. Er war alt, und sie schon achtundzwanzig. Ihre Kindheit war früher zu Ende gewesen, so würde jede Etappe danach auch früher enden. Ihr Mund war schon alt. Jelena Schnee hatte ein bewegtes Leben gehabt. Jede Bewegung zielt auf Ruhe, und am Ende jeder Bewegung muß es etwas geben, das bleibt. Noch sah man es ihr nicht an, die Erschöpfung, den Überdruß. Sie achtete auf die Lichtverhältnisse. Sie achtete auf ihren alten Mund.

Hans-Ullrich Kolbe, allein im Abteil, weinte wegen Jelena Schnee, bis der Schaffner kam und seinen Fahrausweis nach Tübingen entwertete.

Als er nach der Paßkontrolle seinen Proviant aus der Aktentasche holte, studierte die Frau am Fenster seine Hände, mit denen er die Folie vom geschälten Ei zog. Sie war in Wannsee eingestiegen, wie die drei anderen Fahrgäste auch. Nur ein Platz am Gang war noch frei.

»Da hat aber jemand gut für Sie gesorgt«, sagte sie und zeigte auf sein Ei.

»Wer denn?« fragte er.

»Ihre Frau.«

»Welche?«

Draußen zog Landschaft mit Kühen und ohne Kühe vorbei, keine Städte, in denen der Zug hielt. An dieser Bahnstrecke wurde jeder Ort, wo Menschen wohnten, zum Flecken. Die Frau am Fenster schälte eine Apfelsine. In Bebra stieg sie aus. Ein Araber stieg ein. So saßen fünf Männer in einem Abteil, das noch immer nach Apfelsine roch, als die Frau schon vergessen war. Hans musterte die anderen Männer mit Jelenas Augen. Dann musterte er sich selbst so. Also, such dir einen aus, bot er ihr an.

»Mein Gott, soviel Gegend«, sagte der Araber und drückte den beringten kleinen Finger gegen die Scheibe.

»Kenn ich schon«, murmelte Hans-Ullrich. Das erste Mal war er vor dreißig Jahren hierhergefahren. 1952 im

Februar. Hans-Ullrich hatte sich in Tübingen eingeschrieben. Religionswissenschaften.
Der Araber nickte. An einem frühen Montagabend der folgenden Woche hatte er in der Mensa eine schwarzhaarige Studentin kennengelernt. So schwarzes Haar hatten die Mädchen bei ihm zu Hause nicht. Sie hatte ihn zwei Stunden später mit den geschickten Händen einer Medizinstudentin von seiner Unschuld befreit, sie trug sogar Spitzenunterwäsche. Er hatte sie geheiratet, als sie Ärztin auf der Unfallstation geworden war, ein Jahr später. Der Araber legte den Kopf schräg, als spräche zu ihm ein Kind oder ein Wellensittich.
»Ich komme aus Rerik, Rerik an der Ostsee«, sagte Hans-Ullrich. »Die Mädchen dort sind auch im August noch blaß, ihre Haare sind glatt und muschelfarbig, und nachts ...«, er schwieg. Soviel hatte er eigentlich nicht über sich reden wollen.
»Ja, nachts«, sagte der Araber, bevor Hans verlegen werden konnte, und er sah aus dem Fenster. Kühe von ungewöhnlicher Blässe, dort auf der Weide. Eine stand. Die anderen lagen. Nachts, dachte Hans-Ullrich, nachts war die Küste in den Armen dieser Mädchen steiler als am Tag. Samstags war eine fahrende Tanzkapelle aus Bad Doberan gekommen mit dem schönen Breitlow Junior am Schlagzeug. Nach dem zweiten Lied hatte Hans-Ullrich die Schäbigkeit des gebohnerten Gemeindesaals vergessen. Rerik, das war Rhabarbersaft und feste Brötchen, harter Sand am wilden Strand und ein ziemlich erfolgreicher Fußballverein mit Hans als Linksaußen. Sein Vater war der Pfarrer gewesen, seine Mutter die Frau des Pfarrers und Hans das vierte Kind

von fünf und das einzige mit Brille. Durch diese Brille, die die anderen nicht brauchten, hatte er eines Sonntags im Jahr 48 auf der obersten Stufe zur Sakristei so ein Ding aus Mehl und Nebel entdeckt. Am Nachmittag war das benutzte Präservativ weg gewesen. In dem Jahr darauf hatte sein Vater sich zu Bett gelegt, um monatelang zu sterben. Hans hatte Rerik nicht sofort für Tübingen verlassen.

Die Mutter war Jahre später nach Tübingen gefolgt, im Wagenanhänger das Doppelbett und zwei große Einmachtöpfe, innen blau, außen schwarz. Beste Vorkriegsware, sagte sie, im Westen angekommen. Sie war in die steile Begottgasse oberhalb des Philosophenwegs gezogen. Die Mutter hatte unendlich viel Zeit, eine Ewigkeit, dachte Hans manchmal. Deshalb begann sie zu schreiben, aber nicht richtig. Sie schrieb Gedichte von Trakl und Hölderlin in eine Schulkladde. Angespannt, als seien es ihre eigenen, fand er. Daraus hatte Hans später in Berlin eine Studie entwickelt, gemeinsam mit seinem Tutor Klaus Heinrich: »Wer schreibt, will Zeit in Seele wandeln.« Professor Paul Tillich sprach ihn im Sommer 1956 auf die Arbeit an. Er solle sie zur Doktorarbeit ausbauen. Hans-Ullrich schrieb der Mutter nach Tübingen einen Brief, schrieb, »der Tillich«, und »mein Doktorvater«. Dann machte er sich stolz an die Arbeit und wurde nie fertig.

Der Araber nickte. Ein höflicher Mensch. Deshalb sagte Hans, zu ihm gebeugt und mit dem Duft seines Rasierwassers in der Nase. »Ich werde schreiben.«

»Wem?« fragte der Araber.

»Meiner Frau«, sagte Hans. »An die Grenzschenke.«

»Ihre Frau betreibt eine Gastwirtschaft?«
»Meine Frau«, sagte Hans, »sie ist 1954 geboren und so alt wie meine älteste Tochter.« Der Araber nickte verständnisvoll. Hans sah sich aus dem Schrank seiner Mutter eine Karte vom Dichtertum, Hölderlin, nehmen, mit einem Stocherkahn, mare rosso, davor. Seine Mutter hatte einen Postkartenvorrat, eingeklemmt zwischen Sparschwein und Teekanne. Hans sah Jelena die Karte an den Garderobenspiegel heften, wie Schauspielerinnen es tun. Aber nein, dort gab es keine Garderobe. Es gab nicht einmal Schrank oder Spind, in dem sie ihre kleinen Taschen mit dem großen Geld wegsperren konnten. Sie saßen auf einer einzigen Bank in einem gekachelten Raum, wo immer der Fernseher lief. Hatte Jelena erzählt.

Im Bahnhof von Tübingen zog Hans einen Strauß Blumen für seine Mutter und für sich eine Tüte Eis mit Erdbeergeschmack. Er packte das Eis aus und dachte an Jelena, an die Farbe ihrer Haare. Erdbeerblond, behauptete sie. Blond mit Rotstich, widersprach er. Hans schloß im Menschengedränge die Augen und fuhr mit der Zunge über das Eis. Er stand im Weg und träumte. Jemand tippte ihm auf die Schulter, keiner, den er kannte, nur einer, der vorbei wollte. Als er auf den Vorplatz trat, zählte er zwanzig Taxen. Hans-Ullrich ging zu Fuß und zählte auch die Fahrräder unter dem Bahnhofsvordach. Bei einem Kinderrad und der Zahl 73 hörte er auf. Am Kopf der neuen Brücke warf er den trockenen Rest der Eistüte für die Enten in den Fluß und ging langsamer. Der Neckar unter seinen Füßen war reißend.

Aufgelöste Milchschokolade, die um die Baumfüße am Ufer strich. Hochwasser hatte es gegeben, doch im Moment hielt der Dauerregen sich zurück. Hans ging zum Anfang der Brücke, als müsse er diesen kurzen Weg noch einmal gehen, um etwas neu zu beginnen. Er stieg die Treppe zur Uferpromenade hinunter. Unter dem Kies war es feucht, es roch nach Erde und auch nach Tee. Aber da mochte er sich täuschen. Er wurde traurig, aber auch da mochte er sich täuschen. Vielleicht erinnerte er sich nur und fühlte sich deshalb so. Mit den Blumen und einer Hand frei ging er dicht an einen Baum im Wasser heran. Die Spitzen seiner Wildlederschuhe färbten sich dunkel im nassen Gras. Egal, nur nicht vorsichtig sein, beschloß er. Den Koffer hatte er oben auf der Böschung abgestellt. Einer Weide legte er zur Begrüßung die Hand auf die Rinde. Dich kenn ich, da warst du noch ganz dünn und klein, sagte er. Gut, daß Jelena ihn jetzt nicht sah. Nichts, was ihn wärmte, wärmte Jelena. Er zog seine Hand zurück.

»Du tust mir weh«, hatte sie gesagt und ihn ein Stück weggeschoben. Und tatsächlich hatte sie geblutet zwischen Zeige- und Mittelfinger der linken Hand. Sie hatte einen Riß von seinem Biß in der hellen Schwimmhaut. Er hatte sie angeschaut.

»Hattest du Angst, als du mich das erste Mal sahst?« Sie zögerte mit der Antwort und dem Lächeln. Dann sagte sie etwas, zwei Laute, wie ein Kind mit geschlossenem Mund. »Mhm, Mhm.« Übersetzt hieß das zweierlei. »Laß mich in Ruhe« und »Nein«. Danach öffnete sie das Fenster in der Pension Florian und spuckte raus. Das tat sie immer, wenn ihr etwas im Hals stand. Zum Glück ging das Fenster auf den Hof. Sie drehte sich um. Wie wenig er über sie wußte.

»Die Spatzen fallen vor Kälte von den Bäumen, wenn du vorbeigehst«, hatte er gesagt. Trotzdem war er in diesem Augenblick glücklich gewesen. An dem Tag hatte er in ihrer kleinen weißen Handtasche vergeblich nach ihrem Ausweis gesucht, während sie auf dem Klo war.

In einem schmalen Haus auf der anderen Seite des Neckars öffnete sich im ersten Stock ein Fenster. Kletterrosen wuchsen ins Zimmer hinein. Eine Frau legte die Unterarme auf die Fensterbank und maß mit einem langen Blick den Wasserstand. Dann sagte sie etwas ins Dunkel des Zimmers. Hans-Ullrich drehte sich nach dem Koffer um. Er war ein leichtfertiger Mensch, das sah jeder, der Hans' Koffer so stehen sah. Ein leichtfertiger Mensch, und Hans dachte den Satz gleich dreimal, weil er ihn erfreute. Natürlich war er leichtfertig, weil sie es nicht war. Ein Passant reichte ihm die Hand, um ihm die Böschung hinaufzuhelfen. Hans lächelte verärgert. War er denn nur älter geworden? Und andere Veränderungen sah man ihm nicht an? Früher hatte er gedacht, Menschen, die Lust litten, so wie er, die wären befleckt, an Anzug, Hemd, Hose, an Seele und Leib und den ganzen Hals hinauf. Hans-Ullrich bog in die steile Gasse ein, zum Eckhaus, in dem seine Mutter wohnte.

Die Beine angezogen auf dem Sofa der Mutter, zwang er in dieser Nacht Jelena herbei und hinein in die karierten Kissen, um seine Kindheit und Jugend zu schänden. Er riß an den Haaren, überall an ihren Haaren, so wie sie es mochte. Er spuckte, als sie auf dem Bauch vor ihm lag,

lotrecht auf ihren Steiß, er rieb sie feucht. Sie drehte den Kopf, schaute ihm dabei zu. Sie sagte, so machen das eigentlich nur junge Männer. Draußen kläffte ein Hund.
Ich frage dich, murmelte er. Liebst du mich?
Sie, da war er sicher, stöhnte jetzt, und das ließ sich leicht als Jaja übersetzen.
Liebst du mich?
Ich weiß nicht.
Jetzt drängte er auf sie, sich auf sie, in sie, verlängert um die Zentimeter, an denen er seine Geduld und seine Gier maß. Nannte sich das mal Sehnsucht?
Liebst du mich?
Ich weiß nicht.
Warum nicht?
Ich weiß nicht.
Er hob die Hand. Er schlug sie nicht. Warum nicht? hörte er sie fragen.
Ich weiß nicht, hörte er sich sagen.
Dann lauschte er auf den Hund. Der war fort, und Jelena hatte sich ihm angeschlossen. In dem Traum, den er dann hatte, sah er sich in Julihitze auf einem durstigen Weg vor einen Karren gespannt. Auf dem Karren stand ein junges Tier, von dem ihm weder Name noch Gattung einfielen. Er zog, und das Tier versuchte auf dünnen, noch ungeübten Beinen Balance zu halten. Als er an ein Haus kam, schlossen sich böse die Fensterläden vor seinem Blick. Ein Kälblein gezeugt, hat ein Kälblein gezeugt, sang eine Frauenstimme aus dem Inneren des Hauses. Er, noch immer vor den Karren gespannt, sah an sich herab. Die Hose hing ihm auf den Füßen. Und so, mit der Hose auf den Füßen, versuchte

er, halb da, halb fort, mit den ältesten Mitteln der Welt Liebe und Ordnung wiederherzustellen. Davon wurde er wacher.
Wand an Wand schlief er mit seiner Mutter und hatte gehört, wie sie vor dem Einschlafen auf ihr Kopfkissen eingeschlagen hatte. Neben ihr, die zweite Hälfte des Betts für den toten Pfarrer lag straff und unberührt unter einer schweren goldenen Tagesdecke. Ob sie manchmal einen kalten Fuß hinüberschob in die größere Kälte?

»Was machen die Kinder?« Der Fernseher lief laut. Hans konnte die Frage überhören und tat es auch. Es war Nachmittag. Kuchen stand auf dem Tisch, und die Mutter hatte vergessen, wie er seinen Kaffee trank.
»Was machen die Kinder?« wiederholte sie unzufriedener.
Sie konnte Schweigen schlecht ertragen. Schweigen war für sie ein Versagen.
»Welches?«
Die Kinder, hatte sie noch einmal gefragt und sich eine Zigarette angezündet. Ohne ihn anzusehen, stellte sie fest, daß er schlecht aussehe. Richtig schlecht.
Hans nickte. Nachts in seinen Phantasien blieb er Jelena jedesmal treu. Eine anstrengende Sache.
Während eine Maus im Fernseher mit angestrengter Kinderstimme sprach, zählte die Mutter seine Alimenteverpflichtungen mit Vornamen auf.
Von seinen Kindern sah er regelmäßig nur Sophie in Pankow, früher einmal. Früher einmal. Früher, das hatte mit Jelena aufgehört. Früher hatte ihn auch die Mau-

er gestört, jetzt schützte sie ihn. Ausgeschlossen, daß Sophie eines Tages vor der Tür stehen würde, um ihn ins Verhör zu nehmen. Ach, ihm war nicht wohl dabei. Er machte zuviel falsch in letzter Zeit.

»Und?« sagte seine Mutter.

Hans-Ullrich zuckte mit den Schultern.

»Morgen wirst du davon Muskelkater haben«, sagte die Mutter. Sie machte seine ratlose Bewegung nach. Da holte er Luft, drückte seine erste Zigarette für heute in den vollen Aschenbecher und erzählte.

»Wir haben die Bibliothek von Öl jetzt auf Fernwärme umgestellt. Das hat einen Dreck gemacht.«

Die Mutter schaute auf den Fernseher, auf die hysterische Maus darin und war ganz still.

»Soll ich dir einen Apfel schälen, wie früher?« Er ging in die Küche. Auf den Kacheln am Fenster klebten Abziehbäumchen. Eine Kleinigkeit, die ihn aber deprimierte. Auch er hatte eine Küche, ähnlich wie diese, doch ohne Abziehbildchen. Was ließ sich dadurch aufhalten? Nichts? Ein Tag verging wie alle Tage. Mit ihm vergingen die Wochen, die Jahre, sein Leben, wie nichts. Und Jelena? Er nahm Apfel und Messer und Teller in die Rechte, ballte die Linke zur Faust, schüttelte die Faust, als säße eine gefangene Fliege darin, und öffnete sie. Da saß Jelena, nicht betäubt, aber etwas benommen, auf einer krummen Linie der Hand. Früher hatten auch andere Frauen eine Bruchstelle in seinem Leben markiert, aber nicht so, so endgültig. Denn eine nächste Frau liebte ihn bereits für die Bruchstelle, die ihre Vorgängerin verursacht hatte. Jelena saß fest in einer Kurve, im Knick seiner Lebenslinie, die Haare zerdrückt.

Nicht einmal jetzt hatte sie den tief dummen Ausdruck der Liebe im Gesicht, den er wohl hatte, wenn er unter ihr lag. Er wollte ihre Hingabe, nicht nur gutmütige Erschöpfung. Er wollte ihre Brust wie ein bloßes Herz in seiner Hand. Abrupt drehte Hans sich um. Ihm war, als hätte Gott in diesem Augenblick auf Zehenspitzen die Küche verlassen. Das war eine Stille!

»Hans, was bist so still«, rief seine Mutter.

Er steckte den Kopf durch die Tür. Was er an dieser Mutter gemocht hatte? Früher wenigstens.

Ihre Kleider.

Er warf das Obstmesser in die Luft, es drehte sich, er fing es beim Griff. Seine Mutter beachtete ihn nicht.

Ihre Kleider. Frauenkleider eben. Sie war immer gut gekleidet gewesen, fast kostümiert, wie sie über den hartgefahrenen Boden der kleinen Straßen gegen den Wind vom Meer und den Kalten Krieg anlief. Sie war keine typische Pfarrersfrau gewesen, mit einem Nest von gedrehtem Haar am Hinterkopf. Sie ließ schneidern, Modelle aus Zeitschriften von 1940/41. Sie war zu anspruchsvoll für die DDR gewesen. Unnatürlich, flüsterten die Nachbarinnen. Überheblich. Eine sagte, gottlos.

Sie war immer klein gewesen, aber mit den Jahren nicht kleiner geworden. Ihre Füße waren sogar noch gewachsen, wegen der Überbeine. Tapfer hatte sie Schuhe getragen, die zu eng waren. Frauen mit zu kleinen Schuhen warten noch auf den richtigen Mann. Daß sie sich als Witwe keinen neuen Mann gesucht hatte, hieß nicht, sie war ihrem toten Pfarrer treu. Das war sie schon zu seinen Lebzeiten nicht gewesen.

Kinder in kurzen Hosen waren er und sein Freund Franz gewesen. Franz und Hans verstanden sich gut, sehr gut. Sie waren ein verschworenes Paar, sie standen vor dem großen Holztisch, und ihre Schultern berührten sich dabei. Die Mutter stand auf dem Tisch. Die Schneiderin nahm den Saum ab. Von dem Freitag auf den nächsten interessierte sich Franz plötzlich für den Saum, der höher gesteckt wurde, und Hans für das Kleid, das über die Stuhllehne floß. Das Kleid ohne Mutter darin. Es lag dort wie eine andere Frau, die wollte, die ihn wollte, oder die Gewalt wollte. Die Schneiderinnen redeten währenddessen mit den Nadeln zwischen den Zähnen, der Raum war schwül und halbdunkel, auf dem Herd köchelte im Winter Suppe, und über jeder der drei Singer-Nähmaschinen brannte ein elektrisches Licht den Tag herunter. Hans drehte sich zu Franz, dabei fiel sein Blick in den dreiteiligen Schneiderspiegel. Wie anders das Gesicht seiner Mutter im Spiegel war. Ihre Nase, ein schiefer Absatz. Ob Franz das nicht sah. Aber Franz hatte Nebel auf den Augen, eine unruhige Hand in der Tasche und zum erstenmal unter der Woche lange Hosen an. Von dem Tag an waren sie sich über nichts mehr einig. Hans-Ullrichs Schulter war kalt geworden. Diese Schulter zeigte er in Zukunft Franz.

Von dem Tag an war Hans sehr allein gewesen und hatte oft in einem Kleid vor dem Schlafzimmerspiegel gestanden, wenn alle aus dem Haus waren. Die Kleider hatten ihn berührt wie keine Frau danach. Er hatte den Rocksaum über die Knie gehoben. Seine Beine waren noch unbehaart gewesen.

»Deine Mutter ist eine Ausnahmeperson«, und sie biß vorsichtig in den geschälten Apfel. Sie beschrieb einen ihrer sensationellen Krankheitsverläufe, der ihr die Hochachtung der Ärzte eingetragen hatte. Sie mochte Ärzte. Hans-Ullrich hatte auch Arzt werden sollen. Für die Enttäuschung hatte sie sich schon oft gerächt. Denn es gab ihre Meinung und die falsche. Gereizt und ein wenig kraftlos schloß Hans-Ullrich sich vor dem Gerede seiner Mutter auf der Toilette ein.
Er setzte sich auf den Klodeckel und wollte kein Licht. Die Geräusche vom Hausflur drangen durch die Wand. Er stellte seine Füße auf die Zehen, bis die Knie zitterten. Welche Reflexe noch funktionierten? Eigentlich alle und ganz direkt. Jetzt lief jemand die Treppe hinunter, nahm hörbar nur jede zweite Stufe, sicher ein junger Mann, der es eilig hatte in seinen Turnschuhen. War Jelena auch noch so jung, und vor allem, war sie jung, wenn er nicht dabei war? Trug sie dann Turnschuhe? Heimlich Turnschuhe? Plötzlich kam ihm, was mit ihr war, wie gewesen vor. Plötzlich quälte er sich mit der Vorstellung vom Tag, an dem, was mit ihr ist, vorbei ist. Wenn sie nur noch die Erinnerung an Liebe in seinen Armen, oder wenn sie in den Armen eines anderen sein würde. Wenn er dann allein sein mußte, mit allem, was er von ihr wußte? Wenn er dann am Bahnhof Zoo stehen würde und der Zeitungsmann ihn noch immer grüßte, obwohl Jelena längst aus seinem Leben verschwunden war? Wenn dann die Karbidlampe über den druckfrischen Zeitungen brannte und sein Kummer im Herumstehen sich nicht in Tränen auflösen ließ? Geschweige denn im Laufen. Sie würde sich ohne Erin-

nern an ihn neben einem anderen im Taxi kämmen. Hans riß ein Haar vom Kopf und strangulierte damit seine Zeigefingerkuppe. Liebeskummer, sagte er böse zwischen den Zähnen. Na, warum sie überhaupt mit ihm blieb? Na, Jelena hatte eben in sich Platz für jeden Widerspruch. Sie wünschte, was sie fürchtete, und fürchtete, was sie wünschte. Einmal hatte sie ihn spöttisch angeschaut. Er war außer Atem gewesen, sie nicht. Man wird nicht pervers, man bleibt es, hatte sie mit dem Mund über seinem gesagt. Das biß wie Frost ins Gesicht. Sie schielte ein wenig, vor allem nach der Liebe. Und in ihrem linken erschöpften Auge war neben dem Spott eine ihm fremde Angst gewesen, die Kondensspur einer Angst.

Nichts wußte er von ihr. Das Pensionszimmer im Florian galt nicht fürs Leben. Im Leben ging sie durch die eine Tür, er durch eine andere. Kürzer ließ sich die Vorläufigkeit ihres Zusammenstoßes nicht sagen. Was wollte er denn? Daß sie bei ihm lebt, er auf sie wartet und eine gerollte Zeitung ungeduldig zwischen Mitternacht und drei, die Show ist vorbei, gegen die Knie schlägt? Daß er strahlend mit einem Kleintier im Käfig vor ihrer Tür stehen darf, einem Wellensittich, einer Schildkröte zum Geburtstag und sie sagt, gut gut, die kann man wenigstens allein lassen.

»Hallo guten Tag, olé«, schrie die Maus aus dem Fernseher durch die geschlossene Klotür. »So einsam?«

Hans-Ullrich glaubte nicht richtig gehört zu haben. Nachdenklich sah er sich das geblümte Papier auf der Rolle an. Er hatte seine Zahnbürste nicht zur Zahnbürste der Mutter in den Becher gestellt. Unter seinem

Schuh schlingerte ein Silberfisch durch. Jelena, und Hans stieß den Kopf in beide Hände, immer wieder, Jelena.

Jelena schläft sicher zwölf Stunden. Gegen neun, wenn das Telephon leise schnurrt, legt sie den Hörer daneben und hängt für den Rest des Tages nicht mehr ein. Sie dreht sich auf die Herzseite, wo ein Plüschterrier hockt. Sie zieht, übermüdet und wieder Kind, die Knie zum Bauch, auf dem Gesicht eine dünne Schicht von Fett und Schweiß und die Wimperntusche verrieben im Schlaf, daß die Augen aus einem schwarzen Krater schauen, wenn sie am Mittag die Jalousien schräg stellt und Schokolade ißt, ohne sich zuvor die Zähne geputzt zu haben, während gegenüber eine Frau drei Kinder ins Zweitauto stopft, es Sonnabend ist und Jelena auf der anderen Seite von all dem sitzt, um endlich wahrzunehmen, daß der Flieder verblüht vor jenem Haus, wo am Wochenende aus der Etage ihr gegenüber ein Kopf mit wenigen Haaren aus dem Fenster schaut, ein einsamer Mensch, der, sobald die Sonne ums Haus gewandert ist, seine Fenster putzt, jeden Sonnabend, und gleich danach und wie zu früh bestellt, auf den Gehsteig tritt, ohne zu gehen, seinen Hosenbund hochzieht und an seiner Uhr dreht. Denn er und der Mittag wissen nicht, wohin mit sich bis zum Abend, und gehören schon dem Sonntag. Denn der Sonntag nimmt sich, was er will, und macht die Seele älter. Da schaut der Mann zu Jelenas ungeputzten Fenstern hoch und verrät sich und sie dabei. Für ihn cremt sie sich nachts nackt unter der hellsten Deckenlampe mit Zitronenöl ein. Gratis, sagt sie, Nachbarschaftshilfe, sagt sie und zählt stumm die Augen, die

hinter den schwarzen Scheiben wie die von Katzen für sie fluoreszieren. Sie zählt die Augen wie Geld.
Hans trat den Silberfisch zwischen seinen Schuhen. Der wuselte weg, leicht und unverletzt. Jelena, sah er, lächelte jetzt. Verzückt betrachtete er die Reihe kleiner weißer Zähne. Es schienen mehr zu sein als bei anderen Menschen, siebenundvierzig oder einundfünfzig vielleicht. Jelena war inzwischen quer durch seinen Kopf zu ihrem Küchenfenster gegangen. Sie streichelt ihren Fuß auf der Brüstung des Austritts, dann ihr glattrasiertes glänzendes Bein, sie entdeckt eine kleine rote Ader an der Weiche zur Wade und ärgert sich. Gegenüber sind die Menschen auf den Balkon getreten, haben wie inszeniert oder unter sich verabredet, die Arme auf die Brüstung gelegt und auf einen Punkt tief unten in der Straße gestarrt. Der Punkt ist nicht verabredet, nur rot. Er bewegt sich und macht Musik. Ein Akkordeon räkelt sich träge zwischen zwei braunen Händen.
Hans-Ullrich, er schaffte es nicht, hier vor aller Augen neben Jelena ans Fenster zu treten und den Arm um sie zu legen. Es war, als nähme seine Phantasie dieses Programm nicht an.
Als er ins Zimmer trat, Tübingen, Begottgasse 3, nahm die Mutter ihre Krankheitsgeschichte wieder auf an der Stelle, wo sie unterbrochen worden war, zeigte auf jeden Zahn im Gebiß und vergoldete dessen Schicksal. Hans-Ullrich nahm seinen Mantel.
»Du gehst?« Sie drehte sich nicht einmal um.

Als Hans den Neckar überquerte, glänzten die Straßen. Lange stand er im Eingang einer geschlossenen Bäckerei und zählte die Ampelphasen mit. Er sah an sich herab und bemerkte, er hatte weniger Bauch als zu Jahresanfang noch. Er schob die Hände in die Hosentaschen und spürte seine Hüftknochen. Es war fünf vor halb acht. Er war verabredet.

Im Café saß Hans-Ullrich am Fenster und wollte seinen Trübsinn in einem Heft festhalten. Ich schreibe nicht, sagte er sich streng, ich schreibe nur auf. Draußen duckten sich die Menschen unter dem Regen.

Er malte einen Tannenbaum auf das erste leere Blatt. Das tat er sonst nur beim Telephonieren. Ganz deutlich sah er im Tannenbaum das Gesicht von Jelena, eine Muschel perlmutt und Fleisch zwischen grünen Nadeln. Ihr Gesicht war zugleich auch ein anderes Körperteil, eine Brust, eine Wade, zwei Lippen ohne Scham. Er notierte »etwas anderes« in seinem Heft. Das schien ihm dürftig, war aber im Moment alles. Geübt als Schreiber war er kaum. Eines Tages würde er vielleicht ein Buch über Jelena schreiben und nach den ersten Sätzen innehalten. Wie glücklich er ist! Er würde schreiben: Kwiatkowski, Burgsmüller, Sandmann, Schlebrowski, Michallek, Bracht, Peters, Preißler, Kelbassa, Niepiklo, Kapitulski. Das war die Aufstellung von Borussia Dortmund, 1956 Deutscher Meister. Das war der Sommer, in dem Jelena zwei Jahre alt und schon stolz auf ihren Onkel Niepiklo war. Sie hatte ihm davon erzählt. Niepiklos Nichte. Das wäre schon ein Buchtitel. Nicht, daß er sich plötzlich das Schreiben angewöhnte. Hans schlug sich mit dem Bleistift auf die Finger. Denn so betrachtet, sah er mit seinem Heft aus wie einer jener Trottel, die sich berufen fühlen, längst Geschriebenes noch einmal und um einiges schlechter in einem Heft zu notieren. Er kannte das. Täglich versah er ungelebte Leben mit Signaturen. Lesen zog Schreiben nach sich bei manchen Naturen, denen die Wirklichkeit zu laut, lästig, zu langweilig oder einfach zu wirklich war. Literatur entstand aus Literatur, das konnte er nachweisen, zitieren, anhand von Zitaten. Menschen schliefen mit Büchern, wenn sie niemanden fanden, mit dem sie ins Bett gehen konnten. Sie machten mit dem Buch ein Büchlein. Er kannte das, und deshalb wurde ihm der Stift schwer, bevor er ihn in Bewegung setzen konnte. »Probleme, Probleme«, schrieb er über die nächste leere Seite. Dann blätterte er um und schrieb »der Bibliothekar liest nicht mehr«, mit einem Ausrufezeichen. Und darunter ganz klein den Zusatz: »nach all den Jahren«.

Hans war in diesem Café mit einem Freund verabredet. Der hieß Mantel, hatte Design studiert, sich spezialisiert und entwarf nur Eierbecher. Er hatte sich für die drei Bücher, die Hans-Ullrich ihm einmal geschenkt hatte, ein Bücherregal gekauft. Mantel hatte Geld und Glück bei Frauen, ein seltenes Glück, über das er sogar lachen konnte.

Hans-Ullrich bemerkte sie erst, als sie sich an seinen Tisch setzte. Sie hatte diese vielen kleinen Punkte im Gesicht, wie Kupferstäubchen, die auf dem Tennisplatz in der Schuhsohle sitzen. Bei einer anderen Frau hätte er einfach »Sommersprossen« gesagt. Doch bei ihr trieben es die Punkte so bunt, daß er hoffte, man könne sie abwaschen. Einen Moment dachte er nicht an Jelena, und als er es merkte, war er erleichtert. So schlimm konnte es mit Jelena also nicht sein.

»Wie bitte?« Sie sah ihn amüsiert an.
Er wußte nicht mehr, was er gesagt hatte. Sicher etwas Höfliches. Sie trug Minze, die Farbe in einem wollenen Twinset vollkommen ausgedrückt. Sie lutschte ein Bonbon, sagte »Eisbonbon« und hielt ihm die Stange hin.
Sein Freund war nicht mitgekommen. Sie war seine Frau. Er war bei seinen Eierbechern geblieben? Sie sagte, sie heiße Claudia, Claudia Lichtblau. Aber warum lachte sie dann wie eine Taube?
»Sie heißen nicht Mantel, wie er?«
»Nein, wieso?«
»Da haben Sie gut entschieden«, sagte Hans-Ullrich. »Wissen Sie, wie wir ihn früher nannten? Mantel, kurz: die Jacke.«
Hans lachte, sie nicht. Ihr Mann habe bis morgen um neun einen Entwurf für eine Rosenthal-Collection abzugeben, sagte sie. Sie habe bei ihm, Hans – sie dürfe doch Hans sagen? –, angerufen. Er sei fort gewesen. Viel früher als nötig, habe seine Mutter gesagt. Denn in dieser Stadt lasse sich jeder Ort mit einem Katzensprung erreichen. Auch sie sei in fünf Minuten die Staffel hinuntergesprungen. Hans stellte sich das vor und schaute ihrer Brust dabei zu. Am vierten Finger rechts und links trug sie keinen Ring. Sie trug gar keine Ringe. Da hob sie beide Arme, und es roch leicht nach Schweiß, Schweiß, wie er nach einem Tanz kommt.
»Ich habe mein Geld vergessen!«
Nehmen Sie doch die Arme runter, wollte Hans-Ullrich sagen. Denn die beiden Hälften ihrer Twinset-Jacke fielen auseinander. Hans hätte gern überraschend für sie beide diesen kleinen biederen Pullover hochgezogen, der

sich unter der Minzejacke wie ein Zwilling hinter dem anderen versteckte.
Sie wollte einen Tee trinken. Er bestellte. Er dachte, daß er noch immer nicht an Jelena dachte.
»Raffiniert«, sagte er.
»Was?«
»Ihr Twinset«, sagte er schnell, »... und die Farbe.«
Sie zog die Jacke über der Brust zusammen.
»Bleiben Sie länger? Ich meine, können Sie einmal zu uns zum Frühstück kommen, vielleicht?«
»Wegen der Eierbecher?«
Sie zögerte. Auf der Stirn wurden zwei Risse senkrecht zu den Brauen härter im Strich. Dann wollte sie lächeln. Die Risse ließ sie stehen.
»Wissen Sie was?« Er steckte sein Heft weg. »Sie inspirieren mich.«
»Das ist meine Aufgabe bei den Eierbechern auch.«
Dann schwieg sie. Hans-Ullrich deutete ihr Schweigen; er hat ihn ganz anders geschildert.
»Mein Mann hat Sie ganz anders geschildert«, sagte sie.
»Er ist mein Freund.«
»Das klingt demütig.«
»Wir kennen uns seit, seit ...«
»Seitdem Sie sich das letztemal sahen, was haben Sie da gemacht?«
Mußte sie zu Hause das Gespräch für den Freund wiederholen? Im Bett, unter dem engen Lichtkegel einer Nachttischlampe, in den nicht einmal beide Köpfe paßten.
»Ach«, sagte Hans da. »Man arbeitet den ganzen Tag. Man kauft ein Haus, und man stirbt.«

»Ist das eine Antwort?«
»Auf das Leben? Ja, würde ich sagen.«
Warum fiel ihm bei ihr keine richtige Antwort ein, aber die ganze Vergangenheit. Bei Jelena war das anders. Bei Jelena, wiederholte er, und je häufiger er es wiederholte, um so deutlicher wurde aus einer Frau ein Ort, aus dem weiblichen Vornamen ein Platz fürs Leben, um den sich aber kein Haus bauen ließ. Bei Jelena, das war der Stern an der nächsten Ecke.
Hans und die Frau seines Freundes schwiegen. Sie saßen zwischen dunklen Holzwänden, die gerade bis über ihre Köpfe reichten. Darüber war die Wand gelb gepinselt, freundlich und irgendwie südlich. Flämische Tischdecken lagen auf, und das Geschirr versank bis zu den Knöcheln in der geknüpften Wolle. Ein Hund ging von Tisch zu Tisch, setzte sich kurz dazu, bei ihnen blieb er. Sie nahmen ihn nicht zum Anlaß, um das Gespräch neu zu beginnen. Hinter der Theke legte die Kellnerin eine Kassette ein, und als die Musik zu spielen begann, sagte Hans, er sei ein Bibliothekar nur, als sei das der Text zur Melodie. Und Hans ließ sich von einem traurigen Lied tragen.
»Manchmal verliebe ich mich. Dann schreibe ich ein Gedicht über eine Studentin, die sich ein vergriffenes Buch ausleihen kommt. Oder über eine verheiratete Kollegin oder über deren Assistentin, die ihre und meine Tochter sein könnte. Ich schreibe allen, daß ich nichts tun kann, als ihre Unterröcke zu bewundern, die sie mir nicht zeigen können, weil sie sie längst nicht mehr tragen. Ich bin altmodisch, wissen Sie, aber das läßt sich einsetzen. Ich schreibe, ich könne nur noch mit den

grauen Schläfen rascheln, und habe ihnen längst das Kleid über die Ohren gezogen.«

»Wie Tieren das Fell.« Sie schüttete ein halbes Milchkännchen in ihren Pfefferminztee. »Das bringt mich in Stimmung«, sagte sie. »Sie sind mir ein Held. Was man mit Ihnen alles erleben könnte.«

»Ich schreibe alle Möglichkeiten erstens nachher auf und zweitens untereinander und mache drittens ein Gedicht daraus.«

»Ein Gedicht?«

Er nickte. Ein Gedicht. Er überlegte, ob sie am ganzen Körper diese Kupferstäubchen hatte, ob sie Parfum benutzte, und wenn, welches. Ob ihre Achseln nach dem riechen, was sie gegessen und getrunken hatte, oder nach dem, was sie gerade dachte. Sie war aufgestanden. Sie gab ihm die kleine Hand, innen warm, außen kalt. Er hielt sie, als hätte er einen Fisch gefangen. Sie sagte, Sie rufen doch an, und grüßen Sie Ihre Frau.

»Welche?«

»Die letzte.«

»Grüßen Sie Ihren Mann.«

Erst als sie hinausging, sah er, ihr Haar war gar nicht rot. Er hatte die Farbe nur angenommen. Und wenn er sie geküßt hätte, zum Vergleich? Denn Jelena küßte nie zärtlich.

Claudia, die Frau seines Freundes, war fort. Wollen Sie nicht für mich beten, sagte er, als sie ganz sicher fort war. Er mußte nicht mehr gescheit sein. Früher hatte er sich gern Menschen anvertraut, die an Gott glaubten. Aber warum sollte sie an Gott glauben? Etwa ihm zuliebe? Den Tee aus ihrem Glas trank er aus zur Beruhigung.

Hans-Ullrich ging zum Klo, um in den Spiegel zu schauen. Er hatte den Eindruck, den er eigentlich täglich von sich gewann. Er war beige-braun wie immer. Mit dem Duft nach Veilchen an den Händen kam er zurück. Es war sehr ruhig im Café. Keine Frau war zu sehen, nur Männer und der Hund schauten vor sich hin. Die Männer lasen. Lange blieb Hans-Ullrich, bis halb elf und war der letzte Gast.
Eine Frau kann eine andere verdecken, dachte er noch.

»Früher als du wolltest«, sagte die Mutter am Tag seiner Abreise. Als sie fragte, warum, schwieg er in die Luft über ihrem Kopf. Sie stand in der Diele, er mit dem Gesicht, sie mit dem Rücken zum Garderobenspiegel. Es war noch früh, und sie trug Morgenmantel. Im Spiegel sah Hans-Ullrich sie von hinten. Strähnen, in sich verdreht, bedeckten kaum die weiße Haut am Hinterkopf, denn sie hatte sich nur vorn gekämmt. Eine Glatze, dachte er erschrocken, die Glatze einer alleinstehenden Frau. Keiner sagt es ihr mehr. Der Anblick beschleunigte seinen Abschied. Vor der Tür stieß er mit dem Postboten zusammen.
Auf dem Weg zum Bahnhof dachte er fast zärtlich an seinen Vater. Das war noch nie geschehen. Lange Zeit stand er auf der Neckarbrücke, doch ohne seinen Koffer abzusetzen. Der Fluß unter seinen Füßen war grau, nicht mehr braun und reißend wie vor vier Tagen. Er sei leichtfertig, hatte Hans-Ullrich an dieser Stelle gedacht, zum ersten Mal in seinem Leben. So ging er in die Bank und hob Geld ab, fünfhundert Mark, ein roter Schein. Er faltete ein Blatt als Brief, legte den Schein hinein,

schrieb »Ich liebe dich. Hans-Ullrich« und adressierte den Umschlag an die Show in der Joachimsthaler Straße, zu Händen Fräulein Jelena.
Noch war die Woche, die er fortbleiben wollte, nicht um. Am Wochenende begann die Fußballweltmeisterschaft. Blieben also noch drei Tage, in denen er einen Umweg fuhr über Heidelberg, Frankfurt, Darmstadt. Über Marbach nicht. In Marbach, da waren die Bücher, die Bücher im Lager, im Archiv, und nur zwei schlechte Pizzerien in der Fußgängerzone. Damit wollte er nichts mehr zu tun haben. In Frankfurt schlenderte er über die Kaiserstraße, besichtigte in einem Erotik-Kaufhaus, was er schon immer wissen wollte, und fand in einer Seitenstraße, der Elbestraße, einen italienischen Italiener und eine seriöse Künstlerpension gleich nebenan. Er fühlte sich frei, aber nicht ganz. Denn Jelena war nicht dabei. Sie sollte neben ihm gehen, ganz nah, dann wüßte er mehr anzufangen, mit sich und seiner Freiheit. So langweilte er sich ein wenig. Er fuhr trotzdem nach Darmstadt, trank viel Rotwein, Burgunder premier cru, am Fuß der Mathildenhöhe und beriet sich mit einem Sekretär der Akademie für Sprache und Dichtung, ob man aus der bibliophilen Gesellschaft nicht austreten solle. Bibliophil klingt wie pädophil, sagte Hans, und sein Bekannter lachte. Die Gattin nicht. Da langweilte Hans sich wieder, weil er wegen dieser Frau nicht über Jelena sprechen durfte.

Als er am nächsten Morgen aus dem Zugfenster schaute, glaubte er auf Gleis 3 den Araber zu erkennen. Die Luft war noch kühl, und er stand ganz allein auf dem Bahn-

steig und hielt einen Hund an der Leine. Hans-Ullrich setzte die Brille ab und hob die Hand. Der Araber setzte eine Brille auf und winkte zurück. Beide lachten.
Auf der Strecke nach Berlin war aus technischen Gründen der Speisewagen ausgefallen. Man bat auch Hans-Ullrich über Lautsprecher um sein Verständnis.
In Tübingen lag ein dicker Brief für Hans auf dem Küchentisch, nachgesandt aus Berlin. Hans hatte einen Nachsendeantrag gestellt, also ein Indiz mehr für die Mutter, daß der Junge eigentlich hatte länger bleiben sollen. Da lag der Brief, und daneben lag ein geschälter Apfel. So hatte die Mutter Jelena doch noch kennengelernt.
»Dieses Luder.«
Die Mutter hatte den Umschlag seitlich aufgeschlitzt, den Inhalt zweimal gelesen, gewisse Stellen gleich auswendig gekonnt, dann hatte sie noch einmal am Papier gerochen und die Fotos auf dem Tischtuch hin und her geschoben, bis die Blumenvase das Gleichgewicht verlor und kippte. Sie ließ sie kippen, sah einfach zu. Schicksal eben. Dann zog sie die Fotos aus der Pfütze und machte sich ein Bild.
Er war ja immer ein anderes Kind gewesen, der Junge, manchmal mit einem Blick hinter dem Buch wie ein Blinder. Gemieden hatten sie ihn dann alle.
»Und jetzt dieses Luder«, hatte die Mutter gesagt.
Eine Frau mit einem Plüschtier zwischen den nackten Brüsten. Mein Hans, sagte die Mutter, griff der Fremden ins Gesicht und wollte das Lächeln herunterziehen. Wollte an Haaren und Wimpern reißen. Alles unecht, alles falsch! Plötzlich hob die Mutter die Hände, als hätte die Fremde auf dem Foto gefaucht. Viehisch!

Seit sieben Wochen ging das so, und so und so, schrieb die, und daß sie im richtigen Moment ihm, Hans, in die Hände gefallen sei. So, wie umgekehrt, er ihr. Andere Männer machten ihr keinen Spaß im Moment, da müsse sie schon sehr mit der Phantasie arbeiten, um noch was davon zu haben. Sie hätte genug gesehen. Aber, mit ihm sei das anders. Von Sehnsucht, schrieb das Weib, vom Mittagsschlaf in einer Pension Florian, und, was sie da für ihn machte, könne er sich vorstellen, so, wie er es gern mag, ja so und so und so, schrieb die. Diese Stelle hatte die Mutter mehrmals gelesen. Dann griff sie nach der Vase, stellte sie so hin, daß damit die Welt notdürftig in Ordnung war. Trotzdem holte sie eine Schere und schnitt das Plüschtier zwischen den nackten Brüsten der Frau heraus. Links vertiefte sie die Wunde mit einem Extraschnitt. Das Tier verbrannte sie an einem Streichholz, das Papier schmolz. Sie klebte den seitlichen Schlitz im Umschlag mit Tesa zu und schrieb »Zurück an Absender«.

Der Absender war ein Fotostudio in Dortmund.

Um vierzehn Uhr kommt Sophie zurück in die Pension, sagt an der Rezeption, daß sie morgen abreist. Ja, alles wie vereinbart, und sie nickt. Sie nimmt zwei Stufen auf einmal in die erste Etage. Hoffentlich ist die Dusche frei. Sie wirft die dicke Tasche mit dem Trainingszeug aufs Bett und macht, während sie sich auszieht und ins Handtuch wickelt, die Kasernenhofstimme der englischen Trainingsleiterin nach. »Sie hörlen von uns. Ihre Unterlagen haben wirl? Well, guten Flug.«
»Danke«, brüllt Sophie und wirft die Tür zum Bad hinter sich zu. Gleich wird sie Karl anrufen, wird sagen. »Nada. Nie mehr so was. Bin zu alt dafür. Bis morgen.« Doch als sie dann zum Hörer greift, das Handtuch geknotet vor der Brust, zögert sie, bevor sie wählt. Vor lauter Sehnsucht hört sie am anderen Ende der Leitung den Atem von Karl. In ihrem Ohr, in ihr drin. Wie er seine Zigarette anzündet und leise lacht, so lacht, daß sie seine Hand auf ihrem Bauch, nein, in ihrem Bauch spürt. Sie hat ein erotisches Verhältnis zu Telephonhörern, die nicht antworten. Eine alte Gewohnheit, denn Zeiten gab es, da war ein Telephonhörer ihr bester Freund. Leise beginnt sie mit ihrer Beichte.
»Karl? Klar ist die Mauer weg, gegen die ich damals

jede Nacht mit dem Kopf gerannt bin. Die Mauer ist vor einigen Jahren gefallen, vielleicht nicht gerade wegen mir und meinem dicken Schädel. Aber, Karl? Klar blieb für mich ein Loch, wo einmal die Mauer war. Ein Loch in der Luft, kindskopfgroß. Darüber habe ich Tapete geklebt, damit das Loch wie eine unauffällige, aber für mich verbotene Tür aussieht. Denn dahinter liegt noch immer mein Kinderzimmer in Pankow. Aus dem bin ich nicht herausgewachsen. Die Szenen von damals sind weg, aber nicht jenes Licht, sozusagen die Bühnenbeleuchtung zum Drama. Das Licht ging mit in den Westen, in den Süden, mit zu dir, Karl, und fällt unvermutet aus allen blauen Himmeln herab. Auf mich, auf uns. Was hast du denn nun schon wieder, sagst du dann immer. Streng markiert mein altes Licht, ja alt, die Position, wo ich einmal war. Dann hänge ich einen leeren reglosen Augenblick lang neben dir in Nizza mit dem Kopf nach unten. Die Mauer ist weg, aber ich habe da noch eine tapezierte Tür zu stehen, mitten auf dem alten Grenzstreifen. Dahindurch will ich diesen Vater fliehen sehen – von West nach Ost. Noch einmal will ich meine alte Wut haben und mit Musikkassetten werfen. »Just the two of us« liegt also nach Jahren wieder in der Luft. Mein Vater ruft; was ist? Ich sage nur; donnerstag. Er sagt; wie bitte, ich verstehe nur Donnerstag. Dann stopft er sich die Ohren mit Tapetenresten zu. Ja, durch die alte Tapetentür will ich meinen Vater schicken – zum Mond. Sophie, den Hörer und einen abwesenden Karl in der Hand, wählt endlich seine lange Nummer.

»Karl?«

»Ja«, sagt die Stimme am anderen Ende der Leitung, »wie war es?«
Da klopft es an Sophies Tür. Sie flüstert »später« und legt auf.

Hans-Ullrich setzte den Koffer ab. Die Woche war vorbei. Es war kurz nach vier am Bahnhof Zoo. Die Tage waren länger und stauten die Hitze des Mittags bis zum Abend auf. Eine Hitze, die er sah.

Er putzte sich die Nase, er hatte Heuschnupfen, doch die Qual ließ mit den Jahren nach. Mit dem Alter kommt wenig mehr als das Alter, hatte er mal gelesen. Er schob das benutzte Taschentuch unter den Koffergriff. So trat er vor den Bahnhof.

Hans überquerte den Zebrastreifen, und Schritt auf Schritt ließ er es Nacht werden, stille Nacht. Die Grillen und die Nacht gaben acht. Das Land war flach, seit tausend Jahren hatte hier schon kein Aldi, kein Pressecafé, keine Imbißbude mehr gestanden. Der Horizont zog einen nachtblauen Kreis, und nur im Osten hinterließ der Flug eines aufgeschreckten Vogels einen hellen Streif. Der faßte die Welt in einen silbernen Ring. Darin war schöne Nacht. Hans hob die Hand und klopfte leise an den hölzernen Fensterladen der Grenzschenke in der Mitte dieser Nacht. Die Tür, er ahnte es, würde sich öffnen, und breit würde ein gelbes Licht sich auf die schwarze Erde zu seinen Füßen werfen. Er hörte das Klappern von Würfeln, von Gläsern, von hölzernen

Frauenschuhen. Er sah sie an die Wand gelehnt, rauchend und allein. Jelena, irgendwie Helena, nur östlicher. Er ging auf sie zu.

Er ging. Jemand klopfte ihm auf die Schulter. Hans-Ullrich sah sich um. Ein Auto hupte, dann noch eins, noch drei.

»Ihr Koffer«, sagte eine Frauenstimme. »Sie haben ihn einfach auf dem Zebrastreifen stehengelassen. Ist Ihnen nicht gut?« Hans-Ullrich lief zurück, die Autos hupten. Sie knurren, dachte er. Er griff den Koffer, und schon sprangen die Autos ihn an. Er rettete sich auf den Bürgersteig. Ein Mädchen in einem geblümten Kleid sagte, haste mal 'ne Mark, Opa, und Hans-Ullrich floh in den Eingang unter dem Wort »Show«, als hätte es zu regnen begonnen.

»Nein, nur noch unregelmäßig«, sagte Frau Marotzke an der Kasse. Hans-Ullrich war, als knalle in der Ferne ein Schuß.

Jelena setzte die Sonnenbrille auf. Es war 16 Uhr 15 und wirklich sehr heiß. Sie saß an einem der drei Tische vor dem Pressecafé. Der Schokoladenguß kroch vom Kuchen. Ein Hund brach neben ihrem Stuhl zusammen.

»Du hast aber auch die falsche Garderobe für dieses Wetter«, murmelte sie. »Soviel schweres Fell, mein Süßer, und das noch bodenlang.« Gern hätte sie ihm geholfen, zwei Papierkörbe damit zu füllen. Der Hund schaute sie an, wie, das konnte sie nicht genau sagen. Wie ein Hund eben. In seinen Augenwinkeln war ein wenig Rot.

»Echt«, sagte Jelena, »schaust du dir auch bis zum

Frühstück die Fußballweltmeisterschaft an?« Sie griff nach ihren Tüten mit Popcorn, H-Milch, Fertigbaguette und Nudelgericht, tiefgefroren. Die Männer im Supermarkt hatten genauso eingekauft, nur Bier statt Sekt. Jelena stieg mit ihrem Wochenendproviant über den Hund hinweg, der immer noch gegen den Kollaps kämpfte. Da zog sie den Schuh aus. Ihr nackter Fuß berührte leicht, ganz leicht das Tier am Rücken, am Ohr, zwischen den Augen.

»Doktor, komm her«, rief eine Frau und riß die Hundeleine hoch, als wolle sie Jelena schlagen. Jelena antwortete. Den nackten Fuß nahm sie vom Hund und ging auf halbe Spitze auf dem Asphalt und sah ziemlich gut dabei aus. Sie bückte sich, griff nach dem Schuh und hob ihn mit einem Schwung über den Kopf. Hielt so inne, der Schuh drohte Waffe zu sein, und die Leute blieben stehen, eine wie die, sahen sie, würde sich wehren immer mit dem Absatz vorne weg, bei Männern gegen Rücken und Hinterkopf, bei Frauen auch mal ins Gesicht. Einen Augenblick stand Jelena so, ruhig bewegt. Die Leute fächelten sich Luft zu. Mehr geschah nicht, die Zeit stand still. Vom Bahnhof Zoo her drang die Ansage für einen Zug mit Zielort Frankfurt, in der Hitze des Tages fror das Bild ein, auch nicht die kleinste Bewegung der beiden Frauen deutete eine Lösung an. Lange stand Jelena in diesem einen Moment, als stünde der Moment in ihr, und sie blickte in eine randlose Leere. Da erhob sich der Hund und wedelte mit dem Schwanz. Jelena hob den nackten Fuß und ließ den Schuh sinken. Schuh und Fuß kamen wieder zusammen, eine Erlösung, eine Bewegung anmutig wie ein

überraschtes Lächeln. Die Leute gingen weiter. Sie ging auch.
Der U-Bahn-Eingang lag direkt neben dem Pressecafé.
»Haste mal 'ne Mark«, sagte das Mädchen im geblümten Kleid. Heiß war es, so daß Jelena glaubte steckenzubleiben, wo die Straße geflickt war mit Teer. Was war das nur für ein Juni? Aber ein schöner Tag, dieser Siebzehnte, alle Geschäfte geschlossen, nur der Spätkauf am Zoo nicht, Gott sei Dank, dachte sie noch.
Da sah sie ihn.
Einer dieser erschöpften Interzonen-Züge mußte ihn gerade ausgespuckt haben. Sie sah ihn laufen, stolpern, ohne Jacke, mit aufgekrempelten Hemdsärmeln. Warum er eigentlich nie sportliche Hemden mit kurzen Ärmeln trug? Er ließ seinen Koffer mitten auf dem Überweg stehen und hastete mit leeren Händen und angespanntem Gesicht weiter. Katze, die gegen den Wind läuft. Wenn sie mittags im Halbschlaf von ihm geträumt hatte, war er ihr viel jünger vorgekommen. Sie hob die Hand nicht, rief, nickte, wartete, freute sich nicht. Sie hielt sich an die ungeschriebene Regel. Nicht einmal Erste Hilfe würde sie leisten bei einem Kunden. Hastig verschwand sie im U-Bahn-Schacht.
Und da gab es noch was.
16 Uhr 20, Hans-Ullrich kroch mit den Armen in seine Anzugjacke. »Schicht gewechselt«, sagte Frau Marotzke. Sie sagte »jewechselt« und strich sich heftig durch das Haar, um Hans nicht die Hand auf den verwaisten Arm zu legen.

Da gab es noch was. Jelena ließ sich auf die orangene

Plastikbank im U-Bahn-Schacht fallen. Hier roch es wie in einer Schachtel. Eigentlich wollte sie ihn nicht mehr sehen. Sie hatte sein Alter bemerkt, und daß das Alter ansteckend war. Sie hatte noch etwas vor, er nicht. Hans hatte nur sie noch vor. Versperrte mit traurigem Gesicht die Sicht. Es gab noch Männer, die waren so jung wie sie, auf die konnte sie sich werfen. Sie konnte hastig sein, gierig Ja-Ja sagen, ohne eine gemeinsame Zukunft damit zu versprechen, konnte sich frei bewegen, Arme und Beine werfen, sich umdrehen, wenn einer leise sagte, dreh dich um, denn die Dressur galt nur für dieses eine Spiel. Sie faßte die fremden Schultern, die Brust, gern das Geschlecht, das nie traurig oder weich wurde. Sie wollte Spaß, unverbindlich, gewalttätig, verlogen, wollte hemmungslos treu sein für zwei Stunden, wollte nur Körper sein ohne den Kitzel der Phantasie, mit der man sich und den anderen mit was anderem im Kopf betrog. Rasch, zu rasch, bevor man zu sehr schwitzt. Jelena wußte, sie hatte nur noch wenig Zeit dafür. Sie war achtundzwanzig. Ihre Jugend hatte früher begonnen als bei anderen Mädchen und würde entsprechend früher enden. Früher reif, früher faul. Ihr Mund war doch schon alt, ein Riß verlief in seinem linken Winkel, wie bei gesprungenem Porzellan. Sie war schon zweite Wahl, Verfallsdatum, an der Grenze. Trotzdem ging sie hin, wo man hinging, wenn man jung war. Sollte sie Hans etwa draußen vor dem »Dschungel« über den Kopf streichen und ihn vor der Diskothek anbinden, ein alter Hund, der auf sein gerade noch junges Frauchen wartet, bis es sich ausgetobt hat?

Ich krepier noch an dem »noch«, dachte Jelena. Ein junger Mann musterte sie. Zwei Züge waren bereits eingefahren, ohne daß sie oder er eingestiegen waren. Der Mann hatte abstehende Haare und abstehende Ohren und lächelte nur mit halbem Mund. Jelena lächelte zurück, ganz langsam. Sie sieht ihn schon in ihrer Küche sitzen, früh am Morgen. Das Telephon hat geklingelt, Hans, Hans, Hans, und er, der andere, diskret, sitzt am Küchentisch, ein Trockentuch über dem Geschlecht, das nach ihr riecht.

Wer war das?

Mein Vater.

Komm her, sagt er.

Jelena stand von der Plastikbank auf und ging Richtung Ausgang. In zwei Jahren würde sie am Ende ihrer Karriere, ihrer »Tänzerinnenkarriere« sein. So hatte ein höflicher Kunde einmal ihre Arbeit genannt. So ein bewegtes Leben, dachte sie, ich will, daß es langsamer geht, ich will Ruhe. Wenn Hans wenigstens Börsenmakler wäre, nicht Bibliothekar. Wenn er ein Mann mit Geschäften wäre, nicht einer mit Erspartem. Sie drehte sich noch einmal um.

»Ich heiße auch Jelena«, sagte Frau Marotzke.

»Haben Sie früher auch hier gearbeitet«, Hans war zerstreut. Frau Marotzke ließ ihn gern an ihrer Kasse stehen. In meiner Nähe, dachte sie, denn es ging ihm schlecht. Sie unterhielten sich etwas zäh über die Fußballweltmeisterschaft.

»Sie ist ein kluges Kind«, sagte Frau Marotzke. »Sie sucht sich die Schicht nach der TV-Zeitschrift aus. Sie sucht immer die Lücken im Programm.«

Hans-Ullrich verstand. Die Weltmeisterschaft; Theaterregisseure kamen nicht zu den Proben und erst recht nicht mehr in die Peep-Show, und übermüdete Akademiesekretäre schlichen zu ihren Besprechungen, Bauern drehten den Fernseher bei offenem Fenster lauter, wenn ihre Kühe mit schmerzenden Eutern gegen sechs noch muhten, Ärzte liefen, Radio am Ohr, die Straße rauf, runter, rauf, fanden ihr Auto nicht mehr, während der weibliche Notfall eine Freundin bat, diesen Arzt abzubestellen und den Priester zu holen, der aber dann auch mit rotem Kopf und schon heiser gekräht zu spät kam, ein Kreuzzeichen schlug, wenn der Ehemann »Tor« schrie in seinem Fernsehsessel, hinter den der Priester getreten war, um den Spielstand zu erfahren und auch, um sein Beileid auszusprechen. Fußball ist stärker als der Tod, dachte Hans. Liebe nicht?
Er schrieb hastig wenige Zeilen auf einen Zettel. Er schrieb: Es ist etwas Schönes an einem Mädchen ...« Er hinterließ die Nachricht bei Frau Marotzke.
»Falls Fräulein Jelena kommt«, sagte er leise.

Sie hatte sich umgedreht, aber zu spät. Der junge Mann war weg. Ungünstiges Licht hier, dachte sie, und sie ging langsam zum Ausgang Joachimsthaler Straße. Ein Zögern hatte ihr die Entscheidung abgenommen. Früher wäre ihr das nicht passiert. So entschied sie sich, aber noch nicht richtig, für Hans. Sie bog um die Ecke zur Show, trat fast verschüchtert ins Foyer, sah Hans mit traurigem Rücken vor Frau Marotzke rumstehen und schlich sich an ihnen vorbei in den schmalen Gang hinter der Live-Show.

»Kannst kommen«, sagte kurz darauf Frau Marotzke ins Dunkle hinein. »Kannst kommen, meine Süße.« Frau Marotzke hatte einen Briefumschlag und einen Zettel in der Hand. »Beides von ihm«, sagte sie und roch an dem Umschlag mit dem Poststempel Tübingen.
»Sicher was von seinem Ersparten drin«, sagte Jelena.
»Wieviel hat er denn?«
»Für dich würde es vielleicht reichen.« Jelena nahm Umschlag und Zettel. Sie verließ die Show.

Hans-Ullrich stieg in den Bus, hob seinen Koffer auf den Nachbarsitz und streichelte die abgewetzte Lederkante.

Zu Hause angekommen, stellte Jelena die H-Milch in den Kühlschrank. Gekühlt schmeckte sie wie frisch. Sie goß sich einen Whisky ein. Hans, warum Hans, und warum wieder nicht er? Wenn man so weitermachte? Dann lebte man ohne Glück.

An dem Abend besuchte er die Konkurrenz. Wieder war Sonnabend, wie damals, beim ersten Mal. Statt eines CRAZY HORSE fand er auf der Grenze zwischen Steglitz und Schöneberg einen Crazy Cat Club. Dort war es ihm zu laut, und er blieb nicht lange.

An dem Abend öffnete Jelena den Brief aus Tübingen. Ihr war nicht wohl dabei.

Hans besuchte an dem Abend fünf oder sechs Shows in der Umgebung Hardenbergstraße, Grolmanstraße. Am Savignyplatz ging er sogar in den Puff. Die hatten eine

Direktübertragung der Weltmeisterschaft auf Großbildleinwand, und er floh. In der Lietzenburgerstraße sah er eine Show mit Badewanne, nebenan eine mit Kerzen. Gegen Morgen geriet er in einen Schuppen, der hinter einer Eisentür lag. Drinnen war der Laden ein Stall, sogar mit Stroh auf dem Boden. Es lief ein Film mit Tieren. So etwas hatte Hans noch nie gesehen, er kippte eine Cola mit Rum so, daß er sich verschluckte. Sein Kopf wurde rot. Im Café nebenan mußte er sich gleich zweimal die Hände waschen. Er schaute in den Spiegel über dem Waschbecken, dachte an seine Kakteen, deren Unschuld und Treue. Sie vermehrten sich nicht geschlechtlich und konnten aus ihren Töpfen nicht davon.

Während Jelena den Brief öffnete, legte sie die Beine auf den Fernseher und sah die dünne Schicht Staub auf dem Gerät. Es waren 500,- DM im Umschlag und fünf einfache Wörter zur Erklärung. Sie malte mit dem großen Zeh ein Ausrufezeichen in den Staub und las dann den Zettel. »Liebste, es ist etwas Schönes an einem Mädchen – mein Mädchen – das unerwartet in einer Sturmnacht zurückkehrt, nackt, um in einem Haus aus groben Brettern unterzuschlüpfen, das man selbst gezimmert hat, viele Jahre danach, am Ende der Welt. Nicht von mir, aber von Herzen. Hans.«
Jelena malte mit dem Zeh ein Fragezeichen über das Ausrufezeichen. Warum war das Mädchen nackt? Bei dem Wetter? Es würde sich den Tod holen. Warum war das Haus aus Brettern, was sollte das Mädchen in einer Laube, und warum konnte das Ganze nicht ohne Sturm und am Tag stattfinden?

Alles Quatsch, sagte Jelena und fror.
Mit einer vagen Erinnerung an Regen und Sturm und frühere Zeiten schlief sie kurz darauf ein. Jelena, eingerollt in der kleinen Jelena. »Unsere Liz«, sagte jemand, der längst tot sein mußte.

Hans roch an seinen Händen, als er auf die Straße trat. Der Morgen graute. Im Café Zoopalast aß er im Stehen ein Croissant und trank Filterkaffee aus einer Papptasse. Als er draußen vor dem Fenster einen Kollegen mit schlapper Aktentasche vorbeilaufen sah, duckte er sich. Was machte der sonntags mit einer Aktentasche?

Um diese Zeit wurde Jelena kurz wach. Unter ihrem Fenster zum Hof ließ jemand sein Motorrad an. Sie tastete mit der Linken nach der Wasserflasche und nahm einen Schluck. Kopfschmerzen, was hatte sie geträumt? Von zu Hause, Hörde, die Häuser grau, die Türen bunt, ein Baum mit sauren Kirschen vor jedem Haus und auf der Straße ein Taxi. Den Fahrer kannte sie. Jelena schlug auf die Bettecke, das war wie ein Lachen. Denn es war dieser Berliner Taxifahrer von neulich. Hübsch. Doch wie kam der nach Hörde und in ihren Traum? »Das war das«, murmelte Jelena, drehte sich zur Wand, um auf der linken Seite weiterzuträumen.
In seinem Bett, neulich, nachts, hatte sie einen Ohrring verloren.

Hans lief die Straße entlang. Der Morgen war kaum kühler als der Abend. Das Gewitter mußte an der

Zonengrenze umgeleitet worden sein. Am Wittenbergplatz stieg er in die U-Bahn. Selbst die sehr jungen Frauen hatten scharfe Züge bei diesem Licht. Aber das war es nicht. Sie waren eben andere Frauen. Sie hatten den Reiz von Nackten in der Sauna. Er sah ihre Mängel rot unterstrichen.
Hans fuhr durch sein Gesicht und hatte es plötzlich deutlicher in der Hand als jemals im Spiegel. Seine Nase, ein schiefer Absatz.
Ein höriger Frührentner, findest du nicht, Jelena?

Jelena schlief um diese Zeit noch.

Vier Stationen mit der S-Bahn und sieben mit dem Bus von ihr entfernt, brachte Hans-Ullrich alles durcheinander. Er war verliebt in sie, und sie war angerührt, manchmal, von seiner Liebe. Von seinem Gerede. Vor zwei Wochen noch hatte er gesagt, sie sei so wundersam von Gott verlassen, eine arme Seele in schwarzer Einsamkeit. So drückte er sich eben aus. Es klang irgendwie pervers, und es gefiel ihr. Gerne hätte sie ihn dafür geschlagen. Sie froh. Ihre Hand böse.
Von Gott verlassen, hatte er gemurmelt. Sie sagte: wer? Er sagte: beide. Also, sagte sie, dann sind wir beide nicht mehr allein. Wir sind zwei. Zwei sind acht, sagte er. Sie hatte den Verdacht, er hätte das irgendwo gelesen. Das hatte ihr die Stimmung verdorben.

Jelena schlief noch immer.

Und es war noch immer früh am Morgen, als Hans-

Ullrich mit vorgelagertem Oberkörper die Straßen überquerte. Friedenau lag in tiefem Sonntagsschlaf. Er lief an dem Rosenbeet für Rosa Luxemburg vorbei und zählte vier Coladosen, drei Zigarettenschachteln und einen braunen Kinderschuh. Auf Hans' Anregung hin hatte die SPD das Beet vor ihrem ehemaligen Wohnhaus angelegt. Lange blieb er vor dem Bekleidungsgeschäft an der Ecke stehen, das er sonst nie beachtete. Im Fenster dekorierte eine Frau. Als er gar nicht ging, schloß sie die Ladentür auf und fragte, ob sie ihm helfen könne. Eine Unterwäsche in jugendlichem Design, bitte, sagte er verschämt. Sie sei für seinen Sohn. Doch das machte alles noch schlimmer. Ihn traf ein Blick, ein zweiter rief schon nach der Polizei. Da floh er. Er rief seine Mutter nicht an, obwohl Sonntag war, er räumte Müll in den Küchenschrank, und einen Teil des schmutzigen Geschirrs warf er in den Abfall. Dann saß er bei offenem Fenster und spuckte Kirschsteine auf die Straße.

Jelena, mit einem Gefühl, das sie weder kannte noch gelernt hatte, stand in ihrem Apartment in Tempelhof mit dem linken Fuß zuerst auf. Kurz hintereinender flogen zwei Flugzeuge über das Haus.

Hans hatte die Steine von dem Kilo Kirschen noch nicht restlos auf die Straße gespuckt, da stand seine Wirtin im Zimmer, drehte einmal heftig den Lichtschalter bei der Tür hin und zurück und fragte, ob bei ihm noch alles in Ordnung sei.
»Ach, Frau Ohm«, sagte Hans-Ullrich weich.

Jelena, mit einer Zahnbürste im Mundwinkel, fing beim Spülen den eigenen Blick im Spiegel auf. Einen Spiegel über der Küchenspüle konnte sich nicht jede leisten. Die meisten Frauen sahen eben nicht gut aus.
»Ich«, sagte Jelena laut und wußte nicht, was sie eigentlich meinte. Es war, als ginge ein Ereignis durch sie hindurch auf der Suche nach seinem Namen.

»Ach Frau Ohm, lassen Sie es mich einmal so sagen«, sagte Hans-Ullrich, »bedenken Sie doch, wo sie herkommt. Sie sagt Plunze, Klümmpken, Teilchen, Nammittach und Hasta la vista, komma hea. Sie sagt noch ganz andere Sachen.«
»Was denn so?« Frau Ohm hatte die eine Hand am Fensterknauf, wie eine böse Nachtschwester.

Jelena spuckte den Schaum der Zahnpasta in die Spüle. Es bildeten sich fünf kleine weiße Inseln, denen sie zusah, wie sie auseinanderglitten.

»Ach«, sagte Hans-Ullrich.
»Sagen Sie doch nicht immer ›ach‹ wie ein altes Weib«, sagte Frau Ohm. Fast hätte er vertraulich zu ihr gesprochen, über alles, was er mit Jelena machen konnte, all die Schweinereien, bei denen nur die Anatomie manchmal im Weg war. Schweinerei, das Wort war ein harmloses Grunzen, gemessen an dem, was Hans für sein Geld bekam. Und fast hätte Frau Ohm ihn sich gefügig gemacht, wegen seiner Einsamkeit. Denn eigentlich waren sie sich ähnlich. Beide wollten sie dabei sein, beim

Leben. Er, hinter seinen Büchern, sie, hinter der Gardine.

Sie würde Hans was erzählen! Jelena nahm eine dicke weiße Tasse aus dem Küchenschrank und sagte laut: Was ist das, kriecht ein Mann auf allen Vieren, beißt in eine Hundeleine, darin steckt eine junge Frau, in der Schlinge, und trägt eine schwarze Lederhose mit offenem Schritt, Milch wird über das Paar, das sich paart, gegossen, während sie seinen nackten Hintern peitscht und jemand Sekt dazu trinkt? Was ist das, Hans?
»Natursekt«, sagte sie herrisch in ihrer Küche, als gäbe sie eine Bestellung auf.
Kennt er nicht, schmeckt ihm nicht, dachte sie.
Mir ja auch nicht.

»Entscheiden Sie sich«, sagte eine enttäuschte Frau Ohm zu Hans-Ullrich. Kein Satz konnte schlimmer sein.
»Jawohl«, sagte er. Erst dann fragte er, »zwischen was denn?«
»Entweder Sie werden mir wieder der alte, oder Sie suchen sich eine neue Wohnung.« Frau Ohm hielt sich noch immer am Fensterknauf fest.
»Und nicht, daß Sie mir jetzt gegen die Scheibe spucken.« Sie schloß das Fenster, und Hans sah traurig die restlichen Kirschen auf dem Tisch an. Er nickte. Unter seinem Hintern schrumpfte der Stuhl zum Hokker. Ich werde sie zwingen, murmelte er. Wozu? Frau Ohm starrte ihn an. Ein Twinset zu tragen, dachte er. In diesem Augenblick ging es ihm besser.

Mit einem harten Wasserstrahl spülte Jelena den Schaum aus dem Becken. Was will ich? Sie richtete die Frage an das schmutzige Geschirr. Erstens, und sie lachte, will ich eine Spülmaschine, und zweitens einen Mann, der sie mir kauft. Ich will einen Mann, einen richtigen Mann, Makler, Manager, also Mann mit wehendem Mantel, alles teuer, alles dran. Ärgerlich verzog sie den Mund. Wie lange würden da Hans-Ullrichs Ersparnisse mithalten können? Ach dieser Hans. Sie war ja nicht zimperlich, auch ihre Mutter war nicht zimperlich gewesen. Mann ist Mann, er mußte sie nur richtig anfassen. Er durfte alles, nur fad durfte er nicht sein.

»Das Geheimnis ist groß.« Hans sah Frau Ohm an. Die griff sich an den Kopf.

Als eine Woche vergangen war und das Wochenende ihr angehangen hatte, schlapp und überflüssig wie ein Blinddarm, lud er Frau Marotzke auf einen Kasten Pralinen ein. Pension Florian, Zimmer 10, hatte Hans-Ullrich am Telephon gesagt. Daß sie bei ihrer Antwort lächelte, hörte er der Stimme an.
Aber den Trick mit dem Telephon mache ich nicht noch einmal, hatte sie gleich gesagt.
»Verstehe, aber bitte, schauen Sie trotzdem vorbei«, und er hatte »schauen« gesagt, als hielte er einen Arzt um Hausbesuch an. »Sie kommt im Augenblick nicht ins Geschäft«, hatte Frau Marotzke gesagt.
»Ach«, hatte Hans, und »ach« hatte Frau Marotzke geflüstert. Dann schwiegen sie beide. Wieder hatte Hans den Geschmack nach Eisen im Rachen, der sich nur mit Wodka ausspülen ließ. Genauso hatte die Luft geschmeckt und sich im Hals festgesetzt, wenn er, von der Hand des Vaters gezogen, im Pfarrgarten von Rerik aus dem Bunker gekrochen war. Ja, der Bunker, ein mannshohes graues halbiertes Ei unter Pflaumenbäumen. Geschmack erinnert man erst, wenn man ihn wiederschmeckt?

»Was ist denn das«, und Frau Marotzke blieb in der Tür stehen. Das Bett aus schwarzgelacktem Holz, den zotteligen rosa Bettvorleger oder die vorgezogenen Tüllgardinen meinte sie nicht. Das war für sie normal. Dieser Hans-Ullrich Kolbe war ein Liebestoller, der sich eingerichtet hatte in einem geliehenen Nest.

»Was ist denn das?« Sie näherte sich der Blumenbank. Auf drei Etagen hockten Kakteen, kleine dicke, ovale, schwanzförmige von einem halben Meter Länge. Nur ein einziger stacheliger Kopf trug einen Blütenkranz.

»Eine Mammillaria, sehr selten, daß sie blüht«, sagte Hans. Obwohl stolz auf seine Mammelarie, sah er sie mit den Augen von Frau Marotzke. Sie, die Pflanze, aber männlich, ein Mönch mit Brautkranz, ein lasterhaftes Etwas mit zuviel Wasser im Gewebe. Frauenschänder, Fetischist, Flagellant.

»Und die restliche Mischpoke«, fragte Frau Marotzke und verzog den Mund, »ist das alles eine Familie?«

Meine Familie, dachte Hans und goß Wasser auf die Töpfe, mehr als nötig, als wolle er seine Kakteen vor Frau Marotzkes Augen quälen. Diese hier, erklärte er, sei eine Pardodia Procera, jene eine Esportea, kurz Kitter genannt, und wegen des Namens trage sie schamhaft den Schleier aus weißem dünnen Weiberhaar, der Rest sei eine Gruppe normaler Schwanzkakteen. Er sei nicht mehr so oft in seiner Wohnung in Friedenau, sagte er. Er setzte die Gießkanne ab, und Frau Marotzke setzte sich auf das Bett. Sie nahm eine weiße Praline mit Walnußsplitter aus dem Kasten.

»Ich habe die Kakteen vor einigen Tagen zu mir genommen. Wissen Sie, ich bin im Moment allein.«

Frau Marotzke zuckte mit den Schultern. Ihre Brust im Dekolleté vibrierte nach. Sie war sehr luftig gekleidet, fand Hans, passend zum Wetter, irgendwie auch passend zu den Kakteen und der aufgeladenen Situation, aber doch etwas unpassend für ihr Alter. Er setzte sich neben sie auf das Bett.

»Wo, oder sagen Sie mir wenigstens wann?« fragte er beschwörend.

»Weiß ich doch nicht.« Frau Marotzke roch frisch wie ein Baby. Vielleicht war es der Weichspüler, den sie benutzte.

»Sagen Sie wenigstens irgendwas.«

»Na, na«, sagte sie. »Gut, ich sag Ihnen mal was. So kriegen Sie die Sache nie in trockene Tücher.« Sie beugte sich vor, und ihre Brust kam ihm entgegen. Er mußte sich zwingen, nicht in die Furche zu starren, die das weiche weiße Fleisch teilte.

»Die will ihr Leben ändern«, sagte Frau Marotzke.

»Ija, ija«, sagte Hans-Ullrich.

»Sie alter Esel«, sagte Frau Marotzke da zärtlich.

Sie, Jelena, wolle eines Tages, aber spätestens in zwei Jahren ihr Leben ändern.

»Wenn eine in ihr dreißigstes Jahr kommt ...«, nickte Hans und wurde sofort unterbrochen.

Wie zufällig solle das geschehen, redete Frau Marotzke weiter, zufällig und deshalb um so nachhaltiger. Sie werde in einen Zug steigen. Danach laufe alles wie von selbst. Denn während sie auf dem Klo oder im Speisewagen sei, klaue ihr jemand alles. Bei Oelze oder Seelze sitze sie dann auf dem Bahnhof, kein Geld, kein Mantel, keine Zahnbürste, kein Nichts, und die Bahnhofsmission mit Suppenausschank sei auch geschlossen wegen Mittagspause des Personals. Das sei der Moment, in dem ein großer Mann, von hinten ebenso attraktiv wie von vorn, ein seltenes Exemplar also, aber leider mit Kind, in Oelze oder Seelze vorbeikäme. Das Kind esse Zuckerwatte und reiße sich von der Hand des Vaters los, laufe blöd herum und

»... beschmiert dabei meine Jelena mit dem klebrigen Zeug.«

»Genau«, und Frau Marotzke holte tief Luft. »Jetzt kommt es. Sie nehmen Jelena mit in ihre Einfamiliendoppelhaushälfte, um ihre Bluse zu säubern. Sie geben ihr zu essen. Sie sagt ihren richtigen Namen ›Elisabeth‹, und sie bleibt.«

»Wo war das noch mal?« und Hans war sehr aufgeregt.

»Ersparen Sie ihr Oelze und Seelze«, sagte Frau Marotzke, »aber ich rate Ihnen, versuchen Sie es im ›Dschungel.‹« Sie sah in sein erschrockenes Gesicht. Die Augen, zwei dunkle Steine flach unter der Stirn eingeschlagen.

»Dschungel, Nürnberger Straße, Nähe Tauentzien«, sagte sie. »Aber gehen Sie erst nach Mitternacht hin. Das macht man da so. Vielleicht nehmen Sie auch Ihre Tochter mit, damit Sie reinkommen.« Sie biß in eine sehr schwarze Praline und ließ die Schnapsfüllung in ihre hohle Hand laufen. Dann war die Schachtel leer. Sie zögerte. Er saß in sich gesunken, die Hände baumelten schwer zwischen den Beinen.

Und sie ging.

Ohne die Augen zu öffnen, griff er in die Tastatur des Rekorders. »Weinen, Klagen, Sorgen, Zagen«, das Ada-

gio assai, 1. Satz der Bachkantate Nummer 12. Mein Gott! Girlanden aus Zweiunddreißigsteln legten einen lindernden Verband um sein Gemüt. Mein Gott, wie modern dieser Bach war, er komponierte mit der Abschiedsrede von Jesus im Kopf für einen längst vergessenen Sonntag im April 1714 und traf betörend genau Hans-Ullrich in seiner Einsamkeit. »Eure Traurigkeit soll in Freude verkehret werden!«
29 Minuten. Der Rekorder klackte automatisch aus. Die Kantate hatte geendet mit dem Choral, »Was Gott tut, das ist wohlgetan«. Jawohl, sagte Hans ergriffen. Die Violine im letzten Satz war schuld daran, daß er sich seinen Glauben von früher wieder glaubte.
So weit war es mit ihm gekommen. Er lag auf dem Bett, hier hatte er ihre Lippen dickgeküßt, ihr Herz unter sich plattgedrückt, er hatte stolze barbarische Erinnerungen an dieses Pensionszimmerbett, auf dem er lag, er bewegte leise die Lippen, er sang den Aufstieg und Abstieg der Violine nach. Er sang sich in den Schlaf, und auf der Schwelle zwischen noch wach und schon Traum setzte er sich auf den Wannenrand zu Hause. Er war frisch gebadet und hatte nicht die Kraft, die Hosen richtig anzuziehen. Denn in diesem Moment wendete sich sein bisheriges Leben gegen ihn. Er spürte genau, es wuchs in seinem Rücken, das Wasser lief ab, und das Unheil wuchs. Er drehte sich um. Aus einer Pfütze Badewasser schoß eine Pardodia Procera, eine und noch eine, und dazwischen das Unkraut ordinärer Schwanzkakteen. Hans-Ullrich hüpfte, mit heruntergelassenen Hosen noch, zum Schreibtisch, griff in die Schublade, suchte eine Telephonnummer und fand eine Pistole, hinkte mit

kleinen Schritten zurück, auf den Wannenrand zu. Nur die freundlichen Blumen auf den Kacheln schauten zu, als er die Echinocera, diesen Schnapskopf, als erste erschoß. Der deutschen Kakteengesellschaft in 2882 Ovelgönne teilte er unverzüglich den Tod des Schnapskopfs mit. Er sprach die Nachricht in die rauchende Mündung der Pistole hinein, da

Türrahmengroß trat sie da herein. Er ließ die Pistole ins Badewasser fallen. Sie lächelte langsam, keine Frau, sondern das Bild von einer Frau, mit langem Hals, breitem Mund und schrägen Augen in unterschiedlichem Abstand zur Stirn. Er glaubte Jelena lächeln zu sehen, langsam wie immer. Er hielt das Bild fest und entwarf den Steckbrief dazu. Lieblingsfarbe/grün, Lieblingstier/Krokodil oder Skorpion, Lieblingsname/Skid Row (tiefer kann man nicht fallen), Lieblingsort/Hörde im Hochsommer, Lieblingsposition/bis dahin reicht die Zeit nicht, Lieblingsgeruch/Benzin und Neugeborenes Wunsch/Dematerialisation

Lieblingseigenschaft am anderen Menschen? Seine Größe.

An sich selbst? Gelassenheit.

Wanted!

Er schlug die Augen auf. Eine Ameise kroch über seine Brille. Na, daß die das wagte.

Hans-Ullrich hielt still.

Von diesem Tag an ging er nicht mehr in die Bibliothek.

Wo bist du gewesen?
Er sprach, aß, zog sich an, suchte seine BVG-Karte und fand sie auch, er schüttelte Bekannten die Hand, hielt Türen auf für Kinderwagen, streichelte Hunde, verbot sich täglich fünfmal oder mehr, sie zu Hause aufzusuchen, er wußte, wo sie wohnte, das machte alles nicht leichter, nein, er schaute mit einer tiefen Furche zwischen den Augenbrauen sehr jungen Frauen hinterher, er trank mit dem Pensionsinhaber des »Florian« einen Cognac, zwei, drei, verteidigte schwarz gegen weiß, nannte seinen Namen am Telephon geduldig noch einmal, manches tat er zweimal oder wie immer. Wenn er nicht an Jelena dachte. In die Bibliothek ging er nicht mehr, räumte nicht einmal seinen Schreibtisch oder sein Zimmer aus. Er setze seine Beamtenpension als Oberbibliothekarsrat aufs Spiel, sagte sein Chef am Telephon – und, fügte er hinzu, seinen untadeligen Ruf. Dann gingen dem Chef die Argumente und die Seufzer aus. Ins Schweigen hinein sagte Hans, er habe Erspartes. Er wisse also, was er tue.
Er wußte gar nichts. Denn alles Tun war seit ihrem Verschwinden nur Rahmenhandlung, nachlässig und widerwillig ausgeführte blutleere Rahmenhandlung. Als

sein Chef zwei Tage darauf wieder anrief, legte Hans-Ullrich Kolbe einfach auf.

Gegenüber dem »Dschungel« lag eine Bushaltestelle mit Glasüberdachung. Dort postierte sich Hans zwei Nächte lang. Danach schlief er bis mittags um zwei. Er war ja irgendwie kein Beamter mehr. In der dritten Nacht zog er ein hellgrünes Hemd und eine dunkelgrüne Jacke aus dem Schrank, das Lässigste, das er hatte, um mit gesenktem Kopf am Türsteher vielleicht vorbeirutschen zu können. Der Türsteher hatte einen kleinen hübschen Kopf und Oberarme, die an Brüste erinnerten.

Es war morgens gegen sechs, als Hans die dritte Packung Zigaretten unter dem Glasdach aufriß. Er bot dem Mädchen neben sich eine an. Die wickelte gerade ein Brot aus dem Stanniolpapier und sagte mit vollem Mund, halten Sie mal, bitte. Sie hängte ihre cremefarbene Popelinejacke an seinem gekrümmten Zeigefinger auf. Dann ging alles so rasch, daß Hans meinte, sie zaubere. Sie zog ihre Bluse aus und stand im Lederbustier da, sie öffnete ihre weiße Leinenhose, Hans drehte sich weg, und als er sich wieder umschaute, hatte sie schwarze Strümpfe oder Hosen, auf jeden Fall etwas Enges an den Beinen, Stiefel statt der weißen Sandalen, dunkle Lippen, Nietenarmband, und ohne daß er den Sturm in der Ecke des Glashauses bemerkt hätte, mußte er auf ihrer Seite getobt haben. Die Haare standen ihr vom Kopf.

Sie packte, jetzt eine schwarze Braut, ihre weißen Sachen in die Tasche, sprühte Parfum an Stellen, von denen Hans nicht wußte, daß sie es vertrugen. Er saß,

und sie beugte sich nah zu ihm; rieche ich noch nach Sagrotan?
Nein, sagte Hans und stand auf.
Dann komm. Sie faßte seine Hand, aß ihr Brot noch, als sie ihn schon über die Straße zog, während ein früher Bus in ihrem Rücken hielt und auf dem Baum vor dem »Dschungel« ein grauer, im Morgen grauer Vogel seine immergleiche Tonfolge sang, ohne Antwort zu bekommen.
Der Kopf des Türstehers war tatsächlich so klein, wie Hans ihn von der anderen Straßenseite aus eingeschätzt hatte.
»Morgen«, sagte er zu dem Mädchen.
»Moagen«, sagte sie, und Hans dachte, also eine Westdeutsche und aus Dortmund vielleicht.
»Was ist denn das?« fragte der Türsteher und zeigte auf Hans unterhalb der Gürtellinie. »Dein Onkel?«
»Besuch«, sagte das Mädchen. Sie hielten sich bei den Händen. Ihre Handinnenfläche war feucht.
»Soll arbeiten gehen«, sagte der Türsteher. Er warf etwas kleines Schwarzes in die Luft und schnappte es mit den Zähnen auf. Auch die waren klein, wie bei einer Katze.
»Junger Mann, ich suche nur eine junge Frau, die ...«, sagte Hans.
»Was zahlt er dir denn?« fragte der Türsteher das Mädchen und kaute.
»Komm«, sagte Hans. Jetzt kam sie ihm sehr klein vor. Das Verhältnis hatte sich verkehrt, sie hielt nicht mehr seine Hand, sondern er ihre. Sie sagte, sie heiße Sabrina. Sie war Krankenschwester und hieß eigentlich Sabine

Sahl, sie kam aus Dülmen, und obwohl sie schon sechsundzwanzig war, finanzierte sie ihre klassische Tanzausbildung mit fünfmal Nachtwache die Woche auf der Intensivstation Klinikum Moabit. In ihrer Küche hing ein Schild neben dem Topflappen »Sweet sweet home«, im Bad standen zwei Zahnbürsten im Glas, daneben eine Creme gegen Cellulitis und eine gegen müde Füße. Sie sagte, sie werde bedroht von einem Mann, der nachts nackt an ihrem Fenster erscheine und sich nackt im Schneidersitz auf ihrem roten Ledersofa einrichte. Sonntag hätte er ihr sogar zugenickt.

Hans blieb, um sie gegen nackte Männer zu beschützen. Daß er mit ihr geschlafen hatte, ließ ihn kalt. Er beharrte auf diesem Standpunkt, auch an den Tagen danach. Einmal noch rief er sie an, um sie nach einer Frau wie Jelena zu fragen, der sie bei ihren morgendlichen Ausflügen in den »Dschungel« begegnet sein könnte. Mittelgroß, sagte Hans, Schatten auf den Wangen, eine feine Linie im Mundwinkel, lange glänzende Beine, lange dünne Arme, harte Muskeln, weiche Haut, trockenes erdbeerblondes Haar, das knistert, grüne Augen, manchmal schräg. Sabine Sahl schwieg. War es ihr peinlich, machte es sie traurig? Hans interessierte das nicht. Er legte auf, drehte sich abrupt in seinem Zimmer um und fragte scharf.

Wo bist du gewesen?

Jelena? Er fragte nur, wo. Er hatte keine Angst vor der Antwort. Motive interessierten ihn nicht. Er wollte nur die Bilder sehen, die Orte. Das Wo, nicht das Warum. Sichtbar sollte es sein, nicht erklärbar. Das Sichtbare sagte alles und redete nicht. Das war das Eigentliche.

Wer weiter Gründe wollte, hatte nichts Eigentliches geschaut.

Hans-Ullrich Kolbe wußte nicht, was er tun sollte. Er ging einkaufen.

Und da stand sie vor ihm.
So war es schon einmal gewesen, vor wenigen Tagen, als er Bach hörte. Aber jetzt war sie keine Nebenwirkung von Musik. Sie war da. Fast wäre er mitten auf der Straße in die Knie gegangen, hätte in ihren Schoß gebissen und schamlos kleine Sprünge gemacht. Sie trug ein kurzes schwarzes Kleid mit tiefem Rückenausschnitt. Und er, das Gesicht blöd wie ein Taucher, der endlich Luft schnappt, zeigte auf sie und sagte: »du hast ja nasses Haar«.
»Das ist eine Frisur«, sagte sie. Er zeigte weiter auf ihren Kopf. Sein Arm hatte sich sehr langsam gehoben, denn eine schwere Einkaufstüte hing am Handgelenk.
»Jaja«, sagte sie einfach. Es klang wie »tweng tweng«, wie ein Vogel, der im nachlassenden Regen sich als erster zu Wort meldet. Sie gingen ins nächste Café.
»Wie lange nicht?«
»Drei Wochen«, sagte er. »Ich wäre fast gestorben vor Angst.«
»Angst wovor?«
»Dich nie mehr zu sehen.«
»Täglich verschwinden Menschen«, sagte sie.
Die meisten Leute saßen im Freien, deshalb gingen sie

hinein. Innen war es stickig, und sie suchten eine Ecke, Nische im Schatten, weg von der Sonne, die durch die ungeputzten Scheiben nur um so erbarmungsloser stach.
»Wie geht es dir?«
»Ich habe keine Nächte mehr.«
»Wie du immer redest.« Sie hatte die ganze Zeit große Schritte gemacht, so daß der Saum ihres Kleides sich rhythmisch bis zum Äußersten spannte und Männer wie Frauen hinter ihr herschauten. Die Frauen hatten Gewichte an den Mundwinkeln dabei.
Sie saßen sich gegenüber. Draußen liefen Männer vorbei, Männer ohne Frauen, oder sie hatten sie gerade nicht dabei. Jelenas Beute, dachte er. Aber Jelena beachtete sie gar nicht. Männer, die eine Frau haben, kommen häufiger hierher, hatte sie einmal gesagt und auf den PVC-Boden in der Solokabine gezeigt. Mit dem schlechten Essen kommt der Appetit, und sie hatte gelacht. Er legte seine Hand auf ihre. Der Skorpion lief heute frei auf ihrem Handrücken herum.
»Jelena, wie heißt du richtig?«
Sie zögerte.
»Schnee«, sagte sie.
»Nein.«
»Doch, Elisabeth Schnee, geb. Niepiklo, Dortmund.«
»Nein«, schrie Hans-Ullrich wieder, wie andere »Tor« schreien. Er schlug sich auf die Knie.
»Der Niepiklo? Alfred?«
»Mhm, nur mein Onkel«, sagte sie, »aber praktisch mein Vater.«
»Was heißt praktisch?«

»Na, praktisch so benutzt wie einer«, sagte sie.
»Warst du ein hübsches Kind?«
»Ganz der Onkel«, sagte sie, »und danke für das Geld, in deinem Brief.« Sie zog die Oberlippe hinunter zur Unterlippe, fuhr mit der Zungenspitze kurz dazwischen. »Hast du jetzt alles?« fragte sie. Später würde sie den Satz wiederholen. Hast du alles?
Jeder hatte zwei Gläser, Fernet Branca und Perrier. Zwischen ihnen die Blumen streckten ihre Füße in bräunliches Wasser.
»Zwergrosen«, sagte er. Er beobachtete den Skorpion auf ihrer Hand.
»Sieht heute aus wie eine Brosche«, und er fuhr die Linien ab. Skorpionadern. Sie schwieg und öffnete den Mund nur noch zum Trinken. Auf der Stirn hatte sie zwei senkrechte Falten, Falten von Claudia Lichtblau, der Frau seines Freundes in Tübingen. In beider Köpfe schien etwas außerhalb der eigenen Reichweite zu gären. Müde wurden sie davon, und eines Tages würden sie sich ähnlich sehen. Zwei Schwestern im Twinset gleicher Größe.
»Was tust du so?« fragte sie.
»Was würdest du tun?«
Ihr Haar war noch immer nicht trocken. Er griff über den Tisch nach den Spitzen. Die Enden sprangen nach außen. Er wollte, sie solle aufstehen. Der Tisch sollte ihre Oberschenkel teilen, und langsam wie in der Oper, wenn der Vorhang am Ende der Ouvertüre sich hebt, höbe sich das kleine schwarze Kleid an ihrem Leib. Da, wo sie sonst glattrasiert war, wäre ein scharfkantiges Dreieck, herausfordernd aus festem Haar, in der Mitte schamlos

gescheitelt. Ihr Körper, jetzt S-förmig gebogen, sähe einer Kirchenmadonna ähnlich, die sich mit einem bösen Schrei das Kind aus dem Arm gebrochen hat, um für die Nacht frei zu sein. Was sie ist, mündete im Dreieck zwischen ihren Schenkeln. Ihre Augen, offen, ohne Ausdruck, nicht leer. Unter dem Tisch fiel Hans' Einkaufstüte um. Unbehandelte Tomaten, 6,95 DM das Kilo, liefen hintereinander her und sammelten sich vor dem Nachbartisch. Dort stand ein Schild »Reserviert«.

Hans schaute unter den eigenen Tisch. Sie stellte die Knie weiter auseinander, daß ihr Rock sich spannte, die Fußspitzen zeigten zueinander, Hans fuhr mit dem Finger unter das Kettchen am Fußgelenk, fuhr aufwärts und strich sehr ernst, gerührt, über die Weiche zum Wadenmuskel, nahm die Kniebeuge, die Innenseite der Oberschenkel, hob mit dem Finger ein Stück Seide über der Scham an und sah, sie stellte die Füße auf die Spitzen, zog die Unterschenkel dichter an den Stuhl, ein Glas fiel um. Lauter Details und dazwischen, er auf dem Boden kriechend, die eine Frage sich verkneifend, vier harmlose Wörter, die für immer einen Abgrund zwischen ihm und ihr aufbrechen lassen könnten.

»Wo bist du gewesen«, fragte sie da ihn.

Hans kam unter dem Tisch hervor und küßte die Hand, auf der der Skorpion saß. Plötzlich war in ihren Augen mehr Weiß? Täuschte er sich, oder hatte sie es wirklich gesagt?

»Willst du, daß wir für immer verbunden sind?« sagte sie.

Bitte? Erst verschwand sie, lief per Zufall zurück in seine Arme und wollte gleich für immer bleiben? Sie mußte ein großes Herz haben und darin Platz für jede Laune, für jeden Widerspruch.

»Willst du?« wiederholte sie.

»Das klingt ja wie eine Drohung«, sagte er.

Es hatte aufgehört zu regnen, und er hatte es kaum bemerkt. Nacht war es. Die Möwen schliefen an der Bahnbrücke, als sei dies nicht der Bahnhof Zoo, sondern ein alter Frachter, ein schwerer schwimmender rostiger Leib aus Stahl, vor Anker gegangen mitten im schlaflosen Berlin. Nur Tiere schliefen hier um diese Zeit. Die Möwen, den Schnabel im Nacken, träumten von fettigem Müll zwischen den Gleisen. Die Panther, Flamingos und Eisbären im Zoo gegenüber träumten davon, eine Möwe vom Bahnhof Zoo zu sein. Hans-Ullrich lehnte seit einer halben Stunde oder auch länger am Betonpfeiler neben der Currywurstbude. Die war sieben Schritte von der Show entfernt. Jürgen hieß der Besitzer. Vor »Jürgens Brutzel Baude« wartete Hans auf Jelena. Oft wartete er, oft. Jürgen hatte ihn gestern in das Geheimnis seiner Lottozahlenreihe eingeweiht, und Hans hatte ihm sein trauriges Gesicht anvertraut.
Seitdem duzten sie sich.
Das Jackett, das Hans trug, war zu groß für ihn. Er trug es über der Schulter, und er trug es gern, wenn er sie von der Show abholte. Es gefiel Jelena, sie fand ihn lässiger so. Bis sie kam, stand er im Hemd vor dem Eingang. Das Jackett hing an einem gekrümmten Fin-

ger über dem Rücken. War der eine Finger müde, kam der nächste dran. An diesem Abend, so fand Hans, roch es in der Stadt nach feuchtem Eisen wie sonst nur in Häfen. Eine Einbildung vielleicht, hinter der sich sein Wunsch versteckte, fortzufahren. Denn bald war Herbst.

Würden sie sich im Winter noch kennen?

Auf der Höhe der Show verlangsamte sich der Schritt der meisten Männer. Sie gingen ohne Frauen durch die Nacht. Die Scheinwerfer im Fenster der Show färbten ihre Gesichter rot, während sie zögerten. Mitternacht war es und 24 Grad. Hans-Ullrich dachte wieder an Herbst, an leere Nester, an Baumgebein. Da wechselte Frau Marotzke im Schaukasten neben der Kasse ein Foto aus. Sie hatte Nadeln mit bunten Köpfen zwischen den Lippen. Das Foto von Jelena schaute sie sich lange an. Schön, daß sie wieder da war, schön, daß sie es geschafft hatte, ihr Leben zu ändern und ihren Spaß zu behalten.

Hans versteckte sich hinter einem Schwarzen. Der wechselte seit Minuten mit dem Gesicht zur Show rhythmisch Standbein und Spielbein, bis er Hans zulächelte, über die Schulter hinweg »hi« sagte und hineinging. Anmutig, dachte Hans und machte einen krummen Rücken. Er sah eine große schwarze Hand mit weißer Innenfläche auf Jelenas weißer Brust. Er sah Jelena lächeln, langsam. Dem Mann mit der schwarzen Hand standen Jacketts, die zu groß waren, und er war auch lässig ohne sie. Es war jetzt nach Mitternacht. Die ersten Nachtbusse vom Bahnhof Zoo schwärmten in alle Richtungen aus. Sie waren hell erleuchtet und die Gesichter

der Fahrgäste hinter den Scheiben gelb. Hans-Ullrich zog das Jackett über, er wechselte ebenfalls Standbein und Spielbein. Sein rechtes Knie knackte.
Eine Zeit, die Zeit eines jeden Abends, stand er so und starrte auf die Tür, bis die Farben der Scheinwerfer ineinanderflossen zu einem bunten Bühnennebel. Aus ihm mußte am Ende der Schicht Jelena auftauchen. Jeden Abend holte er sie ab, um ihr mit seiner Anwesenheit vor der Tür den Stempel der Liebe aufzudrücken. Wieder knackte sein Knie. Heute hatte er ein Geschenk für sie. Sie kam um zehn nach eins. Ihr Haar war strähnig, ihr Gesicht glänzte. Sie roch nach Nivea, als er ihr Haar küßte.
»Wer war der letzte, der bei dir drin war?« fragte Hans leise.
»Ich habe Hunger«, sagte sie. Mit dem Kopf zeigte sie in Richtung »Mantovani«. Manchmal waren sie um diese Zeit die einzigen Gäste. Das Licht war gnadenlos wie in einem Operationssaal, und der Essensgeruch nistete bis zum nächsten Morgen in Kleidern und Haaren. Doch im Sommer gab es Bänke und Tische auf grünem Kunstrasen unter dem Fenster des Straßenverkaufs.
Sie zog ihn bei Rot über die Ampel. Die Straße war noch feucht. Hans-Ullrich schwitzte in seinem Jackett.
»Wir können draußen sitzen«, sagte Jelena. Sie sagte »draußen«, als läge gleich um die Ecke ein südliches Meer.
»Du kanntest den, der als letzter bei dir rauskam?«
»Mhm-mhm«, sagte sie, warf sich auf die Holzbank und legte die Beine hoch. Männer gingen langsamer, um auf Jelenas bloße durchgedrückte Knie zu starren, während

Hans mit seinem gebügelten Taschentuch einen Sitzplatz für sich trockenwischte. Er holte Wein, Bestecke, Servietten und Brot im Korb. Dann griff er ihre Hand, die Finger, zählte jeden nach mit einem Kuß.
»Noch alles dran«, sagte sie und schob ihre Hand in sein Haar.
»Sag mir die Wahrheit«, sagte Hans. »Du hast so gelächelt, als du rauskamst. War er schwarz?«
Sie schüttelte den Kopf.
»Er hat so etwas Komisches gesagt dabei«, sagte Jelena.
»Dabei«, wiederholte Hans. Jelena strich eine Papierserviette zärtlich glatt auf ihrem Lederrock.
»Er hat gesagt, sein Vater sähe aus wie Sean Connery.«
»Na und, was hast du da gesagt?«
»Ich habe gesagt: schade, du leider nicht.«
In diesem Moment klopfte der Pizzabäcker gegen die Scheibe und zeigte auf zwei Teller. Hans ging hinein.
»Ich habe ein Geschenk für dich«, sagte er, als er Pizza mit Thunfisch für beide hinstellte. Er bestellte immer das gleiche Essen wie sie. So konnte er sich einbilden, er hätte für sie zu Hause gekocht. Er dachte »zu Hause«, sie dachte nichts dabei.
»Gib her, das Geschenk«, sagte sie, teilte die Pizza wie eine Torte und aß mit den Händen.
»Erst essen«, sagte Hans. Sie sah kleiner aus, wenn sie müde war. Und wenn sie schlief? Er hatte sie nie schlafen sehen. Und sie nicht ihn. In seinem Fall war das besser so. Denn die vom Leben müde Haut fiel ihm, wenn er auf dem Rücken lag, aus dem Gesicht und in Falten bis über beide Ohren. Bis über beide Ohren, und Hans lächelte.

»Du bist mir ein verrücktes Pferd«, sagte Jelena mit vollem Mund.
Neben ihrem Tisch auf der anderen Seite der Fensterscheibe deckte ein Inder für vier Personen weiß ein und versenkte eine Flasche Wein in einen Sektkübel. Seine Bewegungen waren still oder stießen an eine Stille, so als sei der Raum dort drinnen nicht mit gelbem Licht, sondern mit Wasser gefüllt. »So was«, murmelte Hans, musterte den feierlichen Tisch und drückte einen Finger stellvertretend für die Nase gegen die Scheibe.
Jelena hatte geträumt und riß den Blick aus dem Abgrund einer verschmierten Kaffeetasse, als ein Wagen scharf neben ihnen bremste. Sie warf den Kopf zurück und sagte mit einem kurzen Blick auf das Auto »Mafia«, wie andere »Taittinger« oder »einfach gut« oder »köstlich« sagen. Das Auto schien Hans länger, schwärzer, glänzender zu sein als alle Autos, die er kannte. Mafia, wiederholte er und nickte Jelena zu. Vier Männer stiegen aus.
Der Jüngste hatte mit der Fußspitze die Lokaltür aufgestoßen, sie gingen auf den gedeckten Tisch zu. Der Inder verneigte sich, legte die Hand auf das Herz, dann die Hand auf den Tisch. Die vier Männer nahmen zum Gruß die Hände nicht aus den Taschen, sie trugen blaue Sommeranzüge, braune Schuhe und keine Socken. Sie sprachen nichts, saßen hinter ihren Sonnenbrillen im Neonlicht und prüften mit einer Handbewegung zum Kopf, ob ihr Aussehen vom Morgen noch saß. Sie prüften noch mit der Hand im Haar das ganze Lokal, da fiel ihr Blick auf Jelena. Sahen sie Jelena an, was sie arbeite-

te, sahen sie, sie war eben ein Mädchen hinter Glas, das man kaufen konnte? Hans-Ullrich saß mit demütigem Rücken dabei und räusperte sich. Einer nach dem anderen nahm die Sonnenbrille ab. Der Älteste rieb sich die Nasenwurzel, und Jelena lachte. Dümmer als erlaubt, dachte Hans-Ullrich, ja, irgendwie atemlos, als könne sie vom Lachen übergehen in einen anderen nicht für die Öffentlichkeit geeigneten Zustand. Still stand der Inder da, die Linke auf dem Rücken. Jelena zog die Spange vom Kopf, schüttelte das Haar auf. Eben noch müde und strähnig, wurde es auf Befehl Mähne. So stieß sie Hans vor den Kopf, ließ ihn dann liegen, lief links oder rechts an ihm vorbei und auf den nächsten, den nächsten und übernächsten Mann jenseits der Scheibe zu. Hans sah Jelena zerbrechlich, zutraulich, aber dreist, wie zahme Wellensittiche sind, mal auf der, mal auf der Schulter zwitschern. Er hätte dem Tier den dünnen Hals umdrehen mögen. Da stand sie auf und ging zur Toilette. Absichtlich, dachte Hans bitter.
Die vier Männer wechselten die Sitzhaltung synchron, um ihr von hinten auf die Beine zu schauen. Ein breites goldenes Armband schlug hart auf den Tisch. Der Jüngste holte den Terminkalender heraus, blätterte, um nachzuschauen, wann er noch Zeit für Jelena haben könnte? Da stand Hans ebenfalls auf, und mit steifen Schritten, die er von Krähen auf freiem Feld kannte, ging er zum Tresen. Er kam als seltsamer Vogel dort an. Das sah er am Blick des Kassierers. Hans bestellte einen verlängerten Espresso und verschüttete die Milch, die er gar nicht wollte. Den Blick in die Tasse gesenkt ging er zurück. Am Tisch wartete schon Jelena.

Er hockte sich ihr gegenüber, öffnete den Mund, wollte etwas sagen, trank statt dessen in kleinen Schlucken.
»Möchtest du mit mir nach Venedig fliegen?« sagte er da. Plötzlich verblaßte das Blau der teuren Anzüge jenseits der Scheibe. Jelena sah ihn an, ihn.
»Das Geschenk?« fragte sie.
Er griff ihre Hand, und die blauen Anzüge verblaßten völlig, lösten sich auf in weiße Schafswolken am Himmel Venedigs. Ein Himmel, den Hans versprach.
»Venedig«, sagte sie. »Und vorher gehen wir einkaufen.«
»Wir gehen vorher, wir gehen dort, und was wir nicht bekommen, gehen wir nachher wieder hier einkaufen«, sagte er. Jetzt sah sie ihn so zärtlich an, als säße er auf ihrem Schoß, verwandelt in eine große Einkaufstüte.
Sie klatschte in die Hände.
»Warum Venedig?« Sie schob das letzte Stück Pizza in den Mund.
»Warst du schon dort?«
»Mhm-mhm«, und sie trank den letzten Schluck aus seiner Espressotasse.
»Es gibt Städte, in denen etwas zum Vorschein kommt wie sonst nur im Traum«, sagte Hans-Ullrich leise. »Venedig ist ein Traum mit offenen Augen. Wer die Augen schließt, fällt in die Wirklichkeit zurück.«
»Ah ja«, und Jelena zuckte mit den Schultern. Er schämte sich.
»Warum Venedig mit mir?« Sie stand so eifrig auf, als hätte sie Angst, das Flugzeug zu versäumen.
»Ich will dich schlafen sehen«, sagte er tapfer. Sie erschrak. Nur kurz. Dann schien sie begeistert.
»Das ist ja richtig pervers«, wieder klatschte sie in die

Hände statt zu lachen. Er fing ihre Hände in der Luft auf. Allein mit ihr, das war eine seltsame Sinnlosigkeit, in der er sich geborgen fühlte. Jetzt war Schluß mit dieser halben Nähe, die ihm gerade noch reichte und die sie gerade noch aushielt. Venedig, er zögerte noch, dann dachte er den Satz zu Ende.
Venedig würde seiner Leidenschaft den Hut aufsetzen.

Am nächsten Tag hatte er die Tickets in der Jackentasche, um sie Jelena bei jeder Gelegenheit zeigen zu können, so als hätte jemand ihrer Liebe einen vorläufigen Paß ausgestellt. Es war Montag, und es war der erste Tag, an dem seine Schultern breit genug waren für ein lässiges Jackett.
Vor dem KaDeWe hatten Kinder einem Schäferhund ein T-Shirt übergezogen und sammelten Geld für den Einfall. Jelena kicherte und zog Hans weiter. Sie hängte sich an seinen Arm, und er machte kleine täppische Schritte. Am Fuß der Rolltreppe hatten sie endlich einen gemeinsamen Rhythmus gefunden. Sie gingen untergehakt, ein richtiges Paar. In der ersten Etage befühlten sie Stoffe, sogar welche für Gardinen, in der zweiten Etage suchte Hans dunkelrote und marineblaue Seidenwäsche für Jelena aus. In der dritten Etage sagte sie, jetzt brauche sie aber noch etwas Nettes für drüber. Hans blieb zurück. Und während Jelena mit erhobener Nase auf die Fährte zu den teuren Gehegen geriet, blieb er vor einem Stapel pastellfarbener Wollsachen stehen. Vorsichtig betastete er die kleinen Pullover, die kleinen Jacken dazu. Gelb fühlte sich kühler an als Rot, aber nicht so kühl wie dieses grüne Blau hier.

»Minze«, sagte eine Stimme dicht an seinem Ohr. Jelena war hinter St. Laurent, Dior, Chanel verschwunden.
»Minze«, wiederholte der junge Verkäufer, »kann ich Ihnen helfen?« Hans traf den Blick des Mannes in einem Spiegel, und verlegen suchte er nach der Rolle Pfefferminz in seiner Jackettasche. Der Mund des jungen Manns war schmal, das Kinn fein mit Grübchen, die Haare wie die Federn eines jungen Vogels, er war keine einsachtzig groß, doch schien er größer zu sein wegen der Art, mit der er seinen Anzug trug. Die Linke schob er jetzt langsam in seine Hosentasche, ohne Hans mit den Augen loszulassen. Hans ging vier, fünf Schritte weiter und schaute sich um. Der Mann musterte aus der Ferne Jelena. Hans kam zurück, sagte, packen Sie das Minze-Teil ein, und legte einen Hunderter auf die Knopfleiste der kleinen Jacke.
»Twinset« sagte der junge Verkäufer.
»Ich weiß«, sagte Hans. Beide schauten sie sich nach Jelena um.
»Kennen Sie sie?« fragte Hans.
Der Verkäufer schwieg. Hans auch, und beide betrachteten sie Jelena, als sei sie ein Schiff, das man melancholisch vorüberfahren läßt, sie beide, zwei Männer am gleichen Ufer, gestrandet. Jelena hielt sich mehrere Kleider gleichzeitig vor den Bauch und schob deren Säume probeweise höher. Hans ging mit der Tüte im Rücken auf sie zu. Der Verkäufer folgte.
Hans sagte, da kennt dich einer. Sie sagte, kann nicht sein, ohne sich umzuschauen. Doch, sagte Hans und faßte ihr Kinn, drehte ihren Kopf in die Richtung des Verkäufers. Die Blicke trafen sich, der Mann grüßte.

Jelena nicht. Sie schnaubte, und Hans, noch ihr Kinn in der Hand, grüßte seinerseits höflich, sehr höflich, als wolle er Jelena mit gutem Beispiel vorangehen. Sie riß sich los, warf die Kleider über den Ständer und lief zur Rolltreppe zurück.

»Was bist du denn schon«, sagte sie leise zu dem Mann. »Was bist du denn schon? Ein Stück Papier mit einer Telephonnummer darauf.« Hans folgte und zuckte mit den Achseln eine stumme Entschuldigung.

»Wie kannst du den grüßen«, und sie schaute Hans nicht an, als er auf der Rolltreppe neben sie trat und ihr die Hand auf die Schulter legte.

»Der kannte dich doch?«

»Misch dich nicht ein«, sagte sie.

»Aber«, sagte Hans, »aber, aber.«

»Na was denn, mein Süßer«, sagte sie, »was denn? Der fuhr eben auf mich ab.« Sie musterte sich im Spiegel, der die Rolltreppe auf ganzer Länge begleitete.

»Wie?« fragte Hans, als hätte er schlecht gehört.

»Na so eben.« Sie ging ins Detail. »So«, sagte sie. »Der kommt rein. Ich sage wie immer: Hallo, was willst du. Er stottert: dich. Ich sage: und wie? Er sagt: egal. Und so sieht es dann auch aus.« Sie ließ die Zunge ein Stück aus dem Mund fallen, als ekle sie sich vor einem fremden Klo.

»Der kennt dich also«, sagte Hans noch mal, weil ihm nichts Genaueres einfiel.

»Nichts zählt außer uns«, sagte Jelena da. Sie benutzte sein Pathos. Sie standen für einen Augenblick aneinandergelehnt auf der Rolltreppe so, als seien sie gleich schwer. So, als gäbe einer dem anderen nur soviel ab, wie der auch tragen wollte.

»Da sind die Schuhe«, sagte Jelena und floh als erste aus dem gefährlichen Gleichgewicht. Einen Moment lang war es Hans kalt in dem Kaufhaus. Aber das mochte an der Klimaanlage liegen, sagte er sich. Wieder suchte er ein Pfefferminz in der Tasche, während er Jelena folgte. Wieder schaute er im Vorübergehen in einen Spiegel, und Jelena drehte sich vor einem anderen. Links trug sie einen schwarzen Schuh mit goldenem Absatz, rechts einen aus dunkelgrünem Lack am Fuß. Sie bückte sich zur Ferse, ein paar Männerschuhe traten neben sie, sie schaute an der Bügelfalte entlang höher, ihr Blick glitt langsam über die Linke in der Hosentasche hinweg, hinauf in das Gesicht des jungen Verkäufers. Sie lächelte, doch es war nur ein Reflex auf das Lächeln im Gesicht des anderen. Ein Lächeln, das man nachahmt, aber nicht meint. Der junge Verkäufer war ihnen gefolgt. Schon hatte Jelena den grünen Lackschuh unter den Probierhocker getreten. Scharf zog er die Bügelfalten an, als sei dies seine Antwort. Er blickte zu Hans, ging in die Knie, um den Schuh zu nehmen, und zog herausfordernd langsam seine Linke aus der Hosentasche. Jetzt eine Waffe. Griff den Schuh. Jetzt schau. Hans schaute. Stöhnte. Verwundert oder verwundet, er wußte nicht genau. Eine Ansage, die nach der Besetzung für Kasse fünf suchte, kam über Lautsprecher und wurde wiederholt. Jetzt, Hans starrte auf die Linke des Mannes. Dort saß ein Skorpion, tätowiert, und seine hinteren Beine verschwanden unter der weißen Manschette.
Jelena berührte leise Hans-Ullrichs Arm. Er schaute auf ihre Füße. Sie hatte ihre eigenen, die alten Schuhe an. Gleichgültig und zärtlich sagte sie »komm«.

Drei Tage später zog er sie die Riva degli Schiavoni entlang, er beladen mit ihrem und ein wenig mit seinem Gepäck, sie leicht bekleidet. Die Wolken über Venedig hatten vom Flugzeug aus wie Reihenhaussiedlungen ausgesehen.

Jelena lief rechts von ihm, auf der Höhe ihrer grünen Schuhe. Sie hielt sich an seinem Mittelfinger fest. Der Träger eines Sommerhemds rutschte von ihrer Schulter und hinterließ auf dem Oberarm eine schmale Spur. Ein Rinnsal verschütteter Milch. Da schauten die Männer hin. Sie schob den Träger hoch. Aus der kleinen Geste lasen die Männer, wie Jelena bei der Liebe sein mochte. Sie fragte Hans zum vierten oder fünften Mal, ob er das Kind nicht gesehen hätte? Nein? Auch seinen roten Mantel nicht? Es habe doch am Steg gestanden, als sie am Flughafen in ein Wassertaxi umgestiegen seien. Es habe so hinter ihnen hergeschaut. Jelenas Stimme klang empört, und Hans seufzte wegen des Gepäcks. Sie verzog den Mund und zählte an drei Fingern auf; einen roten Mantel, bei dem Wetter, und überhaupt.
Und, sagte Hans.
Was in dem Mantel war, sah gar nicht aus wie ein richtiges Kind, sagte sie so, als sei Hans mit daran schuld. Er setzte seinen Koffer ab.
»Venedig«, sagte er einfach.
»Du hörst mir nicht zu«, sagte sie.

Hans hatte im »Bucintoro« gebucht, dem einfachsten

Hotel entlang der Riva degli Schiavoni, aber mit Blick auf die Isola San Giorgio Maggiore. Das schmale rosa Haus stand am Ende der Hotelroute.

Warum nicht hier, hatte Jelena gesagt, als er sie an der Drehtür des eleganten »Danieli« vorbeizog. Ein Mann mit weißem langem Schal verschwand im Eingang. »Geil«, sagte Jelena. »Zu unruhig hier«, sagte Hans, »du siehst, es wird gerade ein Film gedreht.« Er zeigte auf silberne und schwarze Scheinwerfertöpfe, unter denen der sonnige Spätnachmittag im August aufkochte zu Kunst.

»Kunst«, sagte Hans. »Na und«, sagte Jelena, »seit wann hast du da etwas gegen?« Er legte seine freie Hand zwischen ihre Schulterblätter und schob sie die Brücke über einen Nebenkanal hinauf. Ein Priester kam ihnen entgegen und teilte auf ihrer Höhe eine Gruppe junger Mädchen. Die machten Platz und sprachen weiter dänisch, ohne den Mann in ihrer Mitte gesehen zu haben. Die nackten Beine hatte die Sonne verbrannt, rot waren die Waden und die Hosen des Priesters dazwischen schwarz und lang.

»Moses teilt das Rote Meer«, murmelte Hans und staunte, denn Jelena hatte genickt. So kamen sie im »Bucintoro« an.

Die schwarzen Augen des Besitzers und das bißchen Gewalt um seinen Mund versöhnten Jelena mit dem einfachen Zimmer 505 im fünften Stock ohne Aufzug, mit dem alten Türschloß wie für einen Kuhstall, mit dem unbrauchbaren nackten Mann am Kreuz über dem Bett und den zwei toten Fliegen in der Deckenlampe. Dann machen wir eben kein Licht, sagte sie zum Besitzer. Sie

sahen sich an. Und Hans fand kein Wort, keine Geste, um die Spannung dieses Blicks zu durchschneiden. Erschrocken sah er Jelena in zwei Sekunden ohne Hemd, ohne Hose, am Ende eines Striptease, wo ihre Kunst erst begann. Er sah sie nackt, absolut, auf allen Vieren auf der zurückgeschlagenen Tagesdecke ... auf dem Rükken ... auf dem Bauch, die Beine ... geöffnet mehr oder noch mehr ... wie es ihr gerade gefiel, ihrer Laune, ihrem Appetit, ihrer Phantasie. Die Langsamkeit der inszenierten Bewegungen versprach, du versäumst nichts, Lieber, ich halte rechtzeitig inne, wenn die Wahrheit, die du sehen willst, in dem gewissen, sehr kleinen physischen Detail am Ende meines senkrechten Lächelns auftaucht. Du wirst dich auf den Augenblick setzen können. Langsam, wie ich will, ist er. Er verweilt.
Der Besitzer nickte Jelena zu, sagte auf Deutsch, sie sei eine besondere, eine kluge Frau. Sie schob den Hemdträger auf die Schulter zurück. Hans starrte auf die unberührte Tagesdecke, rief »Grazie« und gab ein Trinkgeld. Kaum hatte die Tür sich geschlossen, sagte er, der da hocke sicher mit Joghurt und Bier vor dem Kühlschrank oder löse Kreuzworträtsel, sobald er mit einer Frau im Bett fertig sei.
»Im Bett«, sagte Jelena, »du hast ja keine Ahnung.«

Jelena schlief schlecht in der Nacht. Sie war selten weg gewesen, und auch nicht so weit. Beim Frühstück lag neben der Orangenmarmelade eine englische Zeitung. Hans las vor, Venedig sei bis auf weiteres wegen Überfüllung für Touristen geschlossen. Da begann Jelena den Tag zu genießen, es war der 27. August, sie schrieb das

Datum auf elf Ansichtskarten, die sie zusammen mit einem Sonnenhut und Taubenfutter bei einem Straßenhändler kaufte. In Deutschland bekamen die Kastanienblätter schon braune Ränder.

»Ein verbotenes Paar«, sagte Hans-Ullrich am zweiten Tag, als sie über einer Brückenmauer hingen, grünes Eis leckten und ins dunkle Kanalwasser starrten. Er zeigte auf eine Mutter mit erwachsenem Sohn, die hoben vorsichtig ihre mageren Hintern in eine Gondel, um eng aneinandergedrückt im blauen Futteral zu nisten. Das Haar des Sohnes legte sich in Locken um seinen Kopf, als trüge er aus besonderem Anlaß die Perücke seiner Mutter.

»Viele verbotene Paare«, sagte Hans. »Wir beide sind ganz normal dagegen.«

»Das willst du also«, sagte Jelena. Sie faßte sich an die Nase. Vielleicht sah sie deshalb nachdenklich aus. Den Rest ihrer Eistüte warf sie ins Wasser. Dann verliefen sie sich weiter unter Hans' Kontrolle in dem feuchten Leib der Stadt, auf den Spuren von krummen vergessenen Kirchen, baufälligen Theatern, von bemalten Hauseingängen, Brunnen in plötzlicher Sonne auf Plätzen mit Ständen für Fisch, für Blumen, für Eis. Auf der Suche nach Sonne im Schatten, nach Schatten in der Sonne sagte Jelena plötzlich: »Nur wenn ich allein bin, kann ich dich leiden«, sagte sie und verschwand in einem Hauseingang. Sie zog sich die kleine Unterhose unter dem Rock zurecht. Hans sah ihr zu und vergaß derweil, was sie gesagt hatte. Die Fenster neben dem Hauseingang waren vermauert. Im Weitergehen las er Jelena aus einem alten »Grieben« vor. Das meiste, was er vorlas, fanden sie nicht. Plötzlich aber öffnete sich das dunkle Netz der Gassen und ließ sie wieder frei. Hotel, rief Jelena, als sie das »Bucintoro« in der Abendsonne rot sah. Hotel, Hotel, wiederholte sie, als riefe sie jemand Vertrauten beim Vornamen. Erst jetzt fragte sie. »Was tun verbotene Paare?«

»Sie treiben weißen Inzest«, sagte Hans. Jelena musterte ihn wie ein fremdes Kleidungsstück, das während einer kurzen Abwesenheit in ihren Schrank geraten sein mußte.

Den Morgen darauf öffneten sich Hans' Lider nur schwer. Durch seinen halben Traum huschte ein dicker Mann und machte ihn langweilig. Der Dicke kam ihm bekannt vor.

»Laß uns irgendwo hinfahren«, sagte Jelena mit geschlossenen Augen. Hans ging zum Fenster und öffnete es weit. Die Sonne schien weiß, aber nicht bis ins Zimmer. Unten lief eine Mädchenklasse in Uniform und Zweierreihen vorbei. Auch die Lehrerin hatte einen Pferdeschwanz. Jelena frage, ob er in der Nacht die Fährboote gehört hätte. Sie hätten gejammert und mit jeder Welle ihre rostigen Bäuche gegeneinandergeschlagen, als wollten sie sich wach halten.

»Alte Schiffe schlafen schlecht.«

»Was hast du?« Hans ging zurück zum Bett und strich mit dem Handrücken über ihre Augen, ihre Stirn.

»Darüber spricht man nicht.« Sie breitete die Haare auf dem Kissen aus. Das Gesicht in der Mitte des Fächers lächelte. Draußen fuhr ein Dampfer vorbei, und es schien, als schöbe er seine Bugspitze, stumm wie ein Fischmaul, zum Fenster hinein. »Lento« stand rot auf dem weißen Anstrich. Jelena warf die Beine aus dem Bett. Sie waren frisch rasiert. An der Reling des Dampfers lehnten Menschen. Jelena hob die Hand und winkte.

»Bist du dafür nicht zu alt?«

Sie ließ die Hand aufs Haar fallen.

»Ich wußte nicht, daß du so sein kannst«, sagte Hans, während er sah, über die Reling des Dampfers beugte sich eine junge Frau. Sie winkte mit rechts, der Arm wurde müde, sie winkte mit links, bis der Arm müde wurde. Sie winkte wieder mit rechts und hörte auf zu winken, müde, als sie sie noch sahen. Da gingen Hans und Jelena ins Zimmer zurück, und das Licht unterstrich grau die Mängel des Zimmers und die Mängel ihrer Körper. Fort war das Schiff, und fort war die winkende Frau, die Frau war eine Fremde gewesen und hatte ihre Fremdheit hier im Zimmer zurückgelassen. Hans und Jelena musterten sich. Unschlüssig standen sie voreinander, in Venedig, im Morgen und rochen nach Schlaf. Ein normales Paar, dachte Hans, ein hilfloses Wesen mit zwei Köpfen auf vier Beinen, Blutdruck achtlos, Herz ausgefranst, gelangweilt, Temperatur normal kalt. Hans schaute auf den Boden des Hotelzimmers. Der Boden war dünn, sie begannen, von den Füßen her zu ertrinken.

»Laß uns irgendwo hinfahren heute«, sagte Jelena wieder, ohne ihn anzuschauen.

Sie setzten sich auf die Bettkante, ohne einander zu berühren. Hans sagte, nach Paris wäre er auch gern mit ihr gefahren. Im Jardin Luxembourg gebe es einen Brunnen, den Brunnen der Maria Medici. Gern Paris, sagte Jelena. Der Brunnen, sagte Hans, sei ein öliges Gewässer, über das eines Tages gewiß einer laufen würde, über den Teppich aus Öl, um an der Stirnseite das Liebespaar aus Marmor zu besteigen. Das Paar lümmle sich weiß im Regen und heiß bei Schnee auf seinem Sockel. Sie liege schräg unter ihm und wölbe ihm den Leib entgegen, eine Brücke, die explodiere, wenn er sie nicht sofort nimmt. Sofort, wiederholte Jelena. Er aber, sagte Hans, zögere, für immer, und hätte doch schon ja gesagt. Denn der Mund stehe ihm vom »a« noch offen, und im Winter, wenn man sich Zeit lasse, sehe man sogar den Atemnebel vor seinem Gesicht. Traurig, sagte Jelena. Seit 242 Jahren, sagte Hans, seien die beiden in diesem immer letzten Atemzug vor der explosiven Berührung angehalten. Jelenas Haar knisterte, als sie den Kopf drehte, um ihn anzuschauen.

»Man hält den Atem an, wenn man jemanden berührt, weil man ihn liebt oder lieben will. Kein Liebender atmet in diesem Augenblick aus.« Hans hatte sacht die Hand auf Jelenas Hüfte gelegt.

»Mit angehaltenem Atem berührt die Leidenschaft«, hatte er gesagt.

»Und wenn ich doch eines Tages ausatmen muß«, hatte Jelena gefragt.

»Mit der Zeit liebt man nicht mehr«, hatte Hans gesagt. Sie wurden traurig, angenehm traurig. Ihre gemeinsame Traurigkeit würde den Tag retten und den darauf.

»Diese Frau warst du für mich, bevor ich dich kannte, und dieser Brunnen in Paris war Venedig, bevor ich

Venedig kannte«, hatte Hans auf der Treppe gesagt, als sie zum Frühstück gingen. Er sah, Jelena hatte sich noch mal umgezogen. Sie trug das Twinset, Minze, zum ersten Mal.

Es herrschten dreißig Grad im Schatten. Er trug die kleine minzfarbene Jacke über dem Arm, so wie früher Männer die Handtaschen ihrer Frau trugen. Jelena kam ihm fremder vor jetzt, da sie besser zu ihm paßte. Hans versuchte, sich und Jelena als Paar von außen zu sehen. Sie, ein scharfes Messer, er ein verliebter Radiergummi. Ihre Fußnägel schauten aus den offenen Schuhen, sehr kurz und matt lackiert.

Das Fährschiff zum Lido war dreimal überfüllt gewesen. Da hatte Hans die Karten zurückgegeben, Jelenas Badetasche geschultert, ihren Ellenbogen gefaßt und sie Richtung Horizont geschoben, wo das Skelett des Fußballstadions sich scharf gegen den Himmel abzeichnete. Sie hatte für die Woche Venedig eine Pauschalsumme ausgehandelt.

Er faßte ihren Ellenbogen fester.

»Der Mann heute nacht im Traum, der war bis zum Hals zugedeckt.«

»Kanntest du ihn?« fragte Hans. Sie erzählte ihm ihre Träume und trug die Spuren davon noch am Nachmittag im Gesicht. Venedig stand ihr gut, fand Hans. Und manchmal, wenn sie kurz das Zimmer verließ, glaubte er, sie begänne gleich hinter der Zimmertür ihn, Hans, zu lieben. Dann lauschte er auf jedes Geräusch.

»Ich kannte ihn nicht«, sagte sie, »aber ich wollte mit ihm schlafen. Ich deckte ihn frei. Da war er nur ein Torso, ohne Beine und statt der Arme zwei Kleiderbügel, die gierig nach mir griffen. Stell dir das vor, gierige Kleiderbügel.«

»Mein armes Mädchen«, sagte Hans.

Das Café lag in einem verwilderten Garten, da, wo die Straße Weg wurde. Das Schild »Paradiso« lehnte vergessen am Ende des Gartens in einem grünen Schatten. Die Mauern des Hauses waren gelb, von dem Gelb, das Van Gogh gehört, seitdem er es gemalt hat. Hans setzte Jelena unter einen Baum und nahm auf dem Weg ins Lokal sein Geld aus der Hosentasche. Sie stellte ihren kleinen Ventilator auf den Tisch, den trug sie seit zwei Tagen gegen die Hitze bei sich. Ein roter Leib mit zwei schwarzen Flügeln, die sirrten auf Batterie wie der Bohrer eines Zahnarztes.

Innen war es kühl, der Raum leer, die Stühle braun und mit den Vorderbeinen artig unter den Tischen. Eine Fensterfront zum Garten spiegelte schemenhaft den Raum innen, verdoppelte ihn nach außen, und über den Garten legte sich als zweite Wirklichkeit, was hier im Raum die erste war. Hans sah Jelena mit ihrem Ventilator unter dem Baum sitzen. Noch nie hatte er sie so zärtlich betrachtet wie durch diese Scheibe. Er würde für immer bei ihr bleiben. Wenn er die Gefühle dieses Augenblicks jetzt halten könnte? Er würde bleiben, auch wenn Jelena mit den Jahren die Kontur verlöre und eines Tages sich von ihrer Umgebung durch nichts unterschiede als durch die Farbe des Badeanzugs. Da trat eine blonde Frau hinter den Tresen, die kaum jünger war als er. Hans bestellte zwei Gläser

Prosecco und zahlte gleich. Die Frau schüttete ein, bis es über den Rand der Gläser schäumte. Dann legte sie über den Tresen hinweg die Hand auf Hans' Unterarm. Die weiße Spitzenmanschette ihrer Bluse fiel ins Spülwasser dabei und färbte sich grau. Hans schaute auf die Hand, schaute aus dem Fenster, auf Jelena unter dem Baum und hinter Glas, allein mit der Leere, die sie nicht sah. Er schaute zurück auf die Hand.

»Scusate«, flüsterte er und zog seinen Arm weg. Jetzt war die Frau älter als er.

»Scusate«, sagte Hans noch einmal. Sie sagte nichts, schob ihm die vollen Gläser zu und lächelte. In ihrem Gesicht waren viele Sprünge, als sei die Haut zu trocken, um nicht bei jeder Regung zu reißen. Hans wollte sich gleich noch einmal entschuldigen und tat es im Wegdrehen, fast für sich. Die Frau stellte das Radio an, während er vorsichtig mit den zwei Gläsern hinausging. Als er in die Sonne trat, erinnerte er sich, was an den Bahnschranken in Frankreich steht, wenn eine Landstraße die Zuggleise kreuzt. »Un train peut en cacher un autre.« Hans variierte sehr frei »Eine Frau kann eine andere verdecken«.

Er setzte sich neben Jelena, spürte seine innere Not und zugleich eine Geduld. Ein Mann. Schon älter. Sehr leidenschaftlich und ebenso verhalten. Er stellte das Glas vor Jelena, in dem es mehr sprudelte. Sie saß hinter ihrer Sonnenbrille, senkte die Lider, als er näher rückte. Er sah, ihre getuschten Wimpern berührten fast das dunkle Glas.

Sie war ihm im richtigen Moment in die Hände gefallen.

Stunden später erst gingen sie wieder Richtung Hotel, ließen den Mittagsschlaf aus, aus Angst vielleicht, mit sich und dem anderen allein zu sein. Auf einem staubigen Seitenweg spielten alte Männer Boccia. Hans und Jelena blieben stehen und schauten zu den dunklen Eukalyptusbäumen hoch, die ihren Schatten auf den Weg, auf die Männer, auf ihr Spiel warfen. Es war früher Abend. Hans faßte Jelenas Ellenbogen, der war rauh. Er stellte sich dabei vor, das Gesicht einer Eidechse mit der Hand zu umschließen.

»Wie viele Männer gibt es mit dieser Tätowierung?«

»Bald mehr als ohne.«

»Hättest du eine Briefmarkensammlung, dann würde ich jetzt bitten, laß mich deine blaue Mauritius sein. Laß mich einer, oder laß mich der eine aus deiner Sammlung sein.«

In ihrem Oberarm zuckte ein Muskel, er spürte es in der Hand, die noch immer fest um ihren Ellenbogen geschlossen war.

»Laß mich der letzte aus deiner Sammlung sein.«

Jelena wandte sich ab. Sie hatte die Haare hochgesteckt, und der helle Flaum in ihrem Nacken stand zu Berge. Er legte die Hand in ihren Nacken.

»Ich will den Skorpion«, sagte er.

»Hmh«, machte sie.

»Warum nicht?«

Sie zog die Jacke über, knöpfte sie sorgfältig von unten nach oben zu. Jelena brav, im Twinset. Hans schluckte. Les jeux sont faits.

Sie sah die Knöpfe auf der Jacke an.

»Wir kommen uns zu nah«, sagte sie.

Jelena zog sich vor dem Fenster aus. Schmaler Rücken, Grübchen in der Kurve zum Steiß. In beiden Kniekehlen stand ein weißes H auf der hellen Haut. Hans schloß die Augen halb und sah genau an dieser Stelle das Mädchen, das sie einmal gewesen war. Er sagte, mein Mädchen, komm her, und wollte ebenso ein H in ihren Nacken zeichnen, den Rücken hinunter. Zart mit dem Finger, dem Atem, dem weichen Glied in der linken Hand. Alle wichtigen Dinge tat er mit links.

»Mädchen«, Hans schob auf dem Bett liegend den Arm angewinkelt unter den Kopf. Früher hatte er so abgestützt am Strand gelesen.

»Also, was mich anmacht?« Ihre Stimme war ernst. »Negerküsse«, sagte sie. »Lakritze und Männer mit Kondition, die sie gerade verlieren, Tankstellen, Benzingeruch, James Dean, Punkmusik, wehender weißer Mantel, weiße Hotelhandtücher, Einkaufstüten mit den Buchstaben C. D. drauf, Samstagnachmittage, Vögel am Fenster beim Vögeln, Schweiß, Shit und die Lücke zwischen den Schneidezähnen meines Postboten.«

Sie warf sich mit Anlauf aufs Bett.

»Das Kind«, sagte sie.

»Welches?«

»Das in dem roten Mantel am Steg, als wir ankamen.«

»Schon wieder«, sagte Hans.

»Das war gar kein Kind«, sagte Jelena. »Das hatte ein Messer unter dem Mantel und war schon sehr alt.«

»Hör auf damit«, sagte Hans.

Er berührte ihr Gesicht mit der Nase. Ihre Haut war kühl. Drei, vier, sagte sie und warf die Decke aus dem Bett.

Ein Boot am Steg vor dem Fenster stellte den Motor ab in diesem Moment, um der Stille behilflich zu sein. Fünf, sechs, sieben, sagte Jelena leise dahinein. Sie setzte sich auf ihn, sein Geschlecht war vor ihrem Bauch, als wüchse es aus ihr. So faßte sie es an. Draußen bellte jetzt ein Hund. Vielleicht der, der endlich das Kind in dem roten Mantel gefressen hatte. Vielleicht der, der herübergekommen war aus Jelenas Kindheit. So war es schon einmal, dachte Hans.

»Was?« fragte sie.

Er gab keine Antwort.

»Neunzehn, zwanzig«, sagte sie da. Und er sagte, so weit sind wir schon? Sie lief ihm auf seinem Körper davon.

»Faß mich nicht an«, befahl sie. Er sah auf ihre Kniescheibe und stellte sich vor, sie in den Mund zu nehmen. Das H auf der anderen Seite schmeckte er durch Knochen, Knorpel, Sehnen hindurch, das H vom Mädchen. Meins. Eines Tages würde das Mädchen die Lust am Spiel verlieren, und er, Hans, würde seine Matratze traurig an die Stelle seines Lebens zurückschleifen, wo sie hingehörte. Ehe, Hälfte, Bett.

Er hob die Hand.

»Faß mich nicht an«, sagte sie, »und siebenunddreißig«, sagte sie, »achtunddreißig.

... fünfzig.«

Ich bin, was ich erinnere, ich bin, was ich mir vorstelle? Hans legte die Hände auf das Gesicht, um nicht nackt vor so viele Fremde treten zu müssen, die alle Jelena waren.

»Halt still«, sagte sie. »Vierundfünfzig, halt still.« Es war so heiß, wie es still war. Sie hatten ihre Kleider über zwei Stühle gehängt. Ja, sagte Hans ohne Grund. Er sagte ja, damit der Augenblick einen Namen haben würde, später. Jelena trieb sich an und wurde so leise. Der Ventilator, dachte Hans, um sich an etwas Banalem zu orientieren. Was ist mit dem Ventilator? Etwas hinter Jelenas Lippen war lange unterwegs. Er ahnte den Schrei. Sie öffnete die Augen und musterte ihn von oben, als hätte sie Mühe, ihn einzuordnen.

»Ja«, sagte er.

»Hans?« fragte sie.

Ja, hatte er wieder gesagt zu dem Augenblick. Jetzt hielt er sie an den Hüften. Sie schlug ihm die Hände fort. Sie wollte allein sein. Alles an ihm störte eigentlich, aber es ging nicht ganz ohne ihn.

»Ich bring dich um«, sagte sie. Sie ließ am Ende des Satzes den Mund offen.

»Ja«, sagte er. Da schrie sie, nicht vor Lust, richtete sich auf, ließ ihn allein. Kalt war ihm plötzlich, als stünde er wund und nackt auf dem Gipfel eines Bergs. An dieser Stelle fällt die Küste steil ab ins Meer. So dachte er, und er kam. Nein, was er bisher befürchtet hatte, wärmte ihn plötzlich. Denn das war eine alte Angst, fast eine Vertraute, die verging, nachdem man mit ihr gesprochen hatte: Küste, steil ab, klatsch – und Meer. Nein, jene alte Angst wärmte ihn sogar noch ein letztes Mal, denn ab jetzt war egal, was er tat oder ließ. Angekommen war er auf einer schwarzen Insel auf Schwarz. Er schlug den Kopf ins Kissen. Das hätte er auch getan, wenn Stein unter ihm gewesen wäre. Und über dem Stein Wasser. Und über dem Wasser Himmel. Über dem Himmel All. Das war es. Er schlug mit dem Kopf im All auf. Er

schlug unendlich auf. Er sah etwas wie Glyzerin auf Jelenas Bauch. Das war von ihm, hatte wie nie Kälte und All durchquert. War angekommen ohne ihn, hatte ihn auf dem Weg verloren. Aus dem Nachbarzimmer klopfte jemand gegen die Wand.
Jelena ließ sich auf die Seite fallen, zog die Beine an. Das Glyzerin auf ihrem Bauch trocknete weiß. Ihre Zehen berührten leicht sein Bein.
»Siebenundneunzig«, sagte sie, »und Ende.«
»Was soll das?«
»Ich erinnere mich«, sagte sie. »Ich gebe meinen Erinnerungen eine Nummer, damit ich sie einordnen kann.«
Der Ventilator summte auf dem Nachttisch, und wieder klopfte der von nebenan an die Wand. Sollte er doch. Denn Hans erleichterte es. Gleich nebenan ging ein Leben gewöhnlich fort. Hans lächelte den Kleidern auf den beiden Stühlen zu, erst ihren, dann seinen.

Der Sommer war vorbei, als sie nach Berlin zurückkehrten.

Später, viel später, und Sophie hat längst mit Karl gesprochen, fällt ein Zettel auf den roten Teppichboden im Flur, als sie die Tür öffnet. »... Grüße! Abenstein.«
Den Zettel in der Hand geht sie hinunter zur Rezeption. Ihr Nachbar, einer der großen schwarzen Studenten, biegt seinen Kopf um den Türrahmen, dann den Oberkörper bis zum Nabel hinterher. Lakritz, denkt sie, Lakritz. »Hat vorhin bei dir geklopft«, sagt er. »Hast wohl zu laut telefoniert.« Dann verschwindet er blitzartig wieder, als hätte ihn jemand an den Füßen zurück ins Zimmer gezogen. Auf ihrem Weg nach unten liest Sophie die Nachricht von Abenstein noch einmal. Das darf wohl nicht wahr sein!
An der Rezeption arbeitet der Besitzer am Computer. Seine Mutter steht hinter ihm, im rosa Morgenmantel. Der Morgenmantel ist ihr Winkel in der Welt.
»Haben Sie seit 82 eigentlich mal renoviert«, fragt Sophie.
Mutter und Sohn schauen hoch.
»Zimmer 10, meine ich.«
»Haben Sie Klagen?« fragt die Mutter.
»Ja«, sagt Sophie. »Hier hat mal ein Kolbe gewohnt.«
»Kolbe, Kolbe?« wiederholt der Besitzer.

»Sie meinen den Kolbe von damals?« ruft da die Mutter.
»Mutter, sei ruhig.«
»Doch, doch«, ruft sie weiter. »Kolbe, ja, Kolbe«, als habe sie mit bloßen Händen einen Hasen gefangen.
»Ja, Kolbe, Kolbe«, stimmt Sophie zu. Sie schüttelt den Namen bei den Ohren. Endlich hat sie ihn zu fassen gekriegt.
»Mutter, sei ruhig«, sagt der Besitzer.
»Kolbe«, sagt sie.
»Genau«, und Sophie nickt.
»Ja damals im Herbst 82, stand auch in der BZ. Den Artikel habe ich noch.«
»Ja damals«, Sophie nickt.
»Und dann kam die Polizei«, sagt die Mutter des Besitzers.
»Und ich saß hinter der Mauer, die ganze Zeit«, sagt Sophie.
»Hinter welcher Mauer?« Mutter und Sohn sehen sie mißtrauisch an.
»Na, die Mauer, die Grenze.«
»Ach, die. Die Mauer, die hatten wir schon ganz vergessen.« Mutter und Sohn lächeln erleichtert. Sophie schaut auf ihren kurzen karierten Rock. Dann schlägt sie mit den Fingerspitzen auf Abensteins Nachricht ein.
»Also stimmt, was er schreibt? War es hier?«
Mutter und Sohn nicken.
»So wie es hier steht?« Sie schiebt den Zettel von Abenstein über das Pult.
»Genau«, beide nicken. »Aber was für ein Foto meint er denn? Was haben Sie mit dem Foto zu tun? Was meint er mit strafbar?«

Sophie fängt an zu zittern.
»Nicht mit«, sagt sie, »sondern in, in dem Foto. Was habe ich in dem Foto zu tun.« Sie hat ihren Unterkiefer kaum unter Kontrolle. »Haben Sie eigentlich seitdem mal renoviert?«
»Na ja«, sagt der Besitzer.
»Sie müssen doch. Schon aus hygienischen Gründen«, schreit Sophie. »Morgen ziehe ich hier aus.«
»Sowieso«, fügt sie leise hinzu.
Sohn und Mutter an der Rezeption starren sie an.
»Ich bin die Tochter von Herrn Kolbe.«
»Sie Ärmste«, sagt die Mutter und schiebt ihre Hände überkreuz in die Ärmel ihres verwaschenen rosa Morgenmantels.

Ungeduldig stand Jelena vor dem Laden und trat mit ihrem schrägen Stiefelabsatz gegen die Bordsteinkante. Hans ließ sie warten. Das war noch nie geschehen. Jelena sah auf die Uhr und rechnete nach.

Zwei Jahre zuvor war sie das erstenmal hergekommen. Georg Schulzke hatte ein elegantes Tätowierstudio nahe Kudamm und seine Prinzipien. Deshalb hatte seine Frau Undine gleich am Telephon gesagt; auf die Hände tätowieren wir grundsätzlich nicht. Zwei Stunden später hatte Jelena trotzdem in einer Wolke von Parfum und in Stiefeln ohne Strümpfe, wie heute, in der Tür gestanden. Kommen Sie doch bitte rein, hatte Schulzke gesagt. Die Fußmatte ließ die Klingel im Studio schrillen, während sie vor der Tür ihren Auftritt inszenierte. Schulzke hatte einen russischen Bart, aus dem ein rundes Gesicht wuchs. Er war schon im Fernsehen aufgetreten. Den Katalog hatte sie gar nicht erst sehen wollen. Den Skorpion bitte, hatte sie gesagt. In der Privatwohnung nebenan hatte jemand lustlos Klavier geübt.

Später hatte Schulzke den Skorpion aus dem Programm gestrichen.

Auf die Hand? Sie werden Schwierigkeiten im Beruf haben, hatte der Tätowierer gesagt. Sie hatte mit dem

Fuß aufgestampft. Schulzkes Brille beschlug. Aber ich habe meine Prinzipien, hatte er gesagt. Verlassen Sie, bitte, den Laden.

Eine Stunde später war sie zurückgekommen.

Zweimal den Skorpion, bitte, hatte sie gesagt.

Der Mann neben ihr hatte mit dem Autoschlüssel geklimpert. Im Partner-Look, hatte er gesagt. Sie hatte sich einfach auf den Stuhl gesetzt. Der Laden war leer gewesen. Seitdem war sie fünf- oder sechsmal gekommen, immer mit einem anderen Mann.

»Was machen Sie eigentlich mit all den Skorpionmännchen«, hatte Schulzke sie eines Tages am Telephon gefragt, als sie einen neuen Termin vereinbart hatten.

»Liebesspiele«, hatte sie gesagt.

»So?«

Das Skorpionmännchen komme mit einer Brautgabe zum Weibchen, hatte sie erklärt. Mit einer eingesponnenen Fliege, zum Beispiel. Während das Weibchen die Brautgabe fresse, also abgelenkt sei, steige der Freier von hinten auf. Wenn es mit der Brautgabe fertig sei, drehe das Weibchen sich um und mache beim Männchen weiter. Am Kopf. Sein Körper kopuliere weiter, und Jelena hatte leise gelacht und laut geatmet am anderen Ende der Leitung.

»Ich mache meine Männer zu Skorpionen, sie sind gezeichnet für ihr Leben, und dann lasse ich sie fallen. Das ist, als liefen sie von nun an mit offener Hose herum«, und sie hatte gezögert, »ein Spaß ist es übrigens auch, denn es ist das einzige Mal, daß ich zahle.« Sie hatte einfach aufgelegt.

Wieder sah Jelena auf die Uhr. Hans-Ullrich war noch immer nicht da.

Kerl, dachte sie. Da legte sich von hinten ein Arm um ihre Hüfte.

Er begann sofort zu zittern.
»Muß das wirklich sein?«
Jelena lächelte, legte ihm die Hand auf den Oberschenkel und streichelte die Innenseite. Wieder mußte Schulzke seine beschlagene Brille abnehmen.
»Können Sie mir keine Narkose geben«, flüsterte Hans-Ullrich. Schulzke nahm die Hand, eine feuchte, blaugeäderte Hand. Der Mensch vom Gelenk aufwärts kam dem Tätowierer vor wie ein sinnloser Fortsatz dieser Hand. Sie schien unter seinen Fingern zu wachsen, kalt und müde, ein Tier auf fünf Beinen, das weiß, es ist zu alt, um auf Zuwendung hoffen zu dürfen. Es hatte etwas Unanständiges, die Nadel darauf anzusetzen. Es war, als zöge man ein Brautkleid über einen verbrauchten Männerkörper.
»Wollen Sie nicht lieber eine Rose für den Unterarm«, sagte Schulzke, »dann könnten Sie immer noch mit einem langen Ärmel, und auch im Beruf ... ja, was haben Sie denn für einen Beruf?«
»Einen geistigen«, sagte Hans.
»Schulzke, halten Sie den Mund«, sagte Jelena.
Sie legte ihre Linke auf Hans' Augen, sang »Summerwine«. Schulzke sah kurz auf den Skorpion, der auf Jelenas Hand saß, desinfizierte und setzte den ersten Stich, routiniert wie ein Maler, der das Portrait bei den Augen beginnt. Diese Frau weiß nicht, was sie tut, aber sie weiß genau, was sie will, murmelte er und stach zu. Das Zentrum des Skorpions ist der Übergang vom To-

desstachel in den Unterleib. Der Bohrer rotierte. Die feine Nadel summte, und Jelena summte. Das Tier ließ sich in Hans-Ullrichs Haut nieder. Eine schmerzhafte Sache, dachte Schulzke unglücklich, denn der Handrücken hat viele kleine Nerven. Er säuberte die Wunden und spritzte Farbe ein. Das Haar seines Kunden klebte feucht an den Schläfen.

»Jetzt kann uns nichts mehr passieren.« Jelena streichelte die unbehandelte Rechte, und Schulzke drückte ein nasses Tuch auf, bevor er die Gaze anlegte. Zwölf Tage, mahnte er streng, und jeden Tag mit Wundsalbe eincremen. Hinter der Tür mit dem Schild »Privat« spielte jemand Klavier.

»Meine Tochter«, sagte Schulzke.

»Inventionen von Bach«, sagte Hans-Ullrich und griff mit der Rechten eine Tonfolge aus der Luft.

Jelena sagte, »jetzt sind wir für immer zusammen«, und Schulzke fiel ihr ins Wort. »Na, das war's dann wohl mal wieder.« Er hielt Jelenas Blick, und so konnte Hans sehr langsam seine Rechte heben und plötzlich in ihren Nacken greifen. Sie erschrak. Es roch nach verbrannter Haut. Etwas war anders.

Als sie das Geschäft verließen, sah Schulzke, sie gingen langsam, sehr langsam. Die Frau in ihren hohen Stiefeln, der Mann mit seinem Verband, beide ganz traurig. Sie griff in ihren Nacken. Etwas war da anders, hatte Schulzke sich später erinnert.

Jelena stieß später am gleichen Tag die Tür zum Pensionszimmer mit dem Fuß auf. Kommst du mit, hatte Hans vor dem Laden noch gefragt. Sie hatte nicht gewagt, nein zu sagen. Sie hatte sich wie ein nasser Vogel gefühlt, zu schwer, um fortzufliegen. Jelena warf sich auf das Bett. Hans kam vorsichtig nach, zog die Schuhe aus und hielt ängstlich seine Linke hoch. Sie zog den Rock aus. Mit rechts schob er die Hose zwischen ihren Beinen beiseite. Sie setzte sich auf ihn. Er schloß die Augen.

Wußte er doch, Jelena war gleich, was er sich vorstellte. Sie fühle sich durch Phantasien nicht betrogen, sagte sie. Hauptsache, ihr gehe es gut dabei.

»Geht es dir gut?«

»Wolln ma ma sehn wat Sache is«, sagte sie.

Hans, in rüde, jugendliche Stimmung gebracht von dem Tier auf seiner Hand, zwang seine Phantasie von einem Lokaltermin zum nächsten. Rerik. Seine Jacke war kurz, die Hose eng, beim Reden nahm er die Zigarette nicht aus dem Mund, das gefiel den Frauen. Scharenweise stiegen sie nach Anbruch der Dämmerung zu ihm ins Auto, das er nicht hatte. Das war er, der da jetzt am Waldrand mit sicherem Griff einen Autositz auf Liegeposition stellte, und das Mädchen, das ihm damals entkommen war, klappte seufzend und lachend nach hinten. Ihre Schenkel fielen auseinander, als versage der Mechanismus, der sie sonst zusammenhielt. Das war er, wegen dem sie die Windschutzscheibe vor Erregung zertrat? Danach war er jünger, noch jünger, trug im ersten Jahr lange Hosen. Er war vierzehn und in einem Kinderheim in der sächsischen Schweiz. Unter dem Wellblechdach einer Holzhütte drückte er eine zwanzigjährige weibliche Person vom Begleitpersonal gegen die Wand, schob ihr den Rock hoch und fand hastig seinen Weg an der Unterhose vorbei. Am Nachmittag, als sie Handstand mit Grätsche vormachte, hatte er sie nicht wie die anderen angeschaut, nicht wie ein Kind eben. Sie ihn auch nicht, sie ihn auch nicht, flüsterte sie, die Hände voller Harz vom Holz. Er sagte, daß er nicht mehr trocken komme. Egal, sagte sie und nahm die Sache noch einmal in die Hand. Lauter als beim ersten Mal stießen sie gegeneinander, und auf das Wellblechdach trommelte ein heftiger Regen.

»Eigentlich bin ich schon immer ein ganz anderer«, sagte er plötzlich zu Jelena. Er hatte sie die ganze Zeit nicht angesehen. Sie gab keine Antwort und bewegte sich leicht auf ihm.

»Geht es dir gut?«

»Warum nicht«, sagte sie.

»Sollen wir uns verloben?« Hans nahm an, der Moment sei für diese Frage besonders günstig.

»Warum nicht«, sagte sie.

»Du hättest nichts dagegen?«

»Warum«, sagte sie. »Ist doch egal, mit wem man unglücklich wird.«

Die Fenster waren geschlossen. Sie lagen auf dem Rücken und rauchten. Die Asche schnippte sie in ihre hohle Hand. Sie hielt ihm die Handmulde hin.

»Laß mich dein Aschenbecher sein«, sagte sie mit verstellter Stimme, mit der Stimme eines Aschenbechers eben.

Vielleicht war es in diesem Augenblick, daß er zum ersten Mal auf den Gedanken kam, oder auf den Geschmack, oder daß er auf dem direktesten Weg zu sei-

nen Gefühlen war, ohne Rücksicht auf sie oder sich selbst.
»Ich liebe dich«, sagte er. Es war Klang ohne Bedeutung, ich liebe dich, das erinnerte nur an etwas. Er schnippte die Asche in ihre Hand.
Dann ging alles so schnell, daß er nicht mehr eingreifen konnte. Er sah, wie er Jelena schlug, ohne sich die Sinnlosigkeit der Welt durch die ihr zugefügten Schmerzen erklären zu können. Er sah, er schlug sie, und sah, er genoß, daß sie dabei die Scham überwältigte. Sah, sie bat ihn um alles, was sie nicht wollte. Er sah, was er tat, und sah tatenlos zu. Da war alles möglich. Er, jetzt auf einem Tribünenwagen quer durch die Antike ein Pferd zu Tode jagend, kam bärtig in Leder und Staub bei der Kreuzigung Jesu zu spät, küßte dem Sterbenden, Gefolterten am Kreuz die Füße und kontrollierte die Festigkeit der Nägel im Fleisch mit den eigenen Zähnen, stürmte weiter und hinein in die Legende vom heiligen Veit, befahl den Ohnmächtigen noch einmal, in siedendes Wasser zu tauchen, er verpaßte darauf persönlich Sebastian den siebten Pfeil, zog sich 1027 Jahre später eine schwarze Maske über die Stirn bis zum Mund und betrat den Inquisitionskeller von Worms. Als er den Fuß im Stiefel in dieses Jahrhundert setzte, da schlug er sehend Jelena noch einmal, und wieder erklärten ihre Schmerzen ihm nicht die Sinnlosigkeit des Lebens. Nicht den Tod.
Er sah, um zu wissen, er sah genau hin, um zu begreifen. Er griff nach Jelenas Hand.
»Jelena«, log er, »ich sehe uns beide Seite an Seite kriechen, über Moos und glatten Stein, zwei Skorpione, vorn

du das Weibchen, dahinter ich, das kleinere Männchen.«

Sie setzte sich auf, suchte ihr Gesicht im Frisierspiegel und legte die Hand in den Nacken. Auf dem Flur bellte das Dackelpaar Timo und Thekla um die Wette. Auf schlindrigen Pfoten rasten sie gegen die tapezierten Ecken und hinterließen Speichelflecken über der Fußleiste.

Dann saß Jelena vor dem Frisiertisch. In seinem Doppelspiegel hatte sie zwei Köpfe, folglich auch, so rechnete Hans, vier Brüste, vierundsechzig Zähne in zwei Mündern, war also ein Mädchen mit vier Zöpfen gewesen, bevor er sie kannte, eine Jelena und eine Elena. Elena nannte er den freundlichen Zwilling Jelenas, der sich seit achtundzwanzig Jahren hinter der bösen Schwester versteckte. Ob er mit dem Skorpion Jelena ebenbürtig war? Ob er deswegen Elena kennenlernen durfte?

Er schob seinen Fuß hinüber in die andere Hälfte des Betts. Die war leer, so leer. Er knackte mit den Zehen und hörte die Zehen im All knacken. Warte, sagte er da und zog in Eile einen Socken über den erschrockenen Fuß.

Sie lehnte im Türrahmen und wartete. Sie wartete wirklich und sah darüber erschrocken aus. Gemeinsam verließen sie das Haus. An der Rezeption trafen sie den Besitzer und seine Mutter. Die Mutter zog einen rosa Bademantel aus einer Einkaufstüte und ließ Jelena den Stoff fühlen.

Es war spät, als sie auf die Straße traten. Von Mond und Sternen war nichts zu sehen, die Dunkelheit der Seitenstraßen umgab sie und Wärme. Auch nicht das kleinste

Grollen kündigte ein Gewitter an. Es war Nacht und noch immer 22 Grad. Lange blieben sie vor einem Kino stehen und schauten einem Rollstuhlfahrer nach. Der roch nach Schweiß.

Von diesem Tag an nahm sie kein Geld mehr von ihm.

Er zog das Telefon an langer Schnur mit in die Küche. Es war kurz nach zehn, und im Hausflur schlug ein Schrubber oder ein Besen rhythmisch gegen jeden Stufenabsatz. Er hob ab, wollte wählen, da sah er seine verbundene Hand und verglich Küche und Hand. Verglich gestern und heute. Der Kerl unter der Mullbinde war ein Makel. Aber ein Makel macht das Wesen sichtbar, hatte Hans einmal gelesen. Eigentlich war der Skorpion nicht von außen gekommen, sondern war ein Kerl, der schon immer in ihm gesteckt hatte. Dieser Kerl wuchs nun von innen nach außen.

»Man wird sehen«, murmelte Hans-Ullrich. Die Sonne schien. Die Sonne hatte keine Wahl. Sie fiel in Hans' Küche auf den Boden, wie sie auch in die geöffneten Münder von Sterbenden fiel. Ohne Teilnahme und warm. Er legte den Hörer wieder auf.

Die Küchentür stand zur Diele hin offen. Er hörte seine Vermieterin die Treppe hinaufkommen. Auf der Höhe seiner Wohnung wurden ihre Schritte langsamer. Im Rahmen der Rauhglastür sah er die Kontur von Frau Ohm, vor allem die ihrer neugierigen langen Ohren. Die Silhouette zitterte auf der Stelle, ein mausgrauer Scherenschnitt. Frau Ohm hob die Hand und klopfte.

Hans-Ullrich legte die Linke auf den Rücken, er öffnete und legte die Rechte über die verbundene Linke.
Frau Ohm roch nach Bohnerwachs. Sie wies mit dem Kopf Richtung Dachboden. Ihr Haar bewegte sich nicht.
»Bitte?« Hans beugte sich höflich vor, als hätte er nicht genau verstanden.
»Der Plunder da«, sagte sie. »Weg.« Sie sagte weg, weg, weg, als liefen drei Koffer, eine Waschkommode, ein Kasperletheater und Dutzend Bücherkisten nach Aufforderung ihres frisierten Kopfes von selbst die steile Bodentreppe hinunter. Hans ließ die Arme baumeln.
»Verletzt?« Sie zeigte auf den Verband. Hans hob die Linke, und Frau Ohm griff danach.
»Vorsicht, beißt«, sagte er.
»Sie sind sehr albern geworden, Herr Kolbe.« Frau Ohm ging langsam die Treppe hinunter und drehte sich auf der dritten Stufe noch einmal um. Sie stellte sich auf die Zehenspitzen. Ein Pantoffel rutschte mit der Kappe von der Ferse. Sie hatte eine Laufmasche.
»Sobald Ihre Hand nicht mehr beißt, weg mit dem Zeug da, weg, weg.« Sie ging schneller danach.

Langsam stieg Hans-Ullrich die Stiege zum Dachboden hinauf. Schmale Stufen. Immer dachte er auf diesem kurzen Weg an Tod, selbst wenn er nur Wäsche aufhängte, selbst wenn er in guter Stimmung war. Die vier Fensterluken waren fest verschlossen. Auf dem schmierigen Glas lag der saubere blaue Himmel.
Er seufzte. Wer trägt schon gern Bücherkisten? Wer trägt schon gern Kisten mit Büchern, die er nicht mehr liest? Wird was leichter, wenn man nicht mehr liest?

Früher hatte ihn ein Buch in ein fremdes Leben gestoßen, hatte ihn Seite um Seite umgeworfen. Fernes Säbelrasseln und Frauenschreie hatte er danach am hellen Mittag in der Schulkantine, an der Bushaltestelle, hinter der halbgeöffneten Tür des Lehrerzimmers gehört. Damals war er jung gewesen. Hans näherte sich einer Bücherkiste und klappte den Deckel auf. Zum Glück keine tote Maus.

Leseerfahrung war keine Erfahrung mehr für ihn, Lesefutter kein Futter, Leselust keine Lust. Er haßte jetzt Bücher, vor allem die schlechten, die wie das Leben sein wollten. Je mehr sie sich der Wirklichkeit andienten, um so mehr logen sie. Was hatte er davon, wenn er seinen Vater, dessen Tauchsieder, seine neun Tanten und deren Schuhspanner auf Seite 47 wiedererkannte? Das hatte er doch alles zu Hause. Was konnte er dafür, wenn es bei anderen zu Hause so kalt war, daß sie sich an jedem Wiedererkennen wärmen mußten? Ein Buch war dafür da, um im Fremden zu Hause sein zu können. Aber die Menschen waren Bauern, auch wenn sie lasen. Was der Bauer nicht kennt, frißt er nicht. Dabei, Geschichten, die man verstand, waren nur schlecht erzählt. Auch das hatte er gelesen. Aus dem ersten Karton nahm Hans einen Bestseller und warf ihn die Treppe hinunter. Dabei las er den Titel und die Banderole für den Literaturpreis. Das Buch sah aus, als trüge es Trauer. Schon tat es ihm leid.

Damals, als Hans' Leben noch aufgehoben war in der Literatur, hatte er die Eifersucht bei Mann kennengelernt, die Mordlust bei Simenon, die Todesangst bei Bernanos. Er hatte sie kennengelernt, aber sie nicht ihn. Die

nicht ihn. Jetzt war alles anders. Wenn er jetzt Jelena als Geschichte läse? Oder aufschriebe?
»Aber Herr Kolbe, das glaubt Ihnen doch keiner«, murmelte er und stieß mit dem Fuß die erste Bücherkiste Richtung Treppe. Er öffnete die nächste. Zum Glück wieder keine tote Maus obenauf wie beim letzten Umzug. Unter dem Verband meldete sich der Handrücken gereizt. Regelmäßig ließ er Jelena die Wundsalbe einreiben. Selbst wenn sie schwärmte »Schau mal, so frisch gestochen ist er doch am schönsten«, schaute Hans nur in die entgegengesetzte Richtung. Was juckt, heilt, murmelte er und hielt die Hand hoch. Lange stand er am Kopf der Treppe und schaute hinab. Sein Blick ging nach innen, Unschärfe stellte sich ein. Er dachte nicht mehr, er zählte nur noch, reglos, Schritt um Schritt im Nebel. Das Zählen ersetzte das Denken, die Schritte sagten ihm nichts mehr. Sein Kinn wurde schwer, sein Gesicht lang, die Züge schlaff. Alles leer. Dahinein schob sich das Bild.
Er, der Jäger. Jelena, die Beute. Alles andere Meute.

»Warum«, fragte der Mann ihn auf der Stiege zum Dachboden. Hans-Ullrich gab keine Antwort. Der Mann hob jedes Buch einzeln auf und wischte sich danach die Hände am blauen Hemd ab. Das Hemd war so blau wie seine Augen und die Augen blau wie der Himmel, der auf den Dachluken lag. Warum dieser Mann wohl Antiquar geworden war?
»Warum sind Sie Antiquar geworden?« fragte Hans-Ullrich. Diesmal gab der Mann keine Antwort.
»Es ist so, wie es ist. Manchmal hat man nichts Genaues

vor und sagt nur nicht rechtzeitig nein. Habe ich recht?«
Hans-Ullrich antwortete leise für den Mann. Der nickte und schlug eine alte Ausgabe von »Madame Bovary« auf. Sein Zeigefinger legte sich auf eine winzige Eintragung mit Bleistift.
»Was heißt das, D/28.2.65?«
»Das heißt Düsseldorf, im Februar 1965. Da habe ich das Buch gekauft.« Hans-Ullrich erinnerte sich an einen Tag kurz nach Karneval, an den rostigen Schnee und an die Frau an seinem Arm, die nasse Füße hatte und sich langweilte.
»Sehen Sie hier«, sagte Hans. Er schlug die letzte Seite auf.
»Ma/3/66.«
»Marburg? März?« fragte der Mann.
»Nein, Mallorca, März 1966, da habe ich es gelesen. Am Strand.«
Hans steckte die Hände in die Taschen. Plötzlich war er verlegen. Denn er hatte etwas vergessen. Etwas Delikates für einen, der Bücher hatte, wie er sie hatte. In fast allen Romanen waren Unterstreichungen, in den frühen mit, in den nach 1968 gelesenen ohne Lineal. Sie markierten weniger die Qualitäten des Autors als Hans' intimes Einverständnis mit gewissen Sätzen. Früher hatte er nämlich mit dem Herzen gelesen. Was er unterstrich, war seins. Den Stift in der Hand sprach er zu einer schlafenden Frau. Einer Frau wie ein Wunder. Sätze von Proust oder Flaubert oder Goethe, die er inbrünstig unterstrich, ließen ihn vergessen, daß es neben ihm keine wunderbare Frau gab.
»Haben Sie in der Wohnung noch etwas, das Sie loswer-

den wollen?« Der Antiquar wiederholte seine Frage lauter.
»Nur noch Bücher, die es nicht mehr gibt«, Hans hustete, »die brauchen kaum Platz.«
»Ach, Sie sind der von der Universitätsbibliothek? Der Experte für ›Die Prinzessin von Gandersheim‹ oder diesen verschollenen Briefwechsel zwischen Marie-Antoinette und de Sade. Haben Sie nicht auch die Geschichte des Pulvers gegen die Melancholie entdeckt? Meine Schwiegermutter ging regelmäßig zu Ihren Vorträgen.« Der Mann trat neugierig einen Schritt auf Hans zu, stieß mit dem Kopf an eine Wäscheleine. Sie zitterte leise.
»Und wenn Sie doch mal eins von denen finden, die es nicht mehr gibt?« fragte er leise.
»Dann vernichte ich es.«
Noch immer zitterte die Wäscheleine. Erst als sie stillhielt, bewegten sich beide Männer wieder. Der eine stieß mit dem Fuß vor die nächste Kiste. Der andere seufzte.
»Warum wollen Sie das alles verkaufen?« fragte der Mann und hob die Kiste an.
»Ich lese nicht mehr«, sagte Hans-Ullrich.
Der Mann trug die erste Kiste zur Treppe. Er lief schräg vor Anstrengung.
»Leider kann ich Ihnen nicht helfen«, sagte Hans-Ullrich und winkte kurz mit der verbundenen Linken.
»Leider ich Ihnen auch nicht«, sagte der Mann. Unbeholfen hob er die Last auf seine Schulter.

Er legte die Hände auf den Rücken und ging auf und ab in seiner Mansarde. Schon jetzt sah er ihr an, daß sich keiner mehr richtig um sie kümmerte. In einer halben Stunde sollte das Lastentaxi kommen. Er hatte nur wenig Gepäck.

Die Fenster lagen schräg im Dach. Die Gardine davor hing senkrecht. Im spitzen Raum dazwischen sammelte sich weißes Licht, bevor es durch den zarten Stoff ins Zimmer fiel. Diesen Lichtraum von Gardine bis Fenster hatte Hans-Ullrich immer gemocht. Zwischen den sieben Arbeitsschritten des Bügelns, zwischen Kragen, Schulter, Rücken, Ärmel, Manschetten, Front und Knopfleiste am Hemd hatte er seine Träume in den weißen Raum skizziert.

Heute drückte sich der Himmel wie Blei gegen die Scheiben. Gestern hatte er seine Bücher verkauft, bei gutem Wetter. Heute war der 21. September. Es sollte, aber wollte nicht regnen. Das Personal lassen wir hier, murmelte Hans und stellte Besen, Mop und Wischer mit den Stielen dicht zueinander. Er wechselte die Staubsaugertüte, leerte den Mülleimer, zog den Fernsehstecker raus, fuhr mit der Hand über die Ordner für die »Bücher, die es nicht mehr gibt«, zärtlich, und strich dem Computer über den Bildschirm. Mach nicht so ein trauriges Gesicht, sagte er leise. Zum ersten Mal seit Monaten fiel ihm auf, so schlecht war sein Leben vor Jelena auch nicht gewesen. Das lag am Abschied. Eigentlich war er ja auch gern in seine Bibliothek gegangen, besonders montags oder nach dem Urlaub. Er hatte gern die Studentinnen betreut, ihnen den Gebrauch von Anmerkungsapparaten erklärt, er hatte gern danach seine Kakteen gewässert, immer gegen 17 Uhr, bevor er bei den jüngeren Damen auf seinem Flur den Kopf ins Zimmer gesteckt, Feierabend, einen schönen Feierabend, gerufen hatte, und das eigentlich nur, um sich von ihren freundlichen Blicken streicheln zu lassen. Er hatte gern den Hospitantinnen Kinderschokolade geschenkt. Ohne böse onkelhafte Absichten. Alle hatten ihn gemocht dort, bis zuletzt. Zuletzt besonders. Doch, doch, schlecht war sein Leben nicht gewesen, nur ruhig, ein behagliches gutbezahltes Versäumnis. Ambiente mit Salzstangen, dachte er und setzte sich ein letztes Mal in seine Sofaecke. Da klingelte das Telephon. Er griff zum Hörer, ohne aufzustehen, ohne nachzudenken.

»Scheiße«, sagte eine Mädchenstimme am anderen Ende der Leitung.

»Wo bist du? Du klingst so nah«, und Hans war verlegen.

»Nah? Keine Angst. Ich bin hier, wo-wie-immer. Drüben.« Zwei Möglichkeiten gab es, einfach auflegen, oder ... Er wählte das Oder. Hans nahm die Sprechmuschel in die Linke.

»Spatz«, sagte er und sah Sophie in Pankow, in der Telephonzelle, die sie ihm einmal gezeigt hatte. »Notruf«, hatte sie gesagt und auf die silberne Drehscheibe getippt. Er stellte sich Sophie vor, noch immer in den Stiefeln vom letzten Winter. So lange hatte er sie nicht gesehen, und so hielt er zärtlich die Sprechmuschel in der Hand, als sei sie ein kleines Gesicht, grau wie eine Staubsaugertüte. Seine Aufmerksamkeit tat ihm weh.

»Spatz.«

»Bin kein Vogel«, sagte sie. Etwas da drüben fiel zu Boden. Vielleicht ein Regenschirm. Er hörte, wie sie sich bückte.

»Regnet es bei euch?«

Auf so etwas gab sie keine Antwort.

»Du darfst dir was wünschen«, sagte er rasch.

»Will mir nichts wünschen«, und ihre Stimme tauchte vom Boden der Telephonzelle wieder auf. »Aber du mußt dich entscheiden, Papa, sonst kommst du nicht in den Himmel. Und das wäre schade. Denn Mama und ich werden bestimmt da sein.«

»Mama und du und Lindenberg«, versuchte Hans einen Witz.

»Bist du allein?«

»Warum?« Hans fühlte sich ertappt, obwohl er allein im Zimmer war.

»Kennst du die B-Seite von ›Just the two of us‹?«

»Nein, warum?«

»Dann bitte ...« Da schaltete sich ein zweites Gespräch zu. »Herbert«, sagte eine rauhe Frauenstimme, »kommst du gleich mit dem Hund runter.«

»Hallo, Sophie, Hallo, meine Kleine«, rief Hans in das

fremde Gespräch hinein. »Hallo, können Sie bitte aus der Leitung gehen!« Mit jedem Hallo wurde ihm das Herz leichter. Als es an seiner Tür klingelte, legte er leise, leise den Hörer auf, nahm den Koffer und die Plastiktüten von Wertheim und schloß die Etagentür zweimal ab.
Im Flur stand der fette Sohn von Wirtin Ohm. Er war zwanzig und so blöd wie zwölf. Die Ohm hatte Hans gemocht, das Öhmchen weniger. Das trug wie alle Tage seine rote Trainingshose, aber endlich mit neuem Gummizug. Sie rutschte nicht mehr. Auch das würde Hans vermissen.
Öhmchens Laune war trüb, trüber noch als sein Geisteszustand, und beide zusammen eine kriminelle Vereinigung. Normalerweise sagte er »Kommunistensau« zu Hans-Ullrich. Das sagte er zu allen, die ihm verdächtig vorkamen. Heute sagte er zum Abschied »rote Negersau«. Dann nahm er sich aus einer Umzugstüte eine goldene Spielzeugkrone und setzte sie auf seinen dicken Kopf. Es war Sophies Krone vom letzten Karneval in Ostberlin.
Hans-Ullrich warf sein Gepäck auf die Rückbank. Ein Lastentaxi wäre gar nicht nötig gewesen. Regen kam jetzt doch auf, fein wie ein Vorhang. Jemand in seinem Rücken furzte. Hans drehte sich um, sagte, schicke Hose, Junge, wollte ich dir schon immer mal sagen. Der Dicke stand noch immer mit der Krone auf dem Kopf da.
»Schenk ich dir«, sagte Hans.
Dankbar streckte ihm das Öhmchen die Zunge heraus bis zur Wurzel. Eine dicke feuchte dunkelrote junge Zunge. Sein letzter Trumpf.
Jelena war auch umgezogen, aber mit noch weniger. Als

Hans im »Florian« ankam, saß sie auf dem Bettrand. Zwischen den Knien eine Tüte mit frischer Wäsche, vor den Füßen ein blauer Werkzeugkasten aus Stahl. Darin hatte sie ihre Schminke und einige ausgesuchte Artikel für die Lust und gegen die Langeweile. Sie sagte; schau nicht so trübsinnig. Ich bin auch immer gern ins Geschäft gegangen.

Auf ihrem Schoß lag ein kleines Kopfkissen, sie nannte es Fiffi. Auf dem Fiffi saß dieser Spielzeughund, häßlich und aus abgeschabtem Plüsch. Der war sogar mit in Venedig gewesen.

Sie versuchten es. Nur die Wäsche wusch jeder in seiner Wohnung, und Post oder Kontoauszüge sortierten sie dort. Sie versuchten es mit dem Zusammenleben und fürchteten sich vom ersten Tag an vor den frühen Abenden, vor der Nacht und den Wochenenden. Auf ihrem Zimmer im »Florian« hatten sie jeden Tag frische Blumen. Wegen des Dufts saßen manchmal für Hans zwei Momente auf einem. Es lag dann Jelena nackt neben ihm, und gleichzeitig strich seine Mutter ums Bett wie um einen gedeckten Kaffeetisch. Im Kleid, gemustert, Pfingstrose.

»Er meint, weil ich nichts sage, nicht drüber rede, habe ich auch nichts begriffen. Natürlich begreife ich alles, hübsch und langsam. Natürlich trinken wir zuviel ...«
Die Stimme brach ab. Irgend etwas quietschte.
Hans-Ullrich legte den Kopf schräg und stellte den Rekorder lauter. Auf dem Band hatte sich eine Tür geöffnet. Die jammerte, als atme einer ohne musikalische Absichten in ein Saxophon. Dann würgte die Pausentaste die Aufnahme ab. Jemand war überraschend ins Zimmer getreten. Hans-Ullrich vermutete, das mußte er gewesen sein. Er ließ das Band ein Stück zurück-, dann vorlaufen. »... Hunde lächeln ... echt ... Angst ... gern allein.« Jelenas Stimme klang höher als sonst, mädchenhaft, eifrig, ein wenig beleidigt.
»Früher nicht, aber heute, seitdem ich ihn kenne, bin ich gern allein. Nur wenn ich allein bin, kann ich ihn leiden. Pervers. Echt pervers«, sagte Jelena.
Die Kassette hatte in ihrem Werkzeugkoffer unter den Puderpinseln gelegen. Warum er sie gefunden hatte? Aus Neugier und aus Angst, wie alle Schnüffler. Sicher diese Punkmusik, hatte er gedacht, als er die unbeschriftete Hülle in der Hand hielt. Den Rekorder schaltete er von Radio auf Band um und legte mit den hän-

genden Mundwinkeln eines Erziehungsberechtigten die Kassette ein. Sicher hörte sie heimlich Punkmusik, wenn er seine Wäsche waschen ging. »Too much sex and not enough protection«. Irgendsowas. Er drehte die Lautstärke herunter, hielt den Kopf wieder schräg, lauschte. Und dann das.

»... los mit mir? Ich werde älter. Frage ich den Spiegel, sagt der ›Nee‹. Frage ich den Rasierspiegel? Besser nicht. Ich weiß nicht mehr, was ich anziehen soll, weil ich nicht mehr weiß, wer ich bin? Immer legt er mir das Twinset aufs Bett. Hat er mich angesteckt mit seinem Alter? Sobald wir den Skorpion ausgewickelt haben, ist Ende, auswickeln, dann abwickeln, alles wie immer, keine Extrawurst, mein Süßer.« Hans schaltete den Rekorder ab. Er stand in Unterhosen vor dem Gerät. Seine Beine waren vor Schreck ganz blaß geworden. So sieht alter Schnee aus, dachte er, als sei dies nicht sein Bein, seine Situation. Die Hände zitterten, der Unterkiefer auch. Er nahm die Kassette aus dem Rekorder, warf sie auf den Boden, sagte, du kleiner Mistkäfer, und wollte gerade darauf treten, da hörte er den falschen Saxophonton vom Band, aber live im Zimmer. Die Tür öffnete sich langsam, und Jelena stieß mit dem Fuß eine dicke Tasche mit frischer Wäsche über die Schwelle. Hans-Ullrich ging in die Hocke und beugte sich rasch über die Kassette.

Gab es eine Körperstellung, in der sich am besten gegen Tränen ankämpfen ließ?

Die Straße am Fuß des Kreuzbergs war dicht befahren um diese Zeit. Es war Nachmittag. Wo der künstliche

Wasserfall vom Berg in den kleinen öliggrünen See mündete, schaukelte ein Plastikboot auf dem Schaum. Jelena starrte auf das bißchen Gischt, als hätte sie so etwas noch nie gesehen, die Augen leer. Hans stand geduldig einen Schritt hinter ihr, beide Hände in den Hosentaschen. Auch die verbundene.
»Jelena?«
Sie schüttelte den Kopf. Langsam rutschte dabei die Spange aus dem Haar und fiel. Ihr Haar fiel langsamer, stand auf halbem Weg einen Moment und angegossen in der Luft, als könne es nicht begreifen, daß da kein Halt mehr war. Die Spange wippte auf dem Pflaster, grüne Fliege auf dem Rücken. Hans war nicht schnell genug. Ein anderer Mann nahm seine halbe Brille ab, bevor er sich bückte und die Spange aufhob. Hans starrte auf den Handrücken des Mannes, Haar, Adern, Haut. Sonst nichts. Auch rechts nichts. Erst da lächelte Hans ihn an.
Der Mann ging mit wehendem Mantel davon. Jelena schaute ihm hinterher. Ein paar schafsförmige Wolken zogen am Himmel über Berlin Richtung Westen. Der Wind kam von Osten. Es wurde kälter in der Stadt. Es war der 28. September und Freitag. Jelena trug ein rostbraunes Wildlederkostüm und einen Rucksack, der nicht zum Rest ihrer Aufmachung paßte. Egal, was sie trug, sie sah immer nach Pelzen, Seide, Spitzen, Leder, Requisiten aus. Sie drehte im Gehen die Haare mit einer Hand, die Spange schnappte am Hinterkopf zu. Sie sah sich nicht nach Hans um. Trotzdem sagte er etwas.
»Was?« Sie lief schneller, um außer Hörweite zu kommen.

»Tut mir leid«, sagte er.
»Was?«
»Daß ich dich unglücklich mache«, sagte er. Tauben liefen ihm vor die Füße. Heimlich trat er nach einer. Von der anderen Straßenseite pfiff jemand anerkennend. Sicher wegen Jelena, sicher nicht wegen seines Kicks. Vor einem Geschäft An- und Verkauf saß ein Trödler unter seinen goldenen Lettern: »Muchas Nachlaßverwertung«.
»Darüber spricht man nicht.« Sie war die ganze Zeit über nicht stehengeblieben.
»Worüber?«
»Über sein Unglück.«
»Warum?«
»Das ist unprofessionell«, sagte Jelena.
»Trotzdem«, sagte Hans.
Vor Muchas Laden machte sich eine komplette Wohnzimmereinrichtung auf dem Trottoir breit. Den niedrigen Cocktailtisch bewachten drei Bierflaschen. Als Hans hinübersah, winkte der Trödler mit einer der Flaschen.
»Du machst mich nicht unglücklich«, sagte Jelena.
Hans schwieg und wurde schneller, um neben ihr zu gehen.
»Du beweist nur, daß ich es bin?«
»Wie das?«
»Ach«, sagte sie und schlug mit der flachen Hand auf die Luft. »Ich erinnere mich eben. Das macht mich ganz schwach.«
»Schwach?« Er berührte vorsichtig ihre Haarspitzen.
»Ich reagiere nicht mehr im Moment auf den Moment, sondern auf irgend etwas, das gestern oder, schlimmer

noch, vor ganz langer Zeit war. Jeder Moment zerfällt in zwei und hat dann auch noch einen unerwarteten Kern, das macht mich ganz lahm«, sagte sie.

»Lahm und traurig?« fragte er vorsichtig.

»Nein, lahm und fremd«, sagte sie. »Ich erkenne mich nicht, gar nicht mehr, wenn ich mich erinnere.«

Es roch vom Park her scharf nach Tier bis auf die Straße. Sie bogen rechts ab, der künstliche Wasserfall teilte den Park in zwei gleich große Hälften. Wenige Schritte vom Wasserfall entfernt stand eine rote Villa. Jungens hingen aus dem Fenster. Die Musik wurde lauter, als Jelena am Haus vorbeiging, und wieder pfiff einer. »Laß doch, die ist doch schon alt«, sagte ein anderer, und Jelena ging schneller danach. Sie kam als erste am Ziegengatter an. Hans machte die Steigung zu schaffen. Die Musik hörten sie immer noch.

Sie nahm aus dem Rucksack Schrippen und Salz. Die Ziegen kamen sofort. Sie sagte, ich habe euch schon von der Straße aus gerochen, hielt beide Hände hin und ließ sie fressen, ließ sie lecken. Hans stand zwei Schritte hinter ihr. Vorgestern hatten sie es sich eingestanden und zu Boden geschaut: Ein ständig wiederholter Geschlechtsakt war öde. Schmelzkäse, hatte Jelena gesagt, fresse sie auch nur aus Gewohnheit.

Da hatte Hans ein Buch gekauft. »Ausflugsziele in Berlin«, mit Karten und den wichtigen U- und S-Bahnanschlüssen. Gestern waren sie am Strandbad Wannsee gewesen und nach zehn Minuten wieder umgekehrt. Vom Sommer müdes hellgraues Wasser und davor ein harter Streifen Sand, über den fünf Männer Strandkörbe in den Winterschlaf zogen.

»Die Ziegen zittern, wenn ich sie anfasse«, sagte Jelena und stieg weiter auf ihren hohen Schuhen den Berg am Wasserfall hinauf. Dann setzte sie sich unter einen Baum, um aus dem Rucksack die Weinflasche zu ziehen. Ein Blatt fiel ihr in den Schoß. »Mann, du bist ja noch ganz grün«, hatte sie gemurmelt und es in den Rucksack gesteckt.

Hans setzte sich und dachte im Hinsetzen schon an die Schwierigkeiten beim Aufstehen. Er entkorkte die Flasche, Jelena zündete sich und ihm eine Zigarette an. Sie schwiegen. Ein Flugzeug flog den Wolken nach Westen hinterher. Sie schauten auf, schauten sich danach nicht an.

Jelena griff nach seiner linken Hand. Nicht so feierlich, wie er es gern gehabt hätte, wickelte sie die Binde ab, eine nächste Zigarette hatte sie im Mundwinkel dabei.

Durch die letzte Schicht des Gazeverbandes schimmerte schon die Farbe, seine Farbe, die Farbe von dem Kerl, der Jelena und Hans für immer verbinden würde. So hatte sie versprochen.

»Hat heute Geburtstag und schläft noch«, sagte Jelena. Den letzten Streifen hob sie an, und Hans dachte an den Stoffhimmel über einem Kinderbett.

Da saß er, tief in der Haut, grün und blau und still. Wie eine Brosche, sein Kerl.

»Er hat rote Augen«, sagte Hans-Ullrich stolz.

Sie nahmen ein Taxi zur Pension.

Sein Gesicht hatte die Farbe der Zimmervorhänge, aber in einem helleren Ton, als er auf ihr lag. Er war schnell, ganz still gekommen, nicht mehr als ein leises Weinen.

Die Vorhänge hatten sie über den Nachmittag zugezogen. Auch Timo und Thekla, die Dackel, hielten kurzen Schlaf, nachdem sie Jelenas Rucksack gründlich untersucht und nur ein Blatt gefunden hatten. Er lehnte verloren an der Zimmertür draußen.

»Jelena, was glaubst du, was es ist mit uns?« Er hatte gefragt, seinen Mund dicht über ihrem. Sie hatte die Linke gehoben und ein wenig den Kopf. Sie hatte ihren Skorpion angespuckt und den Arm über der Brust gekreuzt. Sie hatte ihren Handrücken gegen seinen, den linken, gedrückt. So hatten die Skorpione feucht und Rücken an Rücken gelegen.

»Sekundenkleber«, hatte sie gesagt.

Jelena verließ das Zimmer gegen 18 Uhr. Sie sagte, sie wolle vor Ladenschluß noch irgend etwas kaufen. Es geht nicht, es geht nicht, das Spiel ist aus, soll sie auf der Treppe leise gesagt haben. Doch, die Mutter des Besitzers will es gehört haben. »Ich will in dieser neunundachtzigsten Spielminute keine Verlängerung mehr.« Dann hatte Jelena die Tür zur Straße zugeschlagen. Die Mutter des Besitzers hatte still in ihrem rosa Morgenmantel hinter der Rezeption gestanden.

Er schaltete den Rekorder ein. Das Band rauschte, dann hörte er das Murren des Betts. Jelena hatte sich zum Diktieren hingelegt?

»Der erste Mann, in den ich mich verliebte, war Prinz Charles. Ich war dreizehn, er zwanzig oder so. Ich stellte mir vor, es ihm so zu besorgen, daß er am nächsten Tag noch rote Ohren hätte. Wer schaut bei Prinz Char-

les nicht zuerst auf die Ohren? An Prinz Charles habe ich vor allem im Mathematikunterricht und des Nachts unter der Bettdecke geübt. Ihm habe ich die Lust vorgespielt, bis ich sie selbst hatte. Ich habe mir für ihn die Lippen geschminkt, die Strumpfhose aufgeschnitten, die Glyzerinhandcreme meiner Mutter bis auf den letzten Rest in den Hintern geschmiert. Das roch wie Prinz Charles und ich.« Hans-Ullrich Kolbe saß mit geschlossenen Augen und lauschte.
Dann stand er auf.

Jelena lief auf Umwegen zum Bahnhof Zoo. Sie bog am Pressecafé um die Ecke, roch Currywurst, sah das Leuchtschild der Show. Sie ging sehr langsam danach. Irgendwo, murmelte sie, und ihre Gedanken auf der Strecke zwischen Herz und Kopf und wieder zurück waren sehr schnell. So schnell wie ihr Schritt langsam war. So ging es seit Tagen. Die Zeit schlich, und das Herz raste. Sie ging an der Show vorbei, stand drei Ampelzeiten reglos am Übergang zum Kaufhaus Bilka und kehrte mit dem vierten Fußgängerstrom, der ihr entgegenkam, um. Es war kurz vor Ladenschluß.

Hans-Ullrich Kolbe öffnete mit geschlossenen Augen seinen Gürtel und zog die Hose nicht aus.
»... der Trampelpfad vom Spielplatz zur Straße, auf der am Wochenende immer ein gewisses Auto hielt, die geklaute Schachtel HB in der Hand, mein linkes Ohr steht weiter ab als das rechte, weil ich überkreuz genuckelt habe als Kind. Ich weiß das und halte den Kopf entsprechend. Affektiert, sagt meine Mutter, Feger, sagt

meine Großmutter. Feger, wo ist dein Moped, sagt sie, wenn ich nachts aus dem Auto steige. Nutte, sagen die Mädchen, bei denen etwas Entscheidendes anders ist. Sie sind häßlich. Jelena, sagt mein Rechenlehrer aus Versehen im Unterricht zu mir. Er ist aus der Tschechei. Bevor er mit mir spricht, nach der Stunde, steckt er sich immer einen Kaugummi in den Mund.«
Hans stützte die Fäuste auf die Fensterbank.
»Ich hatte das alles vergessen. Ich bin eigentlich nur gewesen, was ich vergessen habe. Und jetzt?«
Hans hörte den eigenen Atem im Innern seines Schädels und dachte, der sei mit auf dem Band. Dann kam ein leises Lachen von einer Jelena, die er noch nicht kannte, und sie wohl auch nicht.
»Na, in einem sind wir gleich, die Jelena von früher und die von jetzt«, danach rauschte das Band eine Weile. Es spielte ihr Schweigen ab.
Hans stand vor dem Rekorder, die Hände auf die Fensterbank gestützt, die Arme durchgedrückt. Er wollte etwas dazu sagen und öffnete den Mund. Die Scheibe beschlug. Atemnebel legte sich auf die Sicht. Er drückte die Pausentaste.
Sie geht, dachte er.
Er sah auf seine Armbanduhr. Seit zwanzig Minuten verließ sie ihn. Der Vorgang verursachte ein furchtbares Ziehen in seinem unteren Leib und eine große Not in seiner Brust.

Jelena trug einen roten Rock. Jeder Schritt, den sie machte, war ein Umweg. Um einen großen weißen Block herum, in dem alles war, was sie fühlte, was sie wußte, ohne ein Wort darüber streifen zu können. Jelena trug einen roten Rock. Sie war ein roter Punkt auf der Welt, den jeder, der sich nach ihr umdrehte, noch lange sehen konnte.

»Früher wollte ich alles, viel Geld verdienen und viel Spaß dabei haben. Glück eben«, sagte Jelenas Stimme, als Hans das Band wieder anstellte. »Nichts ist so schnell vergessen wie ein geglückter Beischlaf«, sagte sie zu ihm vom Band.
Das enttäuschte ihn. Trieb er doch auf ihr ins Unbekannte. Besser, trieb er es auf ihr doch mit dem Unbekannten. Er fühlte sich betrogen.
Das geht nicht gut, hörte er seine Großmutter sagen, die sich seit langer Zeit wieder einmischte.
Das ist eine Mischehe, sagte sie.
Welches Gemisch? Hans rieb den Muskel über seinem armen Herz. Na, schwarz und weiß, sagte seine Großmutter, aber die Verbindung wurde schon schlechter. Sie, der weiße, und du, der schwarze Charakter, hörte er noch, undeutlich, bevor die Großmutter wieder verschwand.
Vor dem Zimmer sprachen zwei Männer laut Französisch, so wie Schwarze Französisch sprechen. Hans-Ullrich lauschte dem Klang, stellte sich ihre schwarzen Füße vor, ihre weißen Sohlen auf den weißlackierten Dielen draußen. Sie entfernten sich, er blieb mit dem Ohr ihnen auf den Fersen, hielt sich an ihnen fest.
Ob er noch einmal in seinem Leben zu ganz banalen Dingen zurückkehren würde? Zum Beispiel?
Er stellte das Band endgültig ab.

Na, zum Beispiel; allein wohnen, einen Hund auf die Straße führen und dabei einen Apfel essen.
Er zog den Stecker aus der Dose und legte die Kassette zurück in den Schminkkoffer. Den Rekorder stellte er auf den Schminktisch.

Wieder lief Jelena an der Show vorbei und ging nicht rein. Vielleicht würden die Kolleginnen drinnen sie noch weniger erkennen als sie sich selbst, hier draußen vor der Scheibe. Sie sah im Vorübergehen, wie Frau Marotzke ein neues Foto im Kasten aushängte. Nach fünf Schritten ging sie zurück und betrat den Laden. Ein neues Mädchen klebte auf ihrem Platz. Ein Blondinchen, und Jelena verzog den Mund. Jelenas Foto hing extra, mit handschriftlichem Vermerk. »Demnächst wieder im Programm.« Die Schrift war von Frau Marotzke. Das Foto sah verblichen aus. Sie ging zur Kasse. Sie war gern hierhergegangen? Sie war der große Erfolg des Ladens gewesen. Erfolg macht erotisch. Sie dachte an die erste Zeit mit Hans-Ullrich.
»Nimm das Foto weg«, sagte sie laut.
»Na, wer kommt denn da?« sagte Frau Marotzke und stand hinter ihr.
»Das siehst du doch, oder bin ich jetzt grün?« Jelena fuhr sich mit der Hand durch das Gesicht.
»Wie lange machst du noch frei?«
Jelena antwortete nicht.
»Eh, meine Süße, wie lange du noch frei machst?«
Keine Antwort.
»Das ist keine Freiheit, das ist ein Irrtum«, sagte Frau

Marotzke. Sie küßte Jelena auf den Mund. Das hatte sie noch nie getan.
»Du riechst nach Weingummi«, sagte Jelena verlegen.
»Und was machst du so?« Frau Marotzke fuhr mit dem Finger dem Kuß auf ihren Lippen nach.
»Einen Volkshochschulkurs in Französisch«, sagte Jelena. Sie ging um Frau Marotzke herum und rasch zur Tür.
»Was machst du wirklich?«
»Schluß«, sagte Jelena.
»Weiß er?«
»Ich sag es ihm gleich noch«, sagte Jelena.

Er wußte.
Er schaute sich nach dem Bett um. Die Tagesdecke kalt und glatt. Es ist immer noch nicht geklärt, was die Welt im Innersten zusammenhält, dachte er. Vielleicht ist es der Widerspruch zwischen einer biederen Tagesdecke wie dieser und dem zerwühlten unsichtbaren Paradies darunter. Die Spuren davon tragen wir im Gesicht.
Hans beugte sich über den Rekorder, als wolle er ihm nun seinerseits etwas anvertrauen. Er schloß die Augen, sah ein Gitter, Gitter vom Beichtstuhl, das bleiche Gesicht dahinter, lang und müde, dann eine leichte Neigung des Kopfes, ein grünes Licht sozusagen. Bitte sprechen Sie jetzt.
Hans wandte sich direkt an die Sendeskala des Rekorders. Der Stecker, prüfte er, war nicht in der Dose. Er konnte frei sprechen.
»Ich bin Protestant«, sagte er. Seine Stimme war methodisch und mild. »Beichten ist für mich eine Sünde.

Also beichte ich erst einmal, daß ich beichten will. Und daß ich einmal an einem Karfreitag drei Bratwürste roh hinter dem Bahnhof im katholischen Swinemünde in Polen gegessen habe.« In den Formalitäten des Ritus kannte er sich nicht gut aus. Deshalb improvisierte er.
»Eins bis fünf habe ich vergessen«, murmelte er, »aber das Sechste Gebot weiß ich noch. Schamhaftigkeit und Keuschheit.« Er wischte sich durch das Gesicht. Timo und Thekla bellten hysterisch im Flur. Sie spielten Jagen.
»Sechstens«, sagte Hans, »ich war noch nie so einsam. Ich bin ein Hampelmann mit einer Strippe zwischen den Beinen.« Er schluckte.
»Siebtes Gebot, Wahrheit: Die Atmosphäre beginnt zu faulen. Das ist die Wahrheit. Ich sage sie ihr nicht.« Seine Hand tastete die Sendeskala ab.
»Achtens«, sagte er, »Schule und Arbeit: Ich bin ein Bibliothekar, der nicht mehr liest. Ich fange mit einem Buch nicht mehr an als ein Tier. Ich habe ›Buch‹ durch ›Frau‹ ersetzt. Als Tier fange ich mit einer Frau mehr an.« Hans zögerte. Das Neunte Gebot hatte er vergessen. Also gab er zu: Neuntens, er habe das Neunte Gebot vergessen und die ersten fünf wie gesagt auch. Die handelten nämlich nur von Gott, den er ebenfalls vergessen habe. Aber das beruhe bei ihnen beiden auf Gegenseitigkeit. Welche Laufnummer »Du sollst nicht töten« habe, wisse er übrigens auch nicht mehr. Er holte Luft.
»Und zehntens gibt es eine Angst vor der Wollust, die selbst wollüstig ist, wie eine gewisse Angst vor dem Tod tödlich sein kann«, er näherte seinen Mund dem Rekorder und spitzte die Lippen zum Kuß.
»Ich bin gekommen, um dir zu sagen, daß ich gehe«,

sagte eine Frauenstimme in seinem Rücken. Jelena stand im Zimmer. Jemand mußte die Tür geölt haben, denn er hatte sie nicht gehört.
»Ich höre, höre das ...«
»... das Echo des Tages«, half Jelena aus.
»Genau das«, und Hans versuchte mit verdrehten Armen und offenem Gürtel eine gute Haltung abzugeben.
»Echo des Tages«, sagte Jelena und warf ihre Tasche auf das stramme Bett, »gibt es nur in Westdeutschland.« Das Lächeln stand still auf ihrem Gesicht.
»Ich liebe dich jetzt«, sagte Hans.
»Ich gehe jetzt«, sagte sie.
»Du bleibst«, sagte er.
Sie kehrte ihm den Rücken zu.
»Dreh dich um«, befahl er leise.
Sie drehte sich um und steckte Hans-Ullrich Kolbe den Finger in den Mund. Sie gebe ihm eine Verlängerung. Wie beim Fußball. Aus sportlicher Fairneß sozusagen, aber nur einen Tag, sagte Jelena, alias Elisabeth Schnee geborene Niepiklo. Sie war zu großzügig, zu leichtfertig in diesem Moment. Es war der 28. September.
Die Mutter des Besitzers schrieb am Küchentisch die monatliche Rechnung für Familie Kolbe. Ihr Morgenmantel roch nach Zwiebeln.

Der Fotograf hatte sein Studio am Kudamm. Beide waren sie wie im Fieber. Sie sagten, sie wollten Pornoaufnahmen. Es war Freitag abend, spät. Zuerst rasierten sie sich intim. Der Fotograf, ein dicker Mann mit silbernem Anzug und Diamantring über dem fetten kleinen Finger, sah aus wie ein Makler. Im Lauf der Sitzung würde er sich wünschen, auch ein solcher und kein Fotograf zu sein. Hans rasierte Jelena, dann sie ihn. Er war sehr erregt dabei und wollte seinen Zustand genau dokumentiert haben.

»Sie sind mein Gedächtnis«, sagte er zu dem Fotografen, der langes dünnes Haar als Deckel sorgsam über die Kuppe seines kahlen Schädels verteilt hatte. Nach einer halben Stunde hing das Haar links fettig und dünn auf die Schulter.

»Es werden besondere Fotos sein«, sagte Hans-Ullrich.

»Relativ«, sagte der Fotograf trocken.

»Erinnerungsbilder«, sagte Hans-Ullrich schon mit veränderter Stimme. Eine Stimme, als sei ein Stoff davor oder ein Schrei. Darauf verlangte er Fotos von den verschiedenen Positionen. Sex war etwas, was man dem anderen antat, das wußte der Fotograf, hatte es aber nie so deutlich gesehen.

»Man muß sehen können, um zu wissen. Man muß zusehen können, um zu begreifen«, sagte in dem Moment unvermittelt und mit hoher Stimme der Mann über der Frau, wie um den Fotografen zu trösten. Sein Gesicht war in der Lust ganz glatt geworden. Ein Mann und eine Frau, jeder für sich und vom anderen besessen. Zwei Masken mit offenen Mündern.

»Mach mit«, sagte sie. Der Fotograf schüttelte den Kopf, ohne zu bemerken, daß sein Haar herunterhing.

»Zu gefährlich«, sagte er. Er arbeitete mit Motor. Es wurde schlimm, schlimm.

»Ja, schlimm«, grunzte der Mann auf allen Vieren und nur mit seinem eigenen Rhythmus beschäftigt. »So schlimm, daß es sich gar nicht sagen läßt.«

»Ich habe einen Wadenkrampf«, hatte die Frau mehrmals schon gesagt. Der Mann hörte sie nicht, da war sie still. Das kam dem Mann wie Spannung vor, dem Fotografen aber wie Kälte. Sie hat ausgesehen, als müsse sie singen, hatte er später gesagt, als man ihm die Fotos vorlegte.

Eine Zeitlang folgte der Fotograf dem Paar in die dunkle Gasse, dann kehrte er um sagte; Schluß, Ende, und drehte sich weg. Er ging in sein Büro neben dem Studio.

»Und ziehen Sie sich bloß sofort an«, sagte er noch zu Hans-Ullrich. Der kam im offenen Hemd rasch hinterher.

»Ich weiß, was Sie stört«, sagte er.

Der Fotograf schrieb ohne den Kopf zu heben an einer sehr hohen Rechnung.

»Wieviel man sich aus Liebe gefallen läßt, stört Sie das?«

»Das soll Liebe sein«, sagte der Fotograf. »Ich bin ja kein prüder Mensch, aber offensichtlich ein sehr ängstlicher.«

»Es gibt eine Angst vor der Wollust, die schon wollüstig ist, wie es eine Angst vor dem Tod gibt, die schon tödlich ist«, sagte Hans-Ullrich monoton die Zeile eines täglichen Gebets auf. Er lächelte und beugte sich über den Schreibtisch.

»Ich hoffe, Sie haben mich bei der Veranstaltung schräg von unten aufgenommen, daß ich richtig erschöpft aussehe, zu Tode müde und dabei«, er kam näher, und der Fotograf sah das Rot in seinen Augenwinkeln, »... dabei an einem Rest Wahrheit kauend wie an einem Kanten Schinken, um keinen Durst zu bekommen.«

»Daß Sie noch lächeln können«, sagte der Fotograf. Er schob die Rechnung herüber und nannte laut die Summe. Er hatte sich bei der Mehrwertsteuer verrechnet.

An dem Tag, an dem sie ihre Verlängerung spielten, zog »Paul«, ein Hoch aus Polen, über Berlin und Brandenburg. Es war das letzte Wochenende im September. Der Himmel lockte blau. Trotzdem verließen sie das Zimmer nicht.
Wir möchten nicht gestört werden, hatte Hans-Ullrich gesagt. Das war Freitagnacht gewesen, gegen ein Uhr. Zu ihrer Überraschung war nicht der Besitzer, sondern dessen alte Mutter aus dem Hinterzimmer der Rezeption geschlichen. Jelena wiederholte ihr Kompliment für den Morgenmantel in Seerosenrosa.
Sie hätte gewußt, daß da etwas nicht stimmte, sagte die alte Akrobatin siebenunddreißig Stunden später Kommissar Abenstein gegenüber aus.
An die Tür außen hängten sie das Schild. »Bitte nicht stören«. Es blieb dort den ganzen Sonnabend und die Nacht zum Sonntag. Erst am Sonntagmorgen, dem 30. September, gegen 10.30 Uhr öffnete der Inhaber die Tür mit einem Zweitschlüssel, nachdem er dreimal geklopft hatte. Seine Mutter stand hinter ihm im Morgenmantel.

»Wie fühlst du dich«, fragt Hans am frühen Abend.
Ihre Küsse sind trocken. Die Zeit vergeht so schleppend wie in schlaflosen Krankenhausnächten. Er liegt auf dem Rücken, über ihm ein Schmutzfaden an der Decke. Einen klaren Gedanken bekommt er zu fassen: Ein Mensch ist keineswegs eine eindeutige Sache, ist aus

einem unbekannten, nicht faßbaren Material innen und unerklärlich in allem, was zählt. Er schaut sich im Zimmer um, rosa Blumentapete, Kristalleuchter, schwarzes Bett. Daß auch die Dinge Tränen haben, wenn man selbst sehr traurig ist?

»Übermorgen schauen wir uns die Fotos an«, sagt er nach einer Zeit schüchtern. Sie hat das Radio eingeschaltet.

»Welche?«

»Die von eben«, sagt er. »Sie werden uns hergeschickt.«

Er verliert das Gefühl für Zeit. Das Radio läuft die ganze Nacht. Sein Klang, ein schmales Licht, das die Angst vor der Dunkelheit mildert.

»Ich wollte eigentlich Schauspieler werden«, sagt er, »oder Tänzer, oder Arzt, oder Offizier.«

»Ich wollte auch Schauspielerin werden.« Sie berührt mit dem Zeh seinen Fuß, kneift seinen großen Zeh zwischen ihren ein. So sind wenigstens die Füße nicht allein.

»Ich hätte gern das Aschenputtel im ›Aschenputtel‹ gespielt, oder die Babsie in ›Wir Kinder vom Bahnhof Zoo‹, oder die Katja in ›Katja und der Baum‹ oder die Katze in ›Immer schön Tiger‹«, sagt sie.

Es ist Mitternacht, als er ihre Hand nimmt.

»Ich kriege keine Luft, wenn du so traurig bist«, sagt sie.

Sie schläft ein, die Finger mit seinen verschränkt.

Er liegt wach, in der freien Hand Sperma, rötlicher Schmerz.

Plötzlich ist das Zimmer in hellem Grau gewesen. An das Licht wird er sich später erinnern können, so wie er sich jetzt schon an die Szene erinnert. Schon ist der

Schmerz Trauer, als sei die Zeit, die noch kommt, bereits vergangen.

Ihre Unterhose lümmelt sich auf dem Stuhl. Mit schwachen Beinen kriecht er hinein. Das Twinset streckt die kurzen Arme des Pullovers und die langen der kleinen Jacke nach ihm aus. Auf dem Nachttisch liegt der Terrier aus Plüsch und macht die Beine breit und steif. Ein Bild ist von der Wand gefallen, und so fliegen Pastellvögel, mehr moderner Strich als Tier, aus dem Rahmen den Boden entlang. Er schaltet das Radio aus.
Sie ist neben ihm aufgewacht.
»Mein Mädchen.«
»Dich wollte ich nicht als Vater haben.«
»Stop« sagt er, als hätten sie für ihr Spiel nur zwanzig und nicht einundzwanzig Peitschenhiebe vereinbart. Es ist drei Uhr in der Frühe und noch kein Vogel zu hören.
»Wie ich das hasse, dieses Alleinsein nach dem Schweinsein«, sagt sie, »wie ich mich hasse für die Bilder dabei, von weichen Innereien. Meine Hand, die sich in einem geschlachteten Tier bewegt, und mein Herz rast und läuft mir davon. Fühl mal, sagst du und legst meine Hand an dich, und ich sage: Mein Gott, fick mich doch in die Haare. Ja, wein ruhig, wein ruhig, aber leg die Hände auf den Rücken dabei.«
»Stop«, flüstert Hans.
»Faß mich nicht an«, flüstert sie. Er zündet eine Zigarette an und schiebt sie zwischen ihre Lippen.
»Darf ich dich noch einmal rasieren?« Er fragt und steht schon auf.
»Warum nicht«, sagt sie und bewegt beim Sprechen nur

die Unterlippe. Er holt eine alte Waschtasche, nicht den ledernen Kulturbeutel wie sonst. Eine rote abgeschabte Waschtasche. Auf nackten Füßen und in ihrer Unterhose steht er vor dem Bett. Sie befürchtet, das Geschlecht fällt ihm an der Seite heraus. Der Beinausschnitt ist nichts für einen Mann.

Er schlägt den Seifenschaum in einem Gummischälchen sämig, als rühre er Spachtelmasse an. Er hat ein Rasiermesser dabei, ein richtiges Messer wie ein Barbier.
Vor ihren Augen fährt er mit dem Messer an seinem Schienbein entlang und läßt Haare. Natürlich fließt kein Blut.
Er nimmt das Messer in die Linke, die Schale mit dem Schaum in die Rechte. Sie schlägt die Decke zurück, streicht mit beiden Händen vom Bauchnabel abwärts über die Scham, fährt mit den Händen zwischen die Beine. Sie sieht aus wie ein blasses Mädchen noch vor der Pubertät. Ein Schauer wellt ihre Haut.
Er sagt, mein Mädchen. Wir zwei im Paradiso, an der Peripherie vom Paradies, vieles wird sichtbar, vieles nicht, aber alles ist da, Prost, Mädchen, auf den Skorpion, der kopflos immer weiter liebt.
Er nimmt das Messer zwischen die Zähne und deckt sie mit einer Hand zärtlich wieder zu.
»Heute nacht machen wir es anders«, sagt er.
Mit der Traurigkeit kommt ein alter Zauber zurück. Es ist 3.23 Uhr. Schon hat er sich über ihr Gesicht gebeugt. Er streicht den lauwarmen Schnee, knisternde Sahne, über Wangen, Kinn, über den feinen Flaum auf ihrer Oberlippe.

Sie ist sprachlos, die Zigarette zwischen den Lippen. Ihre Augen liegen veilchenblau im weißen Gesicht. Augen wie Liz Taylor, denkt er. Augen wie Hagel. Er erinnert sich, und laut sagt er, es bleibe eine ungeklärte Tatsache, ob es Angst oder Wollust oder wie Liebe sei, die Sache mit ihnen zwei. Aber ungeklärte Tatsachen seien weitaus ungefährlicher als falsche Erklärungen.

Das ist das letzte, was er zu ihr sagt. Der Tag hat mit Wolken angefangen und wird mit Regen enden.

Sie nickt. Ihr Gesicht brennt unterhalb der Augen in allen Poren. Die Zigarette glimmt mitten im Schnee.

»Es gibt keine Seele. Vielleicht ist das in meinem Fall wirklich so«, sagt sie. »Ich weiß nicht, ob es nach diesem Leben weitergeht. Es gibt keine Verlängerung. Es gibt eine Mauer, die bis zu den Sternen reicht. Du bist nicht mehr zufrieden mit mir.«

Er beugt sich über ihr Gesicht. Die Zigarette fällt ihr aus dem Mund, in den Schnee. Er schnippt sie fort.

Sehr vorsichtig beginnt er mit der Rasur an ihrem Hals.

Sie geht aus Angst, sie könnte gehen.

Sie geht plötzlich. Wie die Liebe.

Sudden death, in der dreiundneunzigsten Minute ihres letzten Spiels.

Sie machte kein Hohlkreuz wie sonst. Sie ging, als ihr Augenblick kam. Als er auf die Knie fiel, hatte sie schon ihr letztes Gesicht.

Es floß kein Blut. Er starrte auf den schmalen Hals, auf dem sich die Wunde weiß schloß, als sie die Augen schloß. Daran hatte sie selbst gedacht.

Wenige Stunden später standen die ersten Besucher nahe dem Tränenpalast Friedrichstraße Schlange, um die Grenze nach Ostberlin mit einem Tagesvisum zu überqueren. Einer hatte ein Buch von Arno Schmidt in der Tasche versteckt. Der Blumenhändler am Bahnhof Zoo schlug die Plane über seinem Stand zurück und verkaufte die Sträuße mit Gerbera vom Freitag billiger. Es war noch wenig Verkehr, Sonntag und früh, ein magerer junger Mann strich um den Halensee. Ihm fehlten drei Zähne. An der geschlossenen Currywurstbude stritt sich ein übernächtigtes Touristenpärchen. Sie sagten »bei uns«, als sei dies nicht ihr Land. Auch die Show hatte noch geschlossen, und Frau Marotzke frühstückte in Mariendorf, die Füße in dicken Socken auf dem Tisch. Auf der Wissenschaftsseite des »Tagesspiegel« stand, ein 100 Morgen großer Wacholderwald in Arizona sei plötzlich eingegangen. Die Förster stünden vor einem Rätsel. Die Indianer behaupteten, der Wald sei aus Angst gestorben. Doch wußten auch sie nicht, wovor die Bäume sich gefürchtet haben könnten.

Als sie tot war, küßte er ihre Brust.
Dann wartete er.

Edna, dreizehn, raucht.
Sie hat einen Hund dabei, der stinkt, als Sophie sich über ihn beugt, denn draußen regnet es. Vor dreizehn Jahren war Sophie auch dreizehn. Sie läßt die Zimmertür offenstehen, an der Rezeption spielt ein Radio, sagt, es sei Mittwoch, 14.30 Uhr, und bei Kleinmachnow liefen Pferde über die Fahrbahn. In zwei Stunden muß Sophie zum Flughafen.
»Mach die Tür zu«, sagt Edna.
»Warum?«
»Wegen der Pferde.« Edna ist einen halben Kopf größer als Sophie.

Folgendes, sagt Edna und schweigt, setzt sich zwischen Fernseher und Beistelltisch und starrt in die Obstschale. Da liegt nur die Haarbürste. Der Hund legt sich auf Ednas Füße. Dann heben beide den Kopf. Ihre Turnschuhe läßt Edna einen Augenblick unbeobachtet, und aus ihrem Blick liest Sophie, sie verachtet Männer. Das wird sie später bereuen. Sie kann doch ihr junges Leben nicht an einen Hund verschenken.
Edna stellt die zweitwichtigste Frage zuerst.
»War es hier?«

»Weiß ich doch nicht«, sagt Sophie.

»Und sonst?« Edna wirft ihr die Bürste aus der Obstschale zu. »Mach dich ein bißchen hübscher, Schwester, wer weiß, in welche Situation wir noch kommen.«
Sie gehen in den Ballettsaal, setzen sich unter die Stangen, hängen die Arme ein und schaukeln mit den Ellenbogen. Ednas Hund knurrt.
»Und wo ist er jetzt?«
»Weiß ich doch nicht«, wiederholt Sophie.

Die Frau im rosa Morgenmantel öffnet die Tür. Grüßt nicht, zieht den Frotteegürtel in der Taille straff, streicht Haar zurück. Sie geht zur Stange und entblößt weiße Beine bis unter das Knie, mit roten Punkten vom Rasieren, und sagt, »was sie wohl mit dem Geld gemacht haben?«
»Wer?«
»Na, die Polizisten. Mein Sohn hat mich zwar wegschicken wollen, aber schließlich kniete da ein Mörder in unserem besten Zimmer. Ich habe mir alles gemerkt, und da auf dem Frisiertisch lag ein Hunderter. Der war später weg. Als der Mörder weg war.«
Ednas Mund bleibt offen stehen.
»Ein Mörder«, wiederholt Sophie.
»Aber ein trauriger«, sagt Edna.
»Schüchtern und traurig«, sagt Sophie.
»Jede Pfingstrose war bösartiger als er.«
Das hätte Sophie Edna nicht zugetraut.
»Was seltsam war«, sagt die Frau im rosa Morgenmantel, »Timo und Thekla in der Küche waren so ruhig, kein Knurren, kein Nichts. Sie krochen fast untereinan-

der. Im Flur telephonierte keiner, und kein Student stieg wie sonst dem anderen über den Hof ins Zimmer. Sie sind nämlich so schlecht erzogen, wie sie schwarz sind.«
Sie schaut die Mädchen frech an.
Sophie schaut auf Ednas Oberarm.
Das kann doch nicht wahr sein!

»Ich saß in der Küche«, sagt die Frau, »still war es, als sei ein Flugzeug ins Wasser gefallen und sinke nun langsam auf den Grund des Meeres. Der Mann war ja eigentlich das Opfer, aber die Täterin war tot. So eine Frauensperson, das habe ich doch gleich gewußt, kann einem Mann den Verstand und dann das Leben rauben. Der hat aus Notwehr gehandelt. Selbst der Kommissar hat gesagt: Herr Kolbe, hat er gesagt, soll ich Sie nun als Zeugen oder als Verdächtigen mitnehmen. Keine Spur von Gewalt. Na, er soll ja nach einigen Monaten Untersuchungshaft freigelassen worden sein.« Sie setzt sich auf den Klavierhocker und schlägt die Beine übereinander. Der Morgenmantel klafft, und die Beine müssen die ihrer Enkelin sein. Sie sieht Sophies bewundernden Blick und läßt den Mantel offen.
»Vielleicht ist sie aus Liebe gestorben«, sagt Edna.
»Unsinn«, sagt die Alte. Sie geht zur Stange, stellt die Fersen mit dem hornigen Gesicht zueinander auf und beugt beide Knie gleichzeitig. Unterhalb des Gürtels sieht sie aus wie ein mitgenommener Schmetterling.
»Plié«, sagt sie, »grand et demi, in allen fünf Positionen, jeden Tag, auch an Weihnachten.« Ihre Füße haben ein abgearbeitetes Gesicht.
»Es war eine weiße Sünde«, sagt Edna.

Die Mädchen stehen gleichzeitig auf. Mit Hund zu dritt.
»Versteh ich nicht, weiße Sünde.«
»Manche Dinge werden nicht so klein, daß man sie ganz versteht«, und Edna klopft dem Hund den Rücken.
»Sag mal, was hast du denn für einen Notendurchschnitt?« fragt Sophie.
»Ich gehe nicht mehr zur Schule«, sagt Edna.
Wieder bleibt Sophies Blick auf ihrer nackten Schulter hängen. Sie trägt eine blaue Blume auf der Haut. Sophie tippt sie dort an.
»Nicht echt«, sagt Edna, »nur ein Kaugummitattoo.«

Irgendwo schlägt eine Tür. An der Rezeption hört Sophie den Besitzer mit jemandem reden.
»Vielleicht war es wie Liebe«, sagt sie.
»Es war anders als wie Liebe«, sagt Edna.
»Mir egal«, sagt Sophie. »Ich fliege heute sowieso zurück.«

Da bellt der Hund. Sophie denkt noch, die hat es gut, die hat den Hund, und ich habe nur Probleme.
Da stand in der Tür ein Mann, den sie beide noch nicht kannten.